운명처럼 너를 만났다.

발끝이 촉촉하게 젖어가던 어느 날

범인의 범주를 벗어난
엄청난 속도.
그것은 카르반의 넋을
빼놓기에 충분했다.

오늘따라 선명한 달빛을 보고 있자니,
그녀의 말간 미소가 자꾸만 떠오른다.
'지금쯤 그녀는 무얼 하고 있을까?

# 목차

일러스트
**쿄쿄**

1. 프롤로그

　사람이 살면서 기절할 만큼 놀라운 일은 몇 번이나 겪을까?

　다른 사람들은 몰라도 나는 딱 세 번이라고 자신 있게 말할 수 있었다.

　첫 번째는 꿈에도 그리던 일이 드디어 실현됐을 때. 두 번째는 그 꿈을 더욱 부풀리기 위해 탄 비행기가 테러범들의 계획 장소였을 때. 그리고 마지막으로는 죽은 줄로만 알았는데 생전 처음 보는 세상에서 졸부의 딸로 다시 태어났을 때.

　여기서 마지막에 일어난 일은 상식적으로 이해하기 힘든 부류의 것이었기 때문에 한동안 넋을 놓고 살아야 했다. 물론 갓 태어난 아이가 넋을 놓으면 얼마나 티가 나겠냐마는 나에게는 아주 고통스러운 시간의 연속이었다.

정신을 차리고 난 뒤에 나는 내 이름이 뭔지 알게 되었다. 졸부이지만 남작 작위를 산 아버지 덕분에 루미아 애클렌이라는 나름 괜찮은 이름을 가지게 되었다. 심지어 천애고아였던 외로운 전생과 달리 지금은 가족이 생겼다. 병으로 일찍 돌아가신 어머니를 대신해 새어머니와 그의 아들이 활개를 치고 다녔지만, 그것마저도 눈을 감아줄 만큼 나는 정에 굶주려 있었다.

새어머니는 굉장히 사치스러운 사람이었다. 그녀는 태어날 때부터 귀족이 아니었지만, 고위 귀족에게 버금가는 품위 유지비를 요청했다. 심지어 사치를 부리는 데에 금액이 모자라면 저택 운영비를 빼먹는 만행까지 저질렀다.

아름다운 것을 좋아하는 새어머니는 주변에 항상 반짝거리는 것들이 넘쳐났다. 그리고 그것은 한 번씩 어떤 피해를 자아냈다. 바로 지금처럼 말이다.

쿠당탕──!

"아으으……."

"아가씨! 어디 다친 덴 없으세요?"

새어머니의 수발을 들어주던 시녀 중 하나가 황급히 달려왔다. 그녀는 볼썽사납게 넘어진 루미아를 일으켜 세우더니 발밑에 굴러다니는 무언가를 집어 들었다. 반짝반짝 빛이 나는 것을 보아하니 보석이 틀림없다.

"어머! 그거 내 거야. 치마 장식에 붙어 있던 것 중 하나가 떨어졌나 보다."

아주 딱 맞네!

"……."

새어머니라는 사람은 넘어진 루미아를 거들떠보지도 않은 채 시녀가 건네준 보석을 관찰하기 바빴다. 원래 이런 사람이라는 것은 알지만 직접 볼 때마다 우울해지는 것은 어쩔 수 없었다.

"엄마! 돈! 돈은 어디에 있어?"

겨우 몸을 일으켜 세운 그때, 루미아를 밀치고 나타난 남자가 황급히 외쳤다. 눈 밑이 검게 물든 남자는 깡마른 손가락을 덜덜 떨고 있었는데 마치 수전증에 걸린 것처럼 증세가 꽤 심각했다.

"데일. 또 도박에 모든 돈을 탕진한 거니?"

"그 녀석이 사기를 친 게 틀림없다고. 아니면 내가 질 이유가 뭐가 있겠어?"

굵은 침방울을 튀기며 열심히 변명하는 남자는 공교롭게도 루미아의 이복 오빠였다. 저택에 발을 들일 때만 해도 그는 아주 멀쩡한 남자였다. 하지만 돈이 사람을 망친다고 했던가. 그는 졸부의 집답게 어마어마한 돈이 축적된 금고를 보고는 매일 도박에 빠져 살았다.

아주 한심하기는 하지만 그래도 오빠라고 데일은 한 번씩 루미아에게 눈깔사탕을 쥐여주었다. 가끔 그가 쥐여준 사탕에서 시궁창 냄새가 올라오긴 했지만 그래도 루미아는 아주 조금 감동을 하곤 했다.

"지금은 참아. 금고에 쌓아둔 돈이 거의 바닥났거든."

"뭐? 그게 벌써 바닥이 나면 어떡해!"

"얘는. 너 때문이기도 하다는 걸 왜 모르니? 어쨌든 조만간 그이가 올 때가 됐으니 조금만 참고 기다려."

새어머니는 더는 볼 것 없다는 듯 보석이 박힌 부채를 팔랑이며 등을 돌렸다. 최고의 아군이자 지원자인 그녀가 외면한다는 것은 정말 돈이 바닥이 났다는 것. 세상이 무너지라 울상을 지은 데일은 금세 꼬리를 내리고는 비척비척 발걸음을 옮겼다.

잔뜩 그늘진 얼굴이 코앞까지 다가왔다. 마침 그를 찾아 돌아다니고 있었던 루미아는 일주일 동안 심혈을 기울여 만든 물건을 불쑥 내밀었다.

"오빠. 나, 이거 만들었는데……."

"이딴 거 필요 없어!"

찰싹——!

고사리 같은 손을 매섭게 쳐낸 데일은 야차같이 인상을 찌푸렸다. 새빨갛게 부어오른 손등과 더불어 푹신한 카펫에 떨어진 네모난 덩어리가 볼품없이 뒹굴었지만, 그는 전혀 개의치 않는 듯했다.

"쟤는 왜 저렇게 눈치가 없어?"

맞은 건 루미아인데 새어머니의 눈에서 불똥이 튀었다. 그녀는 쿵쾅거리는 발걸음으로 빠르게 다가오더니 바닥을 뒹구는 사각 덩어리를 뻥! 차버렸다.

그 엄청난 기세에 안 그래도 동그란 루미아의 눈이 더욱 커졌다. 동시에 새어머니의 눈꼬리가 뾰족하게 올라갔다. 보통 이런 상황이라면 어깨를 움츠릴 만도 한데 반대로 두 눈을 치켜뜨는 것이 꽤 발칙하게 보였기 때문이다.

"로라 님. 애클렌 남작님께서 도착하셨습니다."

"어머! 벌써 그이가 왔다고?"

겨우 일곱 살 난 아이에게 화풀이하려던 그녀는 남편이 왔다는 소식에 방긋 미소 지었다. 짜증을 내며 짝다리를 짚고 있던 데일 또한 별다르지 않은 반응이었다. 루미아는 허둥지둥 1층으로 내려가는 두 모자(母子)를 따라 발걸음을 재게 놀렸다. 그리고 1층 현관에 도착한 순간 무려 1년 동안이나 떨어져 지냈던 아버지를 만날 수 있었다.

"왜 이렇게 늦게 왔어요? 그래서 일은 잘되었고요?"

"이번에도 잘 처리했소."

"어머머, 오랜만에 한다는 소리가 그것뿐이에요? 좀 더 상냥하게 대해줘도 좋을 텐데."

아버지, 델몬트 애클렌은 꽤 곤혹스러운 표정을 지었다. 오랫동안 바다를 헤쳐나간 덕분에 생긴 턱수염이 그의 얼굴

근육을 따라 삐뚤삐뚤하게 움직였다. 돈 많은 사람치고 상당히 거친 인상이었다.

델몬트는 갑자기 졸부가 됐기는 하지만 현재 삶에 그대로 안주하지 않았다. 게다가 졸부가 된 계기는 조금 황당했는데, 젊은 시절 어촌 생활을 하던 그는 평소와 달리 조금 늦은 시간에 조개를 캐러 바다에 갔었다. 아무도 찾지 않는 시간에 조금이라도 돈을 더 벌기 위해 등불을 켠 그는 썰물이 모두 빠져나가고 나서도 계속 작업을 했다.

그리고 발견하고 말았다. 해수면에 가려져 있던 거대한 용의 아가리를.

당시 그는 무언가에 이끌린 듯 그곳을 지나칠 수 없었다고 했다. 그 결과 델몬트는 아름다운 자수정이 가득한 동굴을 발견할 수 있었다.

물론 돈 냄새를 맡은 귀족들이 벌떼 같이 달려들었지만, 안타깝게도 그가 살고 있던 곳과 동굴을 발견한 곳은 무척 후미진 곳이었고 어떤 영지에도 속해 있지 않았다. 결국, 제국법에 따라 그 동굴은 최초로 발견한 델몬트의 소유가 되었다.

갑자기 졸부가 된 그는 가장 먼저 귀족 작위를 사들인 뒤 커다란 배를 샀다. 예전부터 꿈꾸던 일을 곧바로 실현하기 위해서였다.

하지만 애석하게도 졸부의 주변에는 돈을 노리는 사람이

넘쳐났다. 따라서 돈을 관리할 사람이 필요했던 그는 똑똑한 사람을 아내로 맞이하기로 했다. 그리고 그 사람이 바로 루미아의 친모, 루미아가 이 세상에 태어난 계기였다.

"오랜만이구나, 루미아."

"다녀오셨어요?"

엄연히 말하자면 그는 좋은 아버지가 아니었다. 하지만 가족의 존재 자체에 의미를 두었던 루미아는 자식을 거의 버려두다시피 한 아버지를 원망하지 않았다. 어쩌면 천애 고아였던 그녀가 보일 수 있는 반응은 처음부터 한정되어 있었을지도 몰랐다.

"그러고 보니 오늘이 네 생일이었지."

그가 문득 생각이 났다는 듯 눈가를 찌푸렸다. 루미아는 생전 꺼내지 않던 생일 이야기를 꺼내자 두 눈이 부릅떠졌다. 무슨 생각이지? 옆에서 아양을 떨던 로라가 입매를 일그러트렸지만, 지금의 루미아에겐 전혀 보이지 않았다.

"뭔가 갖고 싶은 게 있느냐?"

"저……."

로라의 날카로운 시선과 지루함이 가득 느껴지는 데일의 시선이 동시에 꽂혀 들었다. 그 부담스러운 시선에 우물쭈물 말을 고르던 루미아는 이내 결정한 듯 고개를 들었다.

"여, 연장을 갖고 싶어요!"

생에 첫 생일 선물로 연장을 사달라니. 미치지 않고서야 누가 그런 부탁을 할까. 그것도 한창 꾸미는 데에 공을 들일 귀여운 꼬마 아이가 말이다.

하지만 평범한 사람이 아니었던 루미아는 반짝반짝 빛이 나는 보석 대신 반들반들 광이 나는 쇳덩어리를 구경하며 탄성을 내질렀다.

"드디어 손에 넣었다!"

망치를 들고 춤을 추는 모습에 창문 아래를 내다보던 데일은 고개를 저었다.

"미쳤군."

역시 땅에 떨어진 사탕을 주어서는 안 되었다. 그는 싸늘한 가을날, 뒷마당에서 차가운 쇳덩어리를 들고 방방 뛰는 이복동생을 안타깝다는 듯이 바라봤다. 물론 그것은 아주 찰나로, 도박이 더욱 중요했던 그는 이번에야말로 이기기 위해 비장한 발걸음을 옮겼다.

"7년 만이야."

반면 감회가 새로웠던 루미아는 감동 어린 눈으로 연장……. 아니, 공구들을 살펴보았다. 아직 어려서 한 손으로 들기는 어려웠지만 그래도 좋았다. 그리고 이 물건을 거리낌 없이 선물해준 아버지에게 무한한 감사함이 생겨났다.

만약 거친 환경에 익숙해지면서 기본적인 안전 상식이 한없이 무뎌진 사람이 아니었다면 일곱 살이라는 어린 나이에 이런 위험한 것들을 선물 받을 일도 없었을 테니까 말이다.

하나같이 전부 뾰족하고 날카로운 이 물건들은 어린아이들에게 무척 위험한 물건이었지만, 루미아에게 더할 나위 없이 소중한 친구였다. 그녀는 차가운 쇳덩어리들을 감상하며 전생에 못다 한 꿈을 떠올렸다.

'세계 최고의 가구 디자이너.'

그녀는 어릴 적부터 나무 냄새를 참 좋아했다. 숲에 가면 그렇게나 안정감이 들었으며, 나무젓가락과 목공풀로 접한 목공은 아주 재미있었다. 시간 대부분을 후미진 보육원에서 보냈지만, 그녀가 가진 꿈은 점점 더 확고해져만 갔다.

보육원에서 나온 뒤로 그녀가 한 일은 열심히 아르바이트해서 돈을 버는 일이었다. 그리고 남은 시간은 모두 목공 학원에서 공부하는 데에 투자했다. 이후 그녀는 자격증을 따고 또 실전 경험을 하며 엄청난 노력을 했으며, 모자란 기술을 갈고 닦고 단점을 보완하기 위해 울기도 많이 울었다.

그렇게 갖은 노력 끝에 드디어 꿈을 향해 다가갔으나……. 그 끝은 비행기 테러의 사망자 명단에 이름을 올리는 것이었다.

그것이 너무 억울했던 걸까? 아니면 신조차도 그녀의 죽음을 매우 안타깝게 여겼던 것일까?

정답은 모르지만, 결론적으로 루미아에게 새로운 기회가 찾아왔다.

"이곳에서라도 못다 한 꿈을 이루겠어."

고작 일곱 살의 어린아이의 입에서 대단한 포부가 튀어나왔다. 결연한 눈빛을 한 루미아는 아직은 너무나 버거운 망치를 꽉 쥐었다.

"기념으로 무얼 만들어 볼까?"

고민은 그리 길지 않았다. 그녀는 전생에서 목공을 배울 때, 가장 처음 만들었던 것을 떠올렸다.

"한국인은 자고로 밥심!"

물론 전형적인 한국의 낮은 밥상이 아닌, 이 세계 사람들에게 익숙한 높은 식탁을 만드는 것이 목표였다.

루미아는 공구와 더불어, 함께 선물 받은 나무들을 쭉 둘러보았다. 이미 한 차례 가공을 거친 나무들은 매끄럽지는 않지만 나름 반듯한 모양을 하고 있었다. 루미아는 그 중, 꽤 고급스러운 소재로 알려진 편백을 골랐다. 데일에게 주려고 했던 선물 역시 그 나무와 관련이 있었지만, 이미 벽에 날아가 찌그러진 그것은 시녀들의 손에 의해 버려졌을 것이다.

야심 차게 나무를 고른 루미아는 낑낑거리며 나무 위에 뾰족한 못을 올려두었다.

그리고……

탕──!

"으앗!?"

못은 보기 좋게 휘어졌다.

루미아는 이상하다는 듯이 머리를 긁적이며 고개를 갸웃거렸다. 그녀는 자신의 나약한 근육과 너무나도 어린 나이는 생각지도 못하고 혹시 실력이 떨어진 것은 아닌지 진지하게 고민했다. 그래도 혹시나 하는 마음에 다시 도전을 해봤지만, 계속되는 실패. 실패. 실패!

"말도 안 돼!"

루미아는 좌절했다. 분명 외국에서 스카우트해가고 싶을 정도로 끌어 올렸던 실력이 지금은 어린아이의 손장난보다 못했다. 몇 번을 시도해봤지만, 결과는 같았다.

하지만 그렇다고 해서 포기할 그녀가 아니었다. 루미아는 날이 새도록 망치질을 계속했다. 시끄러운 소리에 새어머니가 2층에서 베개를 집어 던져도. 다음 날, 도박에서 지고 돌아온 이복 오빠가 온종일 고성방가를 불러대도 소음은 계속되었다.

그리고 억겁 같은 시간이 지나, 일주일 째 밝아오는 희미한 여명이 찾아올 때……

"완성! 드디어 완성이다!"

불굴의 의지, 루미아는 기어코 가구를 만들어내고야 말았다. 전문가의 눈으로 보기엔 한없이 어설퍼 보였지만 그래도 그녀가 이 세계에서 만들어낸, 뜻깊은 첫 작품이었다.

루미아는 감회가 새로운 얼굴로 나무 식탁을 천천히 쓸었다. 그동안 얼마나 고되었는지 고사리 같은 양손은 상처투성이였다.

"좋아. 여기다 내 이니셜을 새기는 거야."

완성된 식탁을 반짝이는 눈으로 살펴본 루미아가 조각칼을 꺼내 들었다. 그리고 식탁 옆면에 무언가를 진중하게 새기기 시작했다.

"에에엘……. 이 정도면 됐나?"

긁어낸 찌꺼기를 후! 불어낸 루미아가 밝게 미소 지었다.

떠오르는 태양의 빛과 옅은 그림자가 어우러져, 더욱 도드라지는 작은 홈.

『L』

앞으로 제국을 뒤흔들 천재 디자이너의 첫 작품 등장이었다.

2. 운명의 시작

웅성웅성──

커다란 저택 앞에 수많은 사람이 모여들었다. 창살 너머에는 화려했던 정원들이 짓밟혀 있었고 군데군데에는 부서진 파편과 깨어진 유리 등이 눈살을 찌푸리게 했다.

때아닌 난장판에 속닥거리던 사람들은 커다란 덩치를 자랑하는 우락부락한 사내들을 보고 멀찍이 물러났다. 그들은 하나같이 무언가를 이고 있었는데 살림살이로 보이는 그것들엔 모두 빨간색 딱지가 붙어 있었다.

"세상에! 여기는 남작님 저택이 아니유?"

"얼마 전에 자살했다는 그?"

"예끼! 그런 말은 입에 담는 것이 아니요!"

"어이쿠!"

기어코 뒤통수를 한 대 얻어맞은 남자는 억울한 듯 울상을 지었다. 하지만 이미 주변에 있던 많은 사람이 남자가 하는 말을 들었다. 다들 쉬쉬하고 있던 사건이 거론되자 안 그래도 소란스러웠던 공간이 순식간에 북새통이 되었다.

　"아니, 그러면 그 남작님이 빚 때문에 자살했단 말이유?"

　"그거 말 되네! 지금 저 사람들, 딱 봐도 남작님 저택을 압류하러 온 거잖어!"

　"세상에나. 그럼 남은 가족들은 어떻게 되는 거래?"

　호기심으로 들떠있던 분위기가 순식간에 측은해졌다. 그리고 그들을 멀리서 지켜보고 있는 시선이 하나 있었다.

　"가, 족 같은 소리 하고 앉아있네."

　옥구슬 흘러가는 목소리로 짓씹듯 내뱉은 언어는 조금 불순했다. 더러운 로브로 몸을 가린 여인은 제 몸통만한 가죽 가방을 들고 입술을 꽉 깨물었다.

　"저것들은 알지도 못하면서 뭐라고 씨불이는 거야?"

　흥분한 탓에 날카로운 콧날이 살짝 드러났다. 멈칫한 그녀는 누가 볼세라 서둘러 로브를 여미더니 이내 사람들이 없는 곳으로 발걸음을 옮기기 시작했다. 동시에 가죽 가방에 들어있던 물건들이 서로 부딪치며 덜그럭덜그럭 소리를 냈다.

　"큰일이네. 잘 곳도 없고 가진 돈도 별로 없는데."

　울적한 목소리가 찬바람을 따라 속절없이 흩어졌다. 불과 몇 시간 전까지만 해도 따뜻한 지붕 아래에서 쉬고 있던 그녀는 바로 애클렌 가문의 하나뿐인 딸, 루미아 애클렌이었다.

그녀는 쉴 틈 없이 걷고 또 걸었다. 그리고 어느 순간 발걸음을 멈춰 고개를 꺾었다.

"헤리온."

어마어마하게 커다란 저택이 그녀를 반겼다. 그 화려한 저택은 겉모습을 무척이나 신경 쓰는 그와 아주 많이 닮았다.

헤리온, 그는 언제나 달콤한 목소리로 루미아에게 사랑을 속삭이는, 간이고 쓸개고 뭐든 빼줄 것 같은 남자였다. 비록 자작 작위를 가진 귀족이었으나 자신보다 작위가 낮은 루미아를 항상 배려해주었으며 힘이 없어 보일 때면 항상 먼저 알아채고는 마음의 안식처가 되어줬다.

"그가 도와줄까? 아니, 그라면 분명 도와줄 거야."

이것은 믿음을 근거로 한 확신이었다. 루미아에게 그라는 존재는 마지막 동아줄은 물론이거니와 실낱같은 희망과도 같았다.

"멈춰라!"

"저예요, 저. 루미아 애클렌."

로브를 끌어 내리자 경비를 서고 있던 기사들이 서로 눈치를 봤다. 하지만 이를 알아채지 못한 루미아는 평소처럼 그들의 어깨를 다독이며 문을 열어 달라 요청했다.

끼익——

결국, 신분 제도에 두 손을 든 기사들은 정문을 열어주었다. 그들을 지나쳐 돌바닥이 깔린 길을 걸어가던 루미아는 이내 비장한 얼굴을 장착했다.

다른 건 다 필요 없다. 일단 가장 급한 잠자리만이라도 내어 준다면 정말 고마울 것이다.

마음씨 착한 그라면 그토록 사랑하는 연인을 반갑게 맞아줄 테지. 지금까지 루미아가 그에게 해준 것들에 비하면 이것은 아주 사소한 부탁에 불과하니까. 분명 개의치 말라며 기분 좋은 미소를 지어줄 것이다.

그런데…….

"뭐? 쫓겨났다고? 그럼 너 지금 거지야?"

"어? 쫓겨난 건 아니고……. 아니, 그런데 거지라니 말이 뭐 그러니?"

"시끄러워! 거지 같은 게 어디서 훈수야? 난 너 같은 여자랑 사귄 적 없으니까 저리 꺼져!"

"뭐라고?"

'이 새끼가 지금 뭐라고 지껄이는 거지?'

루미아는 현재 눈앞에 존재하는 이 미친 암 덩어리를 믿을 수 없다는 듯이 바라봤다. 오랫동안 그를 봐왔지만 이런 모습은 처음이다. 그러니까 이런 개새끼는 처음 본다는 말이다.

완벽한 현실 부정.

루미아는 커다란 눈을 빠르게 끔벅였다. 현재 상황을 이해하고 싶지 않았다. 그냥 모든 것이 꿈이었으면 좋겠다. 하지만 하늘은 루미아를 곱게 놔두질 않았다.

"귀까지 먹었어? 꺼지라는 말 안 들려!?"

헤리온은 꺼지라는 말에도 불구하고 떠나지 않는 루미아에게 무한한 짜증을 느꼈다. 그리고 참을성이라곤 눈곱만큼도 없었던 그는 더는 못 참겠다는 듯 그녀의 가슴팍을 세게 밀쳤다.

"윽!"

'이게 무슨!?'

퍽! 소리가 나게 밀쳐진 루미아는 후들거리는 다리를 느끼며 속수무책으로 벌어진 입을 뻐끔거렸다. 그리고 무슨 말이라도 쏘아붙이려는 순간!

"오빠~ 시끄럽게 무슨 일이야?"

"오! 허니?"

"허니? 이건 또 뭐야?"

안에서 간드러진 목소리가 들려오더니 귀여운 인상의 여자가 모습을 드러냈다. 어깨를 반쯤 드러낸 모습에 뜨악! 한 루미아는 어처구니없다는 얼굴로 헤리온을 바라보았다.

"무슨 문제라도 있어?"

"문제? 네 눈은 장식으로 달렸냐?"

루미아가 두 눈을 부릅뜨며 뒤에 여자를 삿대질하자 헤리온이 냉큼 빈약한 몸을 이용해 시야를 가렸다. 불과 어제까지만 해도 자신에게 향하던 배려를 제삼자의 눈으로 보니 기가 차다 못해 헛웃음이 절로 나왔다.

"이봐. 너 혹시, 아직도 대단한 무언가라도 된다고 생각하는 거야?"

"그게 무슨 소리야?"

루미아가 두 눈을 부릅뜨자 헤리온은 무서운 거라도 봤다는 듯 과장되게 어깨를 움츠렸다.

"다시 한번 말해줘? 너는 돈 말고는 볼 게 없었다고! 아마 앞으로도 평~생 너를 좋아해 줄 남자는 없을걸? 대체 어떤 똥멍청이가 집도 없는 몰락 귀족을 좋아해 주겠어? 아참! 추가로 사업 망했다고 자살한 아비와 빚 갚기 싫어서 금고 들고 홀랑 튀어버린 어미도 있었지? 우와. 이거 이제 보니 완전 콩가루 집안이잖아? 으하하핫!"

"……."

어째서 저렇게 재미있다는 듯이 웃고 있는 걸까.

루미아는 믿을 수 없도록 차갑게 식어가는 머릿속을 느끼며 커다란 눈을 깜빡였다. 이상하게 눈가가 시큰한 것이 모래알이라도 들어간 것 같다.

"뭐야. 반응이 왜 이렇게 시큰둥해? 재미없게."

그는 지루한 듯 하품을 하는 시늉을 하더니 이내 오른손을 팔랑거렸다. 그러자 언제부터 지켜보고 있었는지 커다란 덩치의 기사들이 쿵쾅거리며 다가오기 시작했다.

"끌어내."

그러나 위압적인 병사들의 기세에도 불구하고 루미아의 시선은 헤리온에게서 떨어질 생각을 않았다. 그 시선에서 짙은 혐오감과 무언의 불타오르는 감정을 읽어낸 헤리온은 마른침을 꿀꺽 삼키더니 도리어 그녀를 향해 깝죽대기 시작했다.

"뭐야? 내가 무슨 틀린 말 했어? 더는 보기 싫으니까 얼른, 꺽!?"

일은 언제나 예고 없이 터진다고 했던가.

퍽! 소리와 함께 무언가 깨지는 소리가 들려왔다. 병사들의 얼굴은 희게 질렸고 뒤에서 멀뚱멀뚱 구경하고 있던 여자 역시 입을 가렸다.

"꺅! 다, 다, 다, 당신! 이게 무슨 짓이에욧!? 내 남자 친구의 소중이가……!"

"보면 몰라? 쓰레기의 생식 기능을 영구 정지시키는 거잖아."

"그, 그걸 제가 몰라서 묻는 말인 줄 아세욧!?"

여자가 빽! 소리를 질렀다. 고막을 울리는 엄청난 소음에 인상을 찌푸린 루미아는 들어 올렸던 무릎을 천천히 수거했다.

"그리고 뭔가 잘못 알고 있는 것 같아서 말하는 건데."

험악하게 인상을 구긴 루미아가 대뜸 게거품을 물고 쓰러진 헤리온의 멱살을 잡아 올렸다.

"우리 아빠는 자살한 게 아니라 해적한테 당한 거거든!? 그리고 집안이 풍비박산이 난 건 모두 빌어먹을 새어머니와 멍청한 이복 오빠 때문이라고!"

"꾸, 꾸르륵!"

이미 기절했을 것이 분명한 그의 입에서 살려달라는 외침이 들리는 것은 왜일까. 루미아는 흰자만 보이는 '전 남자친구'를 여자에게 획! 던지고는 두 손을 탁탁 털어냈다.

"남자로서 기능이 상실된 사람을 누가 좋아하겠어? 그리고 예전부터 계속 거슬렸는데, 너한테 이상한 냄새 난다는 건 알고 있냐?"

그렇게 말한 루미아는 잠깐만 기다려 보라며 가죽 가방을 뒤적거리더니 네모난 물건 하나를 꺼냈다.

"옜다. 원래 멍청한 오빠 만나면 주려던 건데 특별히 너한테 줄게."

루미아는 어린 시절, 데일에게 주려다 실패한 비누를 헤리온의 얼굴에다 냅다 던졌다. 다행히 시녀가 버리지 않고 가만히 내버려 뒀던 터라 일단 가지고 있던 그 비누는 루미아가 처음으로 편백의 기름을 추출해 만든, 기념적인 비누였다.

'좀 씻고 다니라는 의미에서 준 거였는데 거절해서 얼마나 슬펐는지.'

루미아는 나이가 들어서도 꾀죄죄한 얼굴로 돌아다니던 이복 오빠를 떠올리고는 고개를 휘휘 저었다.

"더, 더는 폭력을 삼가십시오."

"이, 이 이상 헤리온 님에게 해를 가할 시에는 저희도 가만히 있지 않을 겁니다!"

멀리서 모든 장면을 보고 있던 기사들이 천천히 다가오며 위협했다. 그래봤자 루미아에겐 한 손으로는 중심부를 가린 채 오들오들 떨고 있는 그들이 전혀 위협적으로 보이지 않았다.

"손 떼요. 내가 알아서 나갈 테니."

귀족에게 섣불리 손댈 수 없었던 기사들은 서로 눈치를 보며 고개를 끄덕였다.

쾅——

제 발로 나온 루미아는 한동안 멀뚱히 서 있었다. 이윽고 깨어난 멍청이의 비명에 모든 기사가 자리를 떠나는 순간, 억지로 지면 위를 딛고 있던 다리에 힘이 쫙 풀렸다.

"하! 미치겠네."

아무렇지 않은 척했지만, 사실은 그렇지 않았다. 그녀의 가슴엔 지울 수 없는 상처가 생겼고 그 사이로 살을 에는 듯한 추위가 깊게 파고들었다.

믿었던 사람에게 배신을 당하는 것은 두 번 다시 겪고 싶지 않을 정도로 끔찍한 경험이었다. 심지어 루미아는 이미 배신을 당한 전적이 있다. 그것도 가장 가까운 사람에게.

어쩌다 소문이 와전됐는지는 모르겠지만 그녀의 아버지는 무역하던 도중 해적에게 습격을 받아 숨졌다. 덕분에 아버지만 믿고 평소처럼 모든 돈을 탕진한 새어머니와 이복 오빠는 불어 터진 아버지의 시신을 보고 오열하기는커녕 울화만 터트렸다.

그것만으로도 기가 차는데 다음으로 그들이 한 행동은 더욱 충격적이었다.

"금고를 들고 튀었다는 말은 크게 다르지는 않네."

루미아는 그때만 생각하면 이가 갈린다는 듯 인상을 찌푸렸다.

새어머니, 로라는 예전부터 아름다운 것에 대한 집착이 대단했다. 그래서 그녀는 가장 먼저 자원이 바닥난 동굴에 들어가 자수정을 모두 긁어모았다. 그뿐만 아니라 그녀는 루미아 몰래 빌릴 수 있는 한 가장 많은 돈을 남작가의 이름으로 빌리고는 어마어마한 부를 축적한 마차와 함께 홀랑 튀어버렸다.

뒤늦게 이를 알았을 때는 얼마나 어처구니가 없던지. 너무 어이가 없으면 얼이 빠진다더니 루미아가 딱 그 꼴이었다.

그런데 그게 끝이 아니었다.

세계 끝까지 찾아가서 응징하기 위해 온몸을 불사르던 루미아는 더욱 충격적인 사실을 알게 되었다. 그것은 바로 두 사람의 이름과 출신 등, 지금까지 알고 있던 모든 정보가 가짜였다는 것!

즉, 그들은 이런 쪽으로 문외한인 아버지와 순진한 루미아를 데리고 사기를 쳤다는 것이다!

"으으으…… 생각하면 할수록 분해 죽겠네!"

작정하고 사라진 두 사람을 찾을 방법 따윈, 돈이 없는 루미아에겐 존재하지 않았다. 그리고 그녀는 무척 분하지만, 그들이 만들어놓은 빚을 고스란히 떠안을 수밖에 없었다.

"결국, 이렇게 될 운명이었어."

드디어 가족이 생겼다는 마음에 너무 호구같이 생활했다. 머리로는 이상하다고 알고 있었으면서도 '그래도 가족이니까.' 라는 안일한 마음이 이런 상황까지 끌고 왔다.

"그런데 이제 와서 진짜 가족도 아니었다고?"

그런 인간들 뒷바라지하느라 많은 시간을 빼앗긴 것이, 지금은 천추의 한이 되었다.

헤리온도 그랬다. 전생엔 모태 솔로로 살았으니 그래도 나 좋다는 사람이 생겨서 너무 들떴나 보다.

사랑까지는 아니었지만 그래도 믿을 수 있는 사람이라곤 그밖에 남지 않은 상황이었다. 그런데 그마저도 가식이었단다.

"이쯤 되면 사람 보는 눈이 더럽게 없는 걸지도."

루미아는 그렇게 중얼거리며 멍하니 허공을 응시했다.

뭐든지 퍼주는 사람이 바보가 되는 세상. 전생과 별다를 바 없는 게 사람 사는 세상인데 너무 긴장을 풀었던 걸까?

루미아는 허탈한 시선을 내려 묵직한 무게가 느껴지는 오른손을 바라보았다.

급하게 챙겨 나오느라 거의 쑤셔 넣다시피 한 덕분에, 안 그래도 낡은 가죽 가방은 울퉁불퉁. 참 못났다.

"이제 믿을 건 너밖에 없다."

그래. 이제 믿을 건 자신의 힘밖에 없었다.

못생긴 가방을 천천히 내려놓은 루미아는 철창 너머를 지긋이 응시했다. 그리고 대뜸 양손을 들어, 힘차게 가운뎃손가락을 들어 올렸다.

"에라! 엿이나 처먹어라!"

광장 그 끄트머리.

"지금은 저 자식을 생각하는 시간조차 아까워."

당장 급한 건, 쉬거나 잠을 잘 수 있는 주거 공간이었다. 허름한 여관이어도 좋고 말똥 냄새가 진동하는 마구간이어도 좋다.

이렇게 추운 날에 밖에서 잠을 잘 경우, 그대로 동사할 가능성이 농후했다. 특히 따뜻한 공간에 오랫동안 익숙해진, 연약한 귀족의 몸이라면 더했다.

"어떡하지? 지금 당장 할 수 있는 건 이것밖에 없는데……."

급 시무룩해진 루미아는 오른손에 들려있는 가죽 가방을 물끄러미 내려다보았다. 나름 믿는 구석이 있었는데 휑한 거리를 보니 그마저도 불안하다.

"날씨가 추워서 그런지 사람이 별로 안 돌아다니네. 이러면 날 고용해줄 사람을 찾기도 힘들겠어. 끙……. 전생의 나였더라면 이런 일은 상상조차 하지 못했을 텐데."

루미아는 우울하게 중얼거렸다. 힘들게 자라났다고 하지만 그래도 제 몸 하나 누일 방은 있었다. 이후 새로운 세상에 태어나서도 등 따시고 배부른 삶을 살았는데 길거리 노숙은 아무리 생각해도 무리였다.

"괜히 집을 내놓았나 봐. 일자리라도 먼저 찾고 나서 나왔어야 했는데……. 아니, 그보다 내가 왜 이런 고생을 해야 하는 거야……!"

무려 3만 골드다. 저택은 물론, 저택 내부의 모든 것들이 경매에 올라가 어느 정도 탕감은 되겠지만, 그래도 그녀가 갚아야 할 금액은 만만치 않을 게 분명했다.

"젠장. 그 자식들, 만나기만 해봐라! 아주 다리를 분질러 버리겠어!"

분노한 루미아가 하늘을 향해 크게 외쳤다. 그런데.

쿠르릉——! 쏴아——

"……."

너무 떠들었나 보다.

온몸을 때리는 차가운 비가 얼음장처럼 차갑다. 딱 봐도 고생 좀 해보라는 느낌에 와락 인상을 찌푸린 루미아는 미친 듯이 광장 주변을 뛰어다니기 시작했다.

"으아!"

때마침 너른 지붕을 찾은 루미아는 미친 사람처럼 소리를 지르는 것을 그만두고 헐레벌떡 걸음을 옮겼다. 이 일련의 사건들이 모두 순식간에 일어났음에도 불구하고 그녀는 비 맞은 생쥐 꼴의 신세를 면하지 못했다.

"얼어 죽겠네……!"

훌쩍——

이봐라. 벌써 콧물까지 나온다. 루미아는 자신의 처량한 모습을 생각하지 않으려 애를 쓰며 새빨갛게 얼어붙은 손가락에 관심을 돌렸다.

사락——

'으응? 선객이 있었네.'

지붕 위를 두들기는 빗소리마저 묻힐 만큼 크게 들려오는 소리. 귀를 쫑긋거린 루미아는 인기척이 느껴지는 방향으로 고개를 돌렸다. 그리고 제 눈을 의심할 수밖에 없었다.

"이런, 제기랄?"

아. 속으로만 생각한다는 것이 소리가 되어 나와 버렸다.

루미아는 휘둥그레진 눈으로 입을 가리며 한 발자국 뒤로 물러났다. 다행히 빗소리가 그녀의 목소리를 제대로 삼켜주었는지 옷에 물기를 털어내고 있던 남자는 그녀에게 시선조차 주지 않고 있었다.

'후유……. 다행이다.'

루미아는 안도의 한숨을 내쉬며 힐끔 남자를 바라보았다.

도저히 사람이라고 생각되지 않는 엄청난 외모. 왜 갑자기 욕이 튀어나왔는지 충분히 이해가 가는 얼굴에 자꾸만 시선이 갔다.

'그나저나 뭘 저렇게 뚫어져라 보고 있는 거야?'

루미아는 옷에 묻은 물방울을 털어내는 척하며 슬쩍 그의 옆모습을 바라보았다.

주신의 은총을 온몸으로 받았는지 억! 소리가 나게 잘생긴 남자. 하지만 잘 벼려진 칼날 같아 가까이하기엔 어려운 인상의 그는 한 곳을 뚫어져라 쳐다보고 있었다.

'으응? 저건…….'

남자가 보고 있는 방향을 향해 시선을 돌린 루미아는 커다란 눈을 깜빡였다. 그도 그럴 것이 커다란 광장 한가운데에 전복된 마차는 꽤 비현실적으로 보였기 때문이다.

"진짜 심하다. 어쩌다 저렇게 된 거지? 혹시 누구 다친

거 아니야?"

루미아는 걱정하는 어투로 중얼거렸다. 그녀의 목소리가 이번에는 남자의 귀에도 닿았으리라고는 상상도 못 한 채.

다행히 마차 주변에는 새빨간 피라던가 살려달라며 외치는 사람이 보이지 않았다. 대신 마차를 일으키려 애쓰는 기사들과 쏟아 내리는 비를 그대로 맞으며 안절부절못하는 마부가 그 자리를 대신했다.

"으랏차! 으랏차차!"

쿠쿵——!

쏟아지는 비가 무색하게 자욱한 흙먼지가 일었다. 미리 분리한 말을 데리고 천천히 다가온 마부는 박살이 난 지붕과 뜯어진 문 한 짝을 망연자실하게 바라보았다.

"어? 왜 이쪽으로 오지."

다른 기사에게 말을 맡긴 마부가 이쪽을 향해 똑바로 다가오고 있었다. 루미아는 갑자기 이쪽을 향해 걸어오는 마부와 그 시선을 그대로 받아들이고 있는 남자를 번갈아서 쳐다보았다.

'설마 저 전복된 마차의 주인인가.'

남자는 조각 같은 외모만 가진 것이 아니었다. 뭉게구름에 어두워서 잘 몰랐지만, 자세히 보니 그가 입고 있는 옷 또한 아주 고급스러운 원단으로 만들어진 것이었다. 디자인 역시 최근 유행하는 것이어서 딱 봐도 유행에 민감한 귀족

티가 폴폴 났다.

하지만 타 귀족들에게 관심이 없는 루미아는 그가 어떤 가문의 자제인지, 또는 어떤 가문의 가주인지조차 구별할 수 없었다. 몰락 귀족의 딱지가 붙은 지금, 이 순간에도 딱히 궁금증이 인다거나 하지는 않았다.

"어떡하지요? 지금 상황으로는 마차를 끌 수가 없을 것 같습니다요."

"고칠 방도는 없는가."

"그것이……. 저는 일개 마부인지라 마차를 고치는 재주 따위는 없지 말입니다."

"환장할 노릇이군."

남자가 골치가 아픈 듯 인상을 찌푸렸다. 확실히 저 상태로는 비가 그쳐도 마차를 끌기에 무리가 있었다. 굴러가기는 하더라도 과연 어떤 귀족이 너덜너덜한 마차를 타고 돌아다니고 싶을까.

루미아는 제 목에 칼이라도 들어온 듯 죽을상을 하는 마부와 멀리서 이쪽의 눈치를 보고 있는 기사들을 힐끔 바라봤다. 안절부절못하면서 내리는 비를 쫄딱 맞고 있는 것이 처량하기 그지없다.

"저……. 혹시 저 마차의 주인이세요?"

"응? 아가씨는 누구요?"

마부가 고개를 갸웃거리며 물어왔다. 루미아는 집중된 두 시선을 포용하며 나긋한 웃음을 지었다.

"그냥 지나가는 목수랍니다. 그나저나…… 꽤 난처한 상황에 부닥치신 것 같은데. 실례가 되지 않는다면 제가 도와드려도 될까요?"

"목수?"

남자가 입을 열었다. 그는 루미아를 머리끝부터 발끝까지 천천히 훑어보더니 의심 가득한 눈초리로 그녀를 노려보았다. 마치 밀림의 왕이 먹잇감의 목덜미를 노리고 있는 느낌에 심장이 쫄깃쫄깃해졌다.

'으아. 지나가는 목수 처음 보나?'

루미아가 질린 듯 살짝 어깨를 떨었다. 예전부터 힘든 사람을 보면 가만히 있지 못하는 성격이었지만 지금만큼은 퐁퐁 샘솟던 걱정이 빠르게 식어버리는 느낌이 들었다.

"그쪽이 정말 목수라고?"

"그럼요~! 어디 속고만 사셨나?"

"어째서 도와주겠다는 거지?"

의혹이 짙게 서린 목소리에 루미아는 '너 친구 없지?'라고 묻고 싶은 것을 억지로 삼켰다. 그냥 사람이 도와줄 수도 있는 거지 꼭 저렇게 따지고 묻는다.

'하긴. 나 같아도 처음 보는 사람이 대뜸 도와준다고 나서면 의심부터 하겠지만.'

자동으로 떠오르는 세 명의 얼굴을 뻥! 날려버린 루미아는 입술을 삐죽 내밀었다.

"무슨 소리예요? 당연히 값을 지불하셔야죠. 세상에 공짜가 어디 있다고 그래요?"

루미아는 가볍게 어깨를 으쓱이며 호호호 웃어댔다. 그에 남자는 잠시 이해하는가 싶더니 여전히 미심쩍은 눈길로 그녀를 바라보았다.

"……한번 맡겨보도록 하지."

"맡겨만 주세요."

저 남자. 분명 밑져야 본전이라고 생각했던 것이 틀림없다.

루미아는 안 봐도 비디오라며 코웃음을 치고는 지붕 위를 때리는 빗소리에 멈칫했다.

"저기요. 이것 좀 잠시 빌릴게요."

"으잉?"

그리고는 마부 손에 쥐어진 우산을 빼앗아 들었다.

전복된 마차에서 급히 탈출한 주인을 위해, 미리 준비한 우산을 빼내온 마부는 휑해진 제 손을 보며 멍청한 표정을 지었다.

찰박찰박——

정신을 차리고 옆을 보니 이미 여인은 빗속으로 사라지고 없었다. 미역처럼 축 늘어진 머리카락 때문에 얼굴을 제대로 확인하지는 못했지만, 분명 정신이 이상한 사람일 것이라며 마부는 단정 지었다.

"참 이상한 사람인 것 같습니다요."

"확실히……."

"예에?"

마부의 눈이 금방이라도 튀어나올 듯 커졌다. 일단 입 밖으로 내뱉긴 했지만, 주변 일엔 무관심하기로 유명한 그가 자신의 말에 동조할 줄은 몰랐기 때문이다.

그러나.

"저 여인을 잘 주시해. 그리고 조금이라도 수상한 짓을 할 시에는 바로 포박시켜라."

그럼 그렇지.

심기 불편한 얼굴을 확인한 마부는 서둘러 대답을 마친 뒤, 마른 침을 꿀꺽 삼켰다. 그리고 제발 저 여인이 유능한 목수이기를 바라며 진심으로 명복을 빌었다.


탕탕탕——!

웅성거리는 기사들을 물리고 아무렇게나 널브러져 있던 사과 궤짝을 끌고 온 루미아는 곧바로 작업에 착수했다.

박살이 난 지붕은 해체한 사과 궤짝 나무를 이용해 깔끔하게 수리. 저 멀리 나가떨어진 문짝은 아직 쓸 만하기에 가지고 있던 경첩을 이용해 튼튼하게 고정했다.

이 모든 일이 종료되기까지 걸린 시간은 불과 10분.

루미아는 처마 아래에 앉아, 떡 벌어진 입을 다물지 못하는 기사들을 바라보며 해맑게 웃었다.

"임기응변밖에 되지는 않았지만 지금 상황에서는 이것이 최선이에요. 어때요? 이 정도면 마차를 쓸 수 있겠죠?"

그녀의 말에 기사들은 격하게 고개를 끄덕였다. 처음엔 웬 머리카락을 축 늘어트린 여자가 공작님의 우산을 훔쳐왔나 싶었지만, 이어지는 놀라운 실력에 그들은 순식간에 공연을 구경하는 관람객이 돼버렸다.

개중에는 사과 궤짝을 박력 있게 뜯는 장면에서부터 빈혈 증상을 보이는 기사도 있었다.

"정말 완벽하네요. 좌석은 이미 비에 젖어 축축하지만, 두꺼운 담요를 깐다면야 사용하는 데에 큰 문제는 없을 겁니다요."

어느새 다가온 마부가 함박웃음을 지으며 루미아를 향해 엄지손가락을 척 들어 올렸다. 갑작스러운 칭찬 릴레이에 어색해진 루미아는 뒤통수를 긁적이며 난감하게 웃었다.

"아하하……. 별로 어려운 일은 아니었는걸요. 에, 에취!"

찰박——

코를 훌쩍이던 루미아는 바로 지척에 다가온, 새까만 구두코를 보고는 고개를 들었다.

"진짜 목수였군."

"물론이죠. 저는 거짓말을 하지 않아요."

여분의 우산을 쓰고 있던 남자는 다시 한번 루미아를 위에서부터 아래로 쭉 훑어보았다. 순간 검은색 우산과 분홍색 우산이 부딪치며 물방울이 사방으로 튀었다.

"어? 비가 멈췄네요?"

루미아는 들고 있던 칙칙한 우산을 접으며 마부에게 넘겼다. 언제 비가 쏟아져 내렸냐는 듯 쾌청한 겨울 하늘엔 일곱 빛깔 무지개가 떠 있었다. 루미아는 아름다운 광경에서 시선을 떼고 남자에게 손을 내밀었다.

"뭐지?"

"단돈, 10 실버입니다. 고갱님."

나무에 박히는 못이 헤리온이라고 생각하며 찍어댔더니 기분이 훨씬 좋아졌다. 콧노래가 절로 나올 정도로 경쾌해진 루미아는 싱글벙글 웃으며 재촉했다.

"빨리 주세요. 혹시 돈이 없으신 건 아니죠?"

남자는 잠시 멈칫하더니 허리춤에 매여진 주머니를 열어 봤다. 하지만 직접 돈을 소비하는 일이 거의 없어 형식으로만 매달고 다니던 주머니에 돈이 있을 리는 만무했다.

"없…… 다."

"뭐야! 돈이 없으면 어떡해요!"

루미아는 대어를 놓친 낚시꾼처럼 허망하게 외쳤다. 그에 난생처음 돈이 없을 때의 난감함을 느낀 남자는 미간을 좁혔다.

"자네. 혹시 10 실버만 꿔줄 수 있나?"

"죄, 죄송합니다요! 제가 원래 일을 할 때는 돈을 가지고 다니지 않지 말입니다!"

"……."

태어나서 처음으로 돈을 꿔달라고 말한 기념적인 날이었으나, 무일푼이라는 마부의 말에 남자의 몸이 덜거덕거렸다. 다시 한번 당혹감을 느낀 그는 슬쩍 기사들을 돌아보았다.

하지만 그의 시선을 받은 기사들 역시 고개를 저으며 텅 빈 주머니를 들췄다.

"……간만의 손님이다. 잘 모시도록."

결국, 남자는 최후의 선택을 할 수밖에 없었다. 그는 아까의 당황했던 표정을 싹 지운 채 위엄 어린 목소리로 명했다.

"예!"

이어서 들려오는 기사들의 우렁찬 외침에 루미아는 두 눈을 끔벅였다.

하지만 그것도 잠시. 얼빠진 얼굴 그대로 기사들에게 양팔이 포박된 그녀는 더욱 얼빠진 말을 내뱉었다.

"엥?"

그 길로 루미아는 납치를 당했다.

'결국 여기까지 와버렸다…….'

머리카락의 물기를 털어낸 루미아는 나른한 감각을 느끼며 한숨을 푹 내쉬었다.

갑자기 의미 모를 말을 꺼내더니 뜬금없이 납치를 당했다. 그녀의 의사 따윈 상관없는지 남자는 루미아를 마차에 태우고 저택에 도착할 때까지 단 한마디도 꺼내지 않았다.

"덕분에 이렇게 씻을 수 있었지만……."

거절을 하려 했다면 마차에 탔을 때 말했어도 늦지 않았다. 하지만 같이 따라 들어온 기사들이 양옆에서 노려보는데 무슨 말을 꺼낼 수가 있었을까. 덕분에 마차 안에 있는내내 공황상태였던 루미아는 아무 말도 꺼내지 못하고 저택안까지 운송되었다.

"어휴. 이 멍청이 같으니라고. 만약 나쁜 마음을 먹은 사람이었다면 어쩔 뻔했어?"

다행히 그런 나쁜 일은 일어나지 않았지만 당혹스러운 기분은 전혀 사그라질 기미가 보이지 않았다.

콩! 소리가 나도록 제 머리를 쥐어박은 루미아는 찔끔 나오는 눈물을 훔치며 창밖을 내다보았다.

"이상하게 낯이 익단 말이지."

모든 것을 삼켜버릴 듯 크게 입을 벌린 사자 문양.

아는 거라고는 애클렌 가문의 하프 문양과 다섯 살 꼬마 아이도 알 정도로 유명한 황가의 떠오르는 태양 문양. 그 두 가지 뿐이다.

하지만 마차를 타고 오면서 얼핏 보였던 사자 문양. 정말 기이하게도 낯이 익다.

"높은 사람인가? 아니면 황가와 관련 있는 가문인가?"

괜히 돈 내놓으라고 했나?

벌컥——

그때였다. 갑작스럽게 활짝 열리는 문짝에 깜짝 놀란 루미아는 휘둥그레진 눈으로 뒤를 돌아봤다.

"무…… 무슨 노크도 없이 그냥 들어와요!?"

"내 집인데 왜 노크를 해야 하지?"

예의 없이 문을 연 사람은 기가 막히게도 이 저택의 주인이었다. 루미아의 짜증에 남자는 이해할 수 없다는 듯 인상을 찌푸렸는데, 정말 무엇을 잘못했는지 알 수 없다는 표정이었다.

'이 사람. 상식은 제대로 박혀 있는 거야?'

믿을 수 없는 사고방식에 루미아는 입을 떡 벌렸다. 만약 옷을 갈아입고 있는 상태였다면 정말 아찔한 상황이 벌어졌을 것이다.

루미아는 최대한 놀란 가슴을 감추며 짐짓 화난 자세를 취했다.

"사람을 납치하듯 데려올 때부터 알아봤어야 했어. 이봐요, 당신! 만약 내가 소리라도 질렀으면 어쩌려고 그랬어요?"

"무슨 말인지 이해가 가질 않는군. 나는 분명 너를 손님으로 대하라고 했다. 그런데 뭐가 문제지?"

'문제? 사람을 범죄자 연행해 가듯 끌고 가놓고 문제에?'

마치 벽에다 대놓고 대화하는 느낌이다. 루미아는 문득 헛웃음이 나오는 것을 느끼며 이마를 짚었다. 그와 대화하면 대화할수록 스트레스 지수가 점점 올라가는 것 같았다. 마치 깊은 늪 속으로 끌려들어 가는 느낌.

그녀는 일단 한 발 물러나기로 했다. 하지만 발에 걸리는 옷자락에 꾹꾹 눌러 담았던 감정이 다시금 삐죽 새어 나왔다.

"그래요. 일단 그렇다고 쳐요. 그런데 이건 또 뭐예요? 아까 오면서 봤는데 이 옷. 시녀들이 입는 옷 아닌가요?"

"이 저택에 여자들이 입는 옷이라곤 그것밖에 없다. 아니면 혹시 시종들이 입는 옷이 탐났던가? 미처 그 생각은 하지 못했군. 이봐, 밖에 누구……."

"잠깐!"

당장이라도 사람을 부를 기세에 빠르게 앞길을 막아선 루미아는 최종적으로 남자에 관한 판단을 내렸다.

'이거 완전 또라이잖아?'

하지만 답답한 그녀의 심정을 아는지 모르는지, 잠깐 의아한 눈빛을 띠었던 남자는 태연한 얼굴로 품을 뒤적거리기 시작했다. 그리고 마침내 무언가를 꺼내든 남자는 바스락거리는 종이봉투를 건넴으로써 말문을 막히게 했다.

"이건……."

"감기약이다. 좋은 약재들을 달여 만든 것이니 금방 효과를 보일 테지. 그리고 이건 아까 말한 10실버다."

추가로 돈이 든 주머니를 받은 루미아는 커다란 눈을 연신 끔뻑였다.

'설마 이 사람……. 내가 기침하던 것이 계속 신경 쓰였던 거야?'

그러고 보니 마차를 타고 가는 내내 격렬하게 기침을 하기는 했다. 그 사실을 떠올린 루미아는 내심 가슴이 찡해지는 것을 느끼며 종이봉투를 꼭 끌어안았다.

아직 세상은 따뜻한 모양이다.

"정말 고맙습……."

"바로 식사를 챙겨줄 테니 약까지 다 먹으면 나가도록."

"엥?"

방금 이 사람이 무슨 말을 한 것일까. 물론 돈도 받았고 잠시 신세도 졌으니 얼른 나가주는 것이 도리에 맞지만. 아니, 그래도 하필 이 상황에 그런 이야기는 왜 꺼내는 걸까.

받은 감동 다 날아가게.

"왜 그러지? 의원이 약을 먹기 전에 음식을 섭취하는 것이 좋다고 했다만."

"하……. 됐어요. 내가 말을 말아야지."

루미아는 지친다는 듯 고개를 내저었다. 이 사람은 진정 모르는 것이다. 그러니 백날 말해봐야 소용이 없다. 깔끔하게 판단을 내린 그녀는 이왕 이렇게 된 거 밥이라도 맛있게 먹자는 심보로 고개를 까딱였다.

"그래서 식당이 어디죠?"

커다란 저택에 걸맞게 식당 또한 아주 넓었다. 하지만 조금 휑한 느낌을 지울 수 없었던 루미아는 연신 주변을 두리번거리며 의자를 빼내어 앉았다.

'보통 귀족들은 호화로운 장식을 하기 마련인데.'

고작 밥 먹는 공간에 무얼 그리 꾸미는가 싶지만, 초대된 귀족들에게 차리는 기본적인 예의이기도 해서 적어도 금칠이 된 장식품 하나쯤은 식당 한 공간을 차지했다.

루미아의 가문 또한 그랬다. 그래서 그런지 지나치게 깔끔한 식당은 꽤 황량해 보이기까지 했다.

'그러고 보니 여자 옷도 시녀복 말고는 없다고 했지. 혹

시 저택에 다른 가족들은 없는 걸까? 그렇다면…….'

왠지 모르게 드는 동질감에 루미아는 울적해진 얼굴로 주변을 두리번거렸다.

"무얼 그렇게 두리번거리는 거지?"

"아, 아무것도 아니에요."

잘못하다 걸린 아이처럼 화들짝 놀란 루미아는 황급히 고개를 저었다.

식당에 들어선 사람은 그녀뿐만이 아니었다. 안내해주는 김에 같이 식사라도 하려는지 저 멀리 떨어져 앉은 남자가 고개를 갸웃거렸다. 말이 고개를 갸웃거린다고 할 뿐이지 찬바람 쌩쌩 부는 얼굴로 고개를 모로 기울이는 것은 조금 공포였다. 물론 그마저도 얼굴이 다 커버했기 때문에 딱히 지적할 필요는 없어 보였다.

'조금 짜증 나는걸. 뭔가 재수 없…….'

쿵──

"으악!"

옷이 불편해 자세를 바꾸려던 루미아는 식탁에 팔꿈치를 찧고 말았다. 정확히 말하자면 팔꿈치 안쪽 물렁뼈를 강타했는데 상당히 세게 찧었는지 팔 전체가 징! 하고 울렸다.

"뭐 하는 거지?"

"아, 죄, 죄송해요. 잠깐 자세를 바꾸려다 그만."

고통을 삼키며 허리를 굽힌 루미아는 파드득 몸부림치고

싶은 것을 억누르며 하하하 웃었다. 그런데 그때, 낮아진 시야 사이로 익숙한 글자가 콕 하고 박혀 들었다.

"응? 이 이니셜은……."

루미아는 고통도 잠시 잊고 허리를 쫙 폈다. 그리고 어딘가 홀린 듯 식탁 위를 훑어보는데 그녀의 상태에 의구심을 갖던 남자마저도 인상을 찌푸릴 만큼 집착적이었다.

"식탁 앞에서 대체 뭘 하는 거지? 그렇게 배가 고팠던 건가?"

"또 무슨 오해를 하는 거예요? 그보다 이 식탁. 어디서 구하신 거예요?"

"그 식탁은 아버지께서 구매하신 물건이다. 어디서 구매했는지는 나도 모르겠군. 그래서 그걸 묻는 이유는?"

남자의 물음에 잠깐 뺨을 긁적이던 루미아는 마치 반가운 사람을 발견하기라도 한 듯 화사하게 웃었다.

"그냥 조금 의외이기도 하고, 반가워서요."

"무엇이?"

그의 얼굴이 점점 이상하게 일그러졌다. 그도 그럴 것이 갑자기 변태처럼 식탁을 만지작거리더니 갑자기 반가워서 그랬단다. 이쯤 되니 그녀의 정신에 이상은 없는지, 혹시 어딘가 하자가 있는 사람을 집 안에 들인 것은 아닌지 걱정이 되었다.

하지만 이어서 나오는 그녀의 말은 그 모든 걱정을 날려

버릴 만큼 충격적이었다.

"이 식탁. 제가 만든 거거든요."

"……."

"……."

"이 식탁을……?"

"네."

"그대가 만들었다고?"

"네."

무슨 문제 있어요?

순박하게 깜빡이는 눈동자가 그렇게 말을 한다. 남자는 잠깐 진지하게 고민을 하는가 싶더니 한쪽 손을 들어 올렸다.

"차라리 지나가는 개미가 웃었다고 말하지 그러나."

또라이가 미친년 보듯이 쳐다본다. 그 황당하기 짝이 없는 반응에 잠시 얼이 빠진 루미아는 이마에 핏줄이 돋아나는 것을 느꼈다.

"이봐요! 지금 내가 거짓말을 하고 있다는 거예요? 아무리 못 믿겠어도 그런 식의 모욕은 좀 아니죠!"

"그만하는 게 좋을 것 같군. 장난은 1절이면 충분해."

"장난이 아니라니까요? 당신 내가 우습죠? 응? 우스우니까 지금 이러는 거 아니야!"

"그대야말로 감히 베르사모 공작가를 능멸하려는 건가?"

"네? 고, 공작이요?"

급히 숙이고 들어오는 모양새에 싸늘하게 굳어졌던 얼굴
이 다시금 무표정으로 돌아왔다. 그는 매우 친절하게도 다
시 한번 강조하듯 입을 열었다.

"여기는 베르사모 공작가다."

이번엔 기다란 손가락이 그를 가리켰다.

"나는 베르사모 공작이고."

덕분에 루미아는 공황에 빠졌다.

'그, 그러니까 저 사람이 피도 눈물도 없는 사람으로 유
명한 그 카르반 베르사모 공작이라고?'

안 그래도 커졌던 눈이 곧 튀어나올 듯 크게 뜨였다. 그리
고 머릿속으로 스쳐 지나가는 한 장면.


'이상하게 낯이 익단 말이지.'


모든 것을 삼켜버릴 듯 크게 입을 벌린 사자 문양. 어디선
가 본 것 같은 느낌이 든다 했더니. 어릴 적 새어머니가 절
대 개기지 말아야 할 가문 중 하나라고 주의를 시켰던, 바로
그 가문 중 하나가 아닌가!

루미아는 억! 소리가 날 뻔한 것을 억지로 삼키며 주둥이
를 뻐끔거렸다. 그리고 믿기지 않는다는 듯 더듬더듬 말을
이어나갔다.

"여, 여기가 베르사모 공작가였다고요!? 당신이 그 가주이고?"

"설마 몰랐다고 말하고 싶은 건가? 마차 문에 베르사모 가문을 증명하는 문양이 그려져 있었을 텐데."

"무슨? 알았으면 절대 안 도와줬……!"

아, 방금 건 취소. 루미아는 슬쩍 고운 눈썹을 들어 올리는 베르사모 공작을 보며 나불대던 입을 다물었다. 어쩐지 그를 대하는 기사들이 눈에 띄게 군기가 잡혀 있더라니. 지금까지 공작에게 했던 모든 말들이 주마등처럼 스쳐 지나가며 온몸에 식은땀이 났다.

'아니 잠깐. 내가 왜 이렇게 쫄아있지? 난 잘못한 거 없잖아?'

잘못은 무슨, 오히려 이쪽에서 도움을 줬다. 어깨를 쫙 펴고 당당하게 굴지언정 허리를 굽히고 굽실거릴 이유는 전혀 없는 것이다.

게다가 아무리 베르사모 공작가의 가주가 피도 눈물도 없는 사람으로 소문이 났지만, 그것도 루미아가 어렸을 때의 이야기다. 당시 알고 있던 정보에 의하면 베르사모 공작가의 가주는 중년인이었고 현재 눈앞에 있는 남자는 아무리 적게 봐도 20대 초반이었다.

'조금 또라이 같기는 하지만, 그래도 나쁜 사람은 아닌 것 같고.'

돈을 떼먹지 않기 위해 직접 저택에 초대한다든가 감기 증세를 보이는 자신을 위해 감기약을 쥐여준 사실을 떠올린 루미아는 긍정적으로 생각하기로 했다.

'그래. 무엇보다도 난 잘못한 게 없는걸!'

가주는 바뀐 것 같고 전 가주와 달리 피도 눈물도 없는 사람은 아닌 것 같다. 지금은 조금 화난 것 같지만 그것은 오해 때문에 비롯된 것이고, 가장 중요한 것은 루미아는 거짓말을 하지 않았다는 사실이다.

"이봐요 공작님. 저는 태어나서 한 번도 거짓말을 한 적이 없다고요. 유치해서 이런 말은 안 하려고 했는데, 그쪽이야말로 명예 훼손죄로 끌려가고 싶어요?"

"단 한 번도? 그 말에 맹세할 수 있겠나?"

"그……. 솔직히 단 한 번도 거짓말을 안 하면 그게 사람이에요!?"

루미아가 빽! 소리를 질렀다. 어쩌다 보니 제 죄를 인정하는 꼴이 되었다. 그녀는 한참을 씩씩거리더니 괜히 콧잔등을 찌푸렸다.

다른 건 몰라도 자신의 노력을 부정당하는 말을 가만히 듣고만 있을 수는 없었다.

"크흠! 어쨌든 이 식탁 제가 만든 거 맞아요. 이것 좀 보세요. 여기 새겨져 있는 'L'이라는 이니셜 보이시죠? 이건 제가 가구를 완성하고 난 뒤, 항상 새겨놓는 글씨에요. 나 참.

내가 왜 구구절절 이런 것까지 설명하고 있는 건지…….”

잠시 현자타임이 온 루미아는 다시 큼큼 목을 가다듬더니 허리에 두 손을 얹었다.

“그러니까 제발 그 이상한 사람 보는 듯한 눈빛 좀 치우라고요. 예?”

“아버지께서 늘 말씀하셨지. 이 식탁은 튼튼한 근육을 가지고 있으며 타고난 감각을 지닌 남자가 만들었을 거라고. 마치 눈앞에서 본 듯 생생하게 말했으니 이 식탁을 만든 사람은 틀림없이 그런 남자가 만들었을 거다. 하지만 자네는…….”

무덤덤한 시선이 머리끝에서부터 발끝까지 쓱 훑고 지나갔다. 그 노골적인 눈빛에 루미아는 자동으로 두 팔을 교차시켰다.

‘말을 안 하니까 더 열 받아!’

“그러니까 결론은 수긍할 수 없다.”

“아 진짜!”

루미아가 더는 못 해 먹겠다는 듯 푹신한 의자에 몸을 맡겼다. 그 모습을 놓치지 않고 모두 지켜본 카르반은 결정적으로 그녀의 속을 뒤집어 놓을 만한 말을 투척했다.

“왜 그러지? 더는 변명할 거리가 생각나지 않는 건가?”

콰직——!

“…….”

엄청난 소리와 함께 잠깐 정적이 일었다. 루미아는 눈 밑의 그늘을 치우며 경련이 이는 입꼬리를 씩 말아 올렸다.

"어머나. 이게 왜 이러지? 저처럼 연약한 사람의 악력에 부서지다니! 혹시 나무가 오래돼서 그런 건 아닐까요?"

하하하 웃는 웃음소리가 참으로 가식적이다. 새하얀 손가락 사이로 우수수 떨어지는 나무 부스러기에 카르반의 눈썹이 한차례 들썩거렸다.

'……저게 연약하다고?'

그는 신기한 괴생명체를 보듯 루미아를 바라봤다. 아무래도 그녀는 '연약'이라는 단어의 뜻을 잘못 알고 있는 것이 분명했다.

카르반이 할 말을 잃었던 동안 루미아는 손바닥에 박힌 가시를 아무런 표정 없이 뽑아냈다. 그리고는 공작을 향해 두 눈을 치켜떴다.

"어쩔 수 없네요. 그렇게 증거를 원하신다면 보여드리죠."

"……?"

그게 무슨 말이냐고 묻고 싶었지만, 목소리가 나오지 않았다. 카르반은 의문이 가득한 눈동자로 어딘가 초점이 나간 것 같은 여인을 바라보았다.

"이 식탁과 똑같은 가구. 지금 당장 만들어 보이겠다고요."

석양을 등진 여인이 자신만만하게 말했다.

"으아아아! 아팠어! 너무 아팠다고!"

널찍한 방 안에 홀로 남겨진 루미아는 바닥 위를 데구루루 구르며 비명을 질렀다. 공작 앞에서 자존심 하나 챙기겠다고 못 지른 비명이 뒤늦게 터져 나온 것이다.

솔직히 팔걸이를 부술 마음은 전혀 없었다. 하지만 정신을 차려 보니 이미 일은 저질러져 있었고 부서진 나무 조각이 손바닥에 찔리는 것 또한 전혀 예상치 못한 것이었다.

"으으으윽! 그러게 남의 성질은 왜 돋워서!"

괜히 씩씩대며 쿵쾅거리던 루미아는 창가에 있는 의자에 털썩 주저앉았다. 조용한 공간에 이리 앉아 주홍빛 노을을 보고 있노라니 이리저리 날뛰던 감정이 점점 차분하게 가라앉는 기분이다.

"일단 지르긴 했지만 곤란하게 됐네."

루미아는 턱을 괴며 부루퉁하게 중얼거렸다.

결론적으로 베르사모 공작은 루미아의 요청을 받아들였다. 직접 확인시켜주겠다는데 굳이 거절할 이유도 없었거니와 계속 실랑이를 벌여봐야 입만 아팠기 때문이다.

그리고 드디어 정상적인 생각이 들었는지 베르사모 공작은 만약 루미아의 말이 사실이라면 무례하게 대한 죄로 제대로 된 사과를 하겠다고 했다. 하지만 반대로, 그녀의 말이

거짓으로 드러난다면 가차 없이 대가를 치러야 할 것이라며 단단하게 일렀다.

"대체 그 대가가 뭐냐고오…….."

신경 쓰여 죽겠다. 아무리 그 식탁을 만든 장본인이라고 해도 완벽하게 똑같이 만들 수는 없다. 한 치의 오차가 있기 마련이고 오차 없이 완벽하게 만든다고 한들, 나무의 결은 사람들의 지문과 같아서 판을 찍어낸 듯 똑같이 만들 수는 없었다.

심지어 그 식탁은 무려 10년 전, 그녀가 이 세계에서 떨어진 이래 가장 처음으로 만든 가구다. 이미 갖은 노력으로 제 실력을 되찾은 루미아에게 그 식탁은 한없이 어설퍼 보였다.

"일부러 실력을 죽이는 건 더 힘든 일이라고……."

너무 완벽하게 만들어서 욕먹으면 어떡하지? 루미아는 혹시나 벌어질 참사를 걱정하며 아픈 머리를 문질렀다.

똑똑——

"어? 누구세요?"

"잠깐 실례하겠습니다."

뫼비우스의 띠를 자르고 누군가가 끼어들었다. 루미아는 자리에서 벌떡 일어나 문을 열고 들어오는 사람들을 멍하니 바라봤다.

"그게 다 뭔가요?"

그들은 모두 하나같이 무거워 보이는 무언가를 들고 있었다. 하얀 천으로 가려져 있어 정확히 무엇인지는 모르겠으나 바닥에 내려놨을 때 들리는 쿵! 소리는 물건이 꽤 무겁다는 것을 알려주었다.

"아. 공작님께서 공급하라 하신 재료들입니다. 그런데 식탁을 만드실 분은 어디에 계시죠? 아가씨는 목수님의 일을 도와주실 조수인가요?"

"네? 조수…… 요?"

'이놈이고 저놈이고. 왜 다들 내가 목수일 거라는 생각은 하지 못하는 걸까.'

아니, 어쩌면 그들에게 그런 선택지 따윈 아예 없을지도 몰랐다. 확실하게 정해진 것은 아니지만 이 세계에서 목수라는 직업은 은연중에 남자들만의 고유한 직업으로 굳어졌으니 말이다.

여기까지는 그저 그러려니 한다. 시대적인 편견과 고정관념을 루미아 개인이 뜯어고칠 수는 없는 일이니까 말이다.

'문제는 앞으로 내가 가구 디자이너로서 활동하려면 이런 편견들과 끊임없이 싸워야 한다는 건데……. 이거 꽤 난감한걸.'

첫 만남 때, 대충 사람들에게 가장 익숙한 존재인 '목수'라고 둘러대긴 했으나 그래도 그녀는 수상하다는 눈초리를 받아야 했다. 그 사실을 떠올린 루미아는 앞으로의 길이 꽃

길이 아닌, 가시밭길일지도 모른다는 생각에 눈앞이 캄캄해졌다.

"그래도 10년 내내 실력만 갈고닦은 건 아니니까."

연습용으로 만든 모든 가구는 시녀들을 시켜 익명으로 판매해왔다. 그렇게 해서 번 돈을 모두 빚을 갚는 데에 쓰긴 했지만, 그래도 그녀의 실력이 이 세상에 통한다는 것만큼은 확실하게 증명이 되었다.

시장 조사와 이 세계에 있는 나무들이 전생에 보았던 나무들과 크게 다를 게 없다는 것은 덤이었다.

'어차피 전생에도 가시밭길이었잖아. 미리 복습했다고 치고 앞만 보고 가자.'

좋지 않은 사실을 깨달았다고 해도 그녀가 해야 할 일이 변하는 것은 아니었다. 루미아는 암울한 생각을 떨쳐내며 조금씩 쌓여가는 물건들을 바라보았다.

앞으로 그녀가 해야 할 일은 가구 디자이너로서 이름을 알리는 것과 사람들의 편견 어린 시선에 상처받지 않고 꿋꿋이 자신의 길을 걷는 것. 국정을 돌봐야 하는 황제나 전쟁터에서 승리를 이끌어야 하는 사람들에 비하면 훨씬 쉬운 길이었다.

"다 옮겼습니다. 보시다시피 전부 완벽하게 가공한 재료들이니 사용하는 데에 큰 문제는 없을 겁니다."

그럼, 이만.

들어올 때와 마찬가지로 바글거리던 사람들은 썰물처럼 순식간에 빠져나갔다. 다시 혼자 남게 된 루미아는 멍하니 서 있다가 창가 아래에 놓인 가죽 가방을 뚫어지라 응시했다.

"그래도 생각이 있다면 실력이 향상됐다는 것을 이해해 주겠지."

아무리 얼굴만 잘생긴 또라이라도 세월의 흐름이라는 것을 알 것이다. 루미아는 그가 평범한 또라이기를 빌며 가죽 가방의 지퍼를 열었다. 그런데.

"뭐야! 물에 다 젖었잖아!"

절망에 찬 비명이 방안을 가득 채웠다.


같은 시각.

사용인들을 시켜 재료를 수급을 끝낸 카르반은 현재 느긋하게 차를 마시는 중이었다. 나름 신경이 예민한 그는 자주 두통을 느꼈는데 식후 차 한 잔은 어지러운 심신을 안정시켜주기에 아주 제격이었다.

하지만 오늘은 아무리 차를 마셔도 머릿속의 두통이 가라앉지 않았다.


'그래요. 그렇게 증거를 원하신다면 보여드리죠.'

'이 식탁과 똑같은 가구. 지금 당장 만들어 보이겠다고요.'

"……흠. 정말 종잡을 수가 없군."

"예? 무엇이 말씀입니까?"

"아니. 아무것도 아니다."

갑자기 끼어드는 목소리에 카르반은 아무것도 아니라는 듯 고개를 저었다. 그리고 휘영청 뜬 달을 한번, 찻잎을 살피는 집사, 마크를 한번 쳐다보고는 손가락 사이에 끼워진 찻잔을 조용히 내려놓았다.

"그나저나 그녀는 지금 무얼 하고 있지?"

"예? 그녀라 하심은……. 아! 오늘 같이 오신 그 아가씨 말씀입니까? 그분이라면 가장 좋은 손님방에 모셔놓았지요. 재료 또한 무사히 도착했다고 하니 걱정하실 필요는 없습니다."

"아니, 그게 아니라."

카르반은 흔치 않게 말을 끌었다. 그런 그를 잠깐 이상하게 쳐다보던 마크는 갑자기 무언가 생각이 난 듯, 손바닥 위로 주먹을 탁! 쳤다.

"아! 그러고 보니 도련님께서 여인을 저택 안에 들이는 것은 이번이 처음이지요? 도대체 그 여인은 누구입니까?"

타인과의 접촉을 극도로 싫어하는 도련님께서 굳이 저택에 초대하다니. 그의 곁에서 오랫동안 보좌해온 그로서는 꽤 이해하기 힘든 부류의 것이었다.

카르반은 언제나처럼 인자한 웃음을 짓고 있는 마크를 보며 조용히 중얼거렸다.

"돈이 없을 때의 부끄러움을 알려준 사람이다."

"예?"

제대로 듣지 못한 마크가 귀를 기울였다. 하지만 두 번이나 같은 내용을 반복할 만큼 그는 친절하지가 않았다.

"아무것도 아니다. 이만 혼자 있고 싶군."

"알겠습니다."

가볍게 손짓한 카르반은 조용히 물러나는 마크를 뒤로하고 고개를 들었다. 오늘따라 샛노란 달과 주변에 박힌 별들이 이렇게 선명해 보일 수가 없었다.

"벌써 시간이 이렇게 됐나."

달칵——

같은 소재의 물질이 서로 부딪치는 소리가 공기 중에 얽혀들었다. 혼자 남은 그는 새까만 밤하늘을 보다 말고 두 눈을 지그시 감았다.

사실 그녀의 실력이 진짜 가구를 만들 실력이 되든 안 되든 딱히 상관이 없었다. 그러나 그 가구가 살아생전 아버지가 매우 아끼시던 것이라면 이야기가 달라진다.

아버지의 향기를 가장 짙게 풍기는 물건.

그것만으로도 애착이 가는데, 심지어 그가 봤을 때도 그 식탁은 타 가구들과 다르게 완성도는 물론이고 예술성 또한 높아 보였다. 그런데 그것을 이제 막 성인식을 치렀을 법한 여인이 만들었다?

"말도 안 된다."

반쯤 충동적으로 내뱉은 모욕적인 언사.

상대방이 화를 낼 것이라 충분히 예상하고는 있었지만, 생각 외로 그녀의 반발은 꽤 심했다. 그리고 그녀는 거기서 그치지 않고 그 식탁을 자신이 만들었다는 증거를 내보이겠다고 까지 말했다.

"설마 진짜인 건가? ……아니, 그럴 리가 없다. 무려 10년 전에 들인 가구인데 있을 수 없는 일이다."

물론 그녀를 목수로 인정하지 않는 것은 아니다. 하지만 임시방편으로 마차를 고치는 것과 전문적으로 가구를 만드는 것은 엄연히 달랐다. 심지어 아직 소녀티를 모두 벗어내지 못한 여인이 완벽한 가구를 만들었다는 것은 더욱더 말이 안 됐다.

이것은 마치 어린아이에게 검을 쥐여주고 커다란 나무를 베어 보라 하는 것과 같은 이치이며, 다르게 말하자면 상식적으로 보나 현실적으로 보나 말이 안 된다는 뜻이 된다.

하지만…….

무슨 자신감인지 모를 황당한 말을 하며 기어코 증명해 보이겠다던 여인. 그 눈빛에 아무런 거짓도 보이지 않아 더욱 당혹스럽게 만들었던 여인. 마지막으로 붉은 노을 아래에 찬란히 반짝이던 여인을 떠올린 공작은 자리에서 일어날 수밖에 없었다.

"한번 확인해 봐야겠군."

물론 이것은 미리 정찰하는 개념으로, 그녀가 무엇을 하고 있는지 궁금해서 가는 것이 아니다.

카르반은 그렇게 자기 자신을 합리화하며 방을 나섰다.

현재 시각은 밤 11시.

보통 사람들이라면 벌써 잠자리에 들고도 남은 시각. 설마 이 시간까지 작업하고 있을까? 막연한 기대감일지 단순한 궁금함일지 모를 생각은 얼마 안 가 정지됐다.

'불이…… 켜져 있다?'

발걸음이 조금 빨라졌다. 물론 염탐하는 사람답게 발소리는 죽인 채였다.

'의외로군. 설마 이 시간까지 작업하고 있을 줄은.'

다행히 방문은 열려 있었다. 살짝 열린 문틈으로 살짝 고개를 내민 카르반은 갑자기 기습해오는 뿌연 먼지에 식겁하고 말았다.

쿨럭——

잔뜩 숨을 죽인 기침 소리가 손바닥에 막혀 사라졌다. 불시의 공격에 혼란스러움을 감추지 못한 그는 혹시 그녀가 암살자일지도 모른다는 생각을 지울 수가 없었다.

'역시 아무나 저택에 들여서는 안 되는 거였나?'

코와 입을 막고 다시 한번 고개를 내민 카르반은 눈 앞에 펼쳐진 장면에 두 눈을 부릅떴다.

"이건……."

사각—— 사각——

살짝 목소리가 새어 나왔지만, 열심히 작업하고 있던 루미아에게는 들리지 않았다. 덕분에 카르반은 아무런 장애 없이 그녀가 하는 양을 지켜볼 수가 있었다.

'완전히 다른 사람 같군.'

축 늘어졌던 머리카락을 질끈 묶고 쉴 틈 없이 움직이는 여인은 처음 봤던 모습과 완전히 다른 모습이었다. 오직 한 곳만 바라보는 눈빛은 사람 하나 잡아먹을 정도로 강렬했고 열심히 대패질하는 동작은 군더더기 없이 깔끔하면서도 또 일정했다.

삼엄? 엄숙? 경건? 아니, 카르반은 왠지 그 모습이 무척 신성하다고 느껴졌다.

"어휴, 한번 가공한 거라더니 발로 했나."

하지만 작은 입술에서 튀어나오는 독설만큼은 여전했다. 그는 굵은 땀방울을 흘려가며 열심히 작업하는 루미아를 보며 진심으로 감탄했다.

'확실히 노련한 티가 나는군. 하지만…….'

대패질은 연습하면 누구나 할 수 있는 작업 중 하나였다.

물론 어느 정도 기술이 요구되기는 하지만 대패질만 연습했다면 충분히 가능할 터였다.

카르반은 아직 아무것도 만들지 않고 계속 같은 작업만 하는 그녀를 보며 고개를 저었다. 아무리 봐도 그녀의 나이는 10대 후반 또는 20대 초반으로밖에 안 보였다. 그런 그녀가 무려 10년 전에 아버지께서 구매하신 식탁을 만들었다면 최소 7살 또는 10살 언저리에서 만들었다는 것이 된다.

'불가능한 일이다.'

그의 생각은 여전히 변함이 없다. 하지만 열심히 노력하는 루미아의 모습을 보고 어느 정도 생각의 변화는 생겼다.

'대가를 치르게 하겠다는 말은 철회해야겠군.'

보통의 그라면 거짓이 들통나자마자 가차 없이 죄를 물었을 것이다. 그녀가 곤란할 때 도와주긴 했어도 공작가를 우습게 보는 것은 또 다른 차원의 일이었으니까 말이다.

하지만 저 경건한 공간 안에 굳이 끼어들고 싶지는 않았다. 약속한 시간도 있거니와 저 가구가 대체 어떤 모습으로 변화할지 조금은 궁금했기 때문이다.

더 지켜보기로 정한 카르반이 미세하게 흘러나오는 빛을 등진 채 발걸음을 옮겼다. 물론 저 특이한 여인이 '식당에 있는 식탁과 똑같은 가구를 만든다.' 라는 경우 자체는 여전히 제외한 채였다.

"세상에! 엄청 맛있어 보이는 샌드위치!"

싱싱한 채소와 상큼한 토마토가 듬뿍 들어간 샌드위치. 이게 웬 떡이냐며 그것을 향해 손을 뻗는 순간. 뿅! 소리와 함께 얄미운 얼굴이 나타났다.

"무슨 소리인가. 이것은 그대 것이 아니라 내 것이다."

"뭐라고요? 하지만 그건 제가 먼저 찜한 거라고요!"

"미안하지만 무슨 소리인지 못 알아듣겠군."

"어어? 잠깐만!"

와앙——

냠냠—— 쩝쩝——

참 맛깔나게도 먹는다. 순식간에 사라진 음식에 빈 접시만 노려보던 루미아는 베르사모 공작의 어깨를 콱! 움켜잡았다.

오냐. 잘 만났다. 은혜를 원수로 갚은 놈!

"이 자식아! 이 빌어먹을 자식…… 아!"

콰당——!

경종을 울리듯 신명 나게 멱살을 잡고 흔들던 루미아는 뒤통수를 강타하는 고통과 함께 두 눈을 번쩍 떴다.

"꿈?"

사방에 휘날리는 먼지들과 함께 기상한 루미아는 소파를

짚고 자리에서 일어났다. 하지만 온종일 대패질을 하느라 알이 배긴 근육은 더 이상의 움직임을 용납하지 않았다.

"너무 열심히 했나."

루미아는 어깨를 주무르며 창문을 활짝 열었다. 덕분에 찬 공기와 함께 불어 닥친 바람이 쌓여있는 먼지를 모두 밀어냈지만, 근본적인 원인은 해결되지 않았다.

"이건 모두 공작님 때문이야."

머리 위로 소복이 올라온 대팻밥을 털어낸 루미아는 책임 전가를 전개했다.

물론 그녀의 말이 아주 완벽히 틀린 것은 아니었다. 제대로 가공이 되지 않은 재료를 가져다준 사람이 바로 카르반이었으니까 말이다.

"어휴. 목공에 '목' 자도 모르는 사람이니 내가 이해해 줘야지."

다른 목수들이었다면 카르반이 가져온 재료를 아주 최상급이라며 경악을 할 터였지만, 그 사실을 알 리가 없는 루미아는 주둥이를 쭉 내밀었다.

"이제 문양만 조각하면 되는 건가."

루미아는 조립만 기다리고 있는 목재를 뒤로하고 이번에 만들 식탁의 가장 큰 특징, 아름다운 문양을 새길 나무를 자신 있게 꺼내 들었다.

그런데…….

"근데 그 문양이 어떻게 생겼더라?"

분명 용이 승천하는 모습이었던 것 같은데 이상하게 기억이 잘 안 난다. 무려 10년 전에 만든 것이니 잊어버리는 것은 아주 당연한 일이었으나, 루미아는 제 머리를 쥐어뜯었다.

"으아아아! 이거 귀찮게 됐네."

루미아는 잔뜩 헤집은 머리카락을 다시 정돈하고는 깊이 고민했다.

일단 식당으로 갔을 때, 이 집 주인과 마주쳐서는 안 되었다. 만났다가 또 무슨 말을 들으려고?

그리고 무엇보다도 그녀는 이곳의 지리를 몰랐다.

"마음대로 돌아다녔다고 뭐라 하는 거 아니야?"

하지만 다른 방법이 없었다. 루미아는 끙끙 앓는 소리를 내며 온몸을 비비 꼬았다. 그리고 내린 결정.

"끙……. 어쩔 수 없지. 설마 별일이야 있겠어?"

결국, 그녀는 식당을 찾기로 했다.

"저어……. 도련님? 밤새 무슨 일이 있으셨습니까?"

소리 없이 다가온 마크가 조심스럽게 물어왔다. 모닝 차를 마시며 거뭇한 눈 밑을 문지르던 카르반은 그가 가져온,

뽀얀 먼지가 덕지덕지 달라붙은 옷을 보고는 미간을 좁혔다.

"밤 산책하러 나갔는데 모래바람이 불더군."

"예에? 모래바람 말씀입니까?"

"그래. 모래바람 말이다."

생각할 겨를도 없이 입에서 이상한 말이 튀어나왔다. 다시 정정하려고 했지만 여기서 말을 바꾸기에는 또 이상하다. 결국, 카르반은 충직한 집사, 마크에게 난생처음으로 거짓말을 하게 되었다.

그런데…….

바지를 꼼꼼히 살펴보던 마크가 대뜸 예리한 질문을 던졌다.

"아닛? 도련님! 이건 나무 껍데기 아닙니까? 으음…….
얇게 말려있는 것을 보니 대팻밥 같은데……. 어쨌든 이런 게 왜 모래바람에 섞여 있었을까요?"

마크가 대팻밥을 쥐고 들이댔다. 슬쩍 시선을 내려 바지의 밑단을 보니. 맙소사! 그런 게 한두 개가 아니었다.

'아니, 언제 저런 것들이?'

그것을 바라본 동공이 대차게 흔들렸다. 어쩐지 발목이 따갑더라니…….

"그…… 걸 내가 어떻게 아나? 모래바람이 모래 알갱이만 품고 있는 것도 아니고 대팻밥을 끌고 왔을 수도 있지.

너무 예민하게 구는 것 같군."

도련님께서 더 예민하게 구시는 것 같습니다만.

마크는 그렇게 말하고 싶은 것을 꾹 삼키며 어색하게 웃었다.

"그렇지요. 모래바람이 대팻밥을 끌고 올 수도 있지요. 제가 너무 예민하게 굴었나 봅니다."

"알면 되었다. 그보다 잠을 제대로 못 자서 그런지 피곤하군. 따뜻한 차나 한잔 준비해주게."

"알겠습니다. 아! 그러고 보니 공작님 앞으로 편지가 왔습니다."

"편지?"

마크가 건넨 편지 봉투는 참으로 화려했다. 딱 봐도 누가 보냈는지 짐작이 간 카르반은 눈살을 찌푸리며 보낸 이의 이름을 확인했다.

"……알렌?"

똑똑——

말 끝나기가 무섭게 방문을 두드리는 소리가 들려왔다. 그에 마크가 어색하게 웃었다.

"발이 참 빠르신 분이네요."

"그런 것 같군."

한숨만 푹푹 내쉴 뿐 들어오라는 허락이 떨어지지 않자, 기다리다 지쳤는지 밖에서 아옹다옹하는 소리가 들려왔다.

"빨리 문 안 열어줄 거야?"

"잠시만 기다려 주세요. 고, 공작님? 찾아오신 분이 계시는데……."

"서론이 너무 길잖아. 나는 그냥 들어가도 된다니까?"

"아니, 그래도. 앗! 함부로 문을 여시면!"

벌컥——!

"여! 내 오랜 친구!"

기어코 들어왔군.

두 팔을 붕붕 흔들며 들어오는 침입자에 인상이 절로 찌푸려졌다. 카르반은 벽색 머리카락을 한쪽 어깨에 늘어뜨린, 밝은 인상의 남자를 보며 한숨을 푹 내쉬었다.

"하……."

"갑자기 웬 한숨이야? 복 떨어지게."

"다 너 때문이다."

"뭐! 내가 너무 잘생겼나!?"

말을 말자.

카르반은 제 오랜 친우이자 이 일대를 주름잡는 대상인, 알렌 코코아를 한심하다는 눈빛으로 바라봤다.

"무슨 일로 찾아왔지? 연락도 없이."

"무슨 소리야. 내가 보낸 편지 못 받았어?"

받기야 받았다만.

카르반은 조금 전에 받은 따끈따끈한 편지를 보란 듯이

쓰레기통에 던져 넣었다.

"내 편지!? 너무해!"

"네가 더 빨리 왔으니 읽을 필요도 없지. 그래서 무슨 일이지?"

"듣고 보니 일리가 있네."

남자가 지조도 없이, 빠르게 수긍한 알렌은 배시시 웃으며 다가왔다.

"새로운 사업 아이템을 찾으려고."

"그걸 왜 나에게서 찾나."

"이거 섭섭하게 왜 이러시나? 너와 나는 일심동체! 소꿉친구에게 이런 부탁쯤은 들어 줄 수도 있는 것 아니겠어?"

"여전히 앞만 보고 걷는군."

"그거 칭찬이지?"

싱긋 웃는 얼굴에 주먹을 꽂아 넣고 싶다. 카르반은 부들거리는 손으로 마른세수를 하며 여전히 마이페이스인 알렌을 향해 말했다.

"꺼져라."

"아니~ 그러지 말고~!"

"손 떼라."

한바탕 소란이 일었다. 마크는 여전히 짱짱한 우정을 자랑하는 두 사람을 보며 손수건을 꺼냈다. 아, 물론 그 손수건은 눈물을 닦는 용도가 아닌 코피를 닦는 용도이며 사용처는 현재 비명을 질러대는 알렌 코코아의 인중이다.

"자, 잠깐! 내가 잘못했어! 그렇지만 친구 사이에 이거 너무 각박한 거 아니야?"

"너야말로 항상 일방통행이지 않은가. 조금은 내 생각을 했으면 좋겠군."

"그거야 그렇지만……."

그래도 자기가 한 잘못은 아는지 알렌은 눈에 띄게 시무룩해졌다. 하지만 그것도 잠시. 그 새를 또 못 참고 펄쩍 뛴 그는 간만에 진지한 얼굴로 친구의 어깨를 잡았다.

"그래서 정말 없는 거야?"

"미치겠군."

나이를 먹은 지금. 그와 어떻게 친구가 됐는지도 미스터리다. 카르반은 지끈거리는 이마를 짚으며 알렌의 얼굴을 밀어냈다. 그리고 떠오르는 생각.

"예전에 좀 더 고급화된 상품을 팔고 싶다고 했던가?"

"우우……. 으음? 그렇지? 이제야 제대로 이야기할 생각이 든 거야?"

붕어같이 뭉개진 주제에 두 눈만큼은 초롱초롱하다. 카르반은 그 모습을 질린다는 듯 쳐다보며 한숨을 푹 내쉬었다.

"아니다. 내가 실언을 했다."

"뭐야, 그게! 너무 싱거워서 간도 안 된 수프를 원샷 한 것 같아!"

"하……. 자네와 있으면 한숨만 느는군. 더 할 말 없으면 어서 돌아가."

"섭섭하게 또 그런다. 이왕 온 김에 차 한 잔이라도 대접해주면 좀 좋아?"

그렇게 말하면서 소파에 푹 퍼질러 앉는다. 한없이 늘어지는 그 모습을 못마땅하게 바라보던 카르반은 하는 수 없이 마크에게 눈치를 줬다.

"조금만 기다려 주십시오."

예의 바른 마크가 나가고 방 안에 둘만 남았다. 갑자기 찾아온 평화. 화창한 햇빛을 받으며 두통을 가라앉히던 카르반은 어느새 제 옆에 다가와 얼굴을 들이밀고 있는 알렌을 감정 없이 바라봤다.

"또 뭔가."

"나 오면서 재밌는 거 봤다?"

그 재미있다는 게 뭔지 전혀 관심이 없었지만, 청각의 안녕을 걱정한 카르반은 어디 지껄여보라는 듯 고개를 까딱였다.

"아니 글쎄, 소문의 애클렌 남작 알지? 그 사람 저택, 경매에 내놓았더라고?"

"흠. 해적에게 당해 죽었다던 그 졸부 말인가."

"그래! 그 사람 말이야!"

그는 졸부이면서도 힘든 일을 마다하지 않은 괴짜로 유명했다. 하지만 귀족 작위를 샀으면서도 귀족들과 전혀 어울리지 않았기 때문에 그의 존재는 베일로 싸여 있다 해도 과언이 아니었다.

덕분에 그의 죽음은 귀족들 사이에서 한동안 바쁘게 오르내렸으며 그를 회유하려다 실패한 몇 귀족들이 자잘한 허위 소문을 퍼트리기도 했다.

"요즘 거리에 사람이 없어서 돌아다니던 중, 마침 애클렌 남작 저택 앞을 지나고 있었거든? 그런데 사람들이 아주 북적북적하더라고! 그래서 이건 또 무슨 일인가 하고 가봤는데, 세상에나! 엄청 거구의 남자들이 저택에 있는 물건들을 모두 빼내 오고 있었다지 뭐야? 그것도 모두 빨간 딱지가 붙여져서 말이야! 아, 참고로 압류가 아니라 매각하는 것 같았어."

"무슨 일이 있었나 보군."

"그래! 그런데 그것보다 더 놀라운 게 있다고!"

"그게 뭐지?"

적당히 맞장구를 쳐주자 알렌이 무척 흥분한 얼굴로 입을 열었다.

"애클렌 가문의 사고뭉치들 있잖아. 그 계모랑 철없는 아들? 그 녀석들이 애클렌 가문 이름으로 엄청난 돈을 빌리고 남은 자수정까지 싹싹 긁어모아서 도망을 쳤대!"

"흠. 그런가."

카르반은 아무런 감흥 없이 고개를 끄덕였다. 남의 가정사에 관심을 가지는 것만큼 쓸데없는 일은 없었다. 지금 이러고 있는 것도 알렌의 찡얼거림을 듣기 싫어서 취한 태도였으나 그마저도 슬슬 불편해지고 있다.

그런데…….

"뭐야! 뭐가 그렇게 반응이 시들해? 하지만 이 이야기를 들으면 너도 깜짝 놀랄걸?"

"이제 그만하는 게 어떤가."

카르반이 지겹다는 듯 눈살을 찌푸렸다. 하지만 언제나 마이웨이를 걷는 알렌은 이미 발동 걸린 주둥아리를 멈추지 않았다.

"나 애클렌 남작 영애를 본 것 같아. 아니, 이제는 애클렌 남작님이신가."

"흠?"

꽤 흥미로운 소재에 카르반의 얼굴 위로 궁금증이 떠올랐다.

애클렌 남작 영애. 그녀는 애클렌 남작보다 더욱 베일에 싸여 있는 존재였다.

그녀를 본 사람은 아무도 없으며 어떻게 생겼는지, 어떤 성격을 지녔는지, 또 살아 있는지조차 알 수 없는, 아주 수수께끼의 인물이었다. 알려진 것이라곤 오직 그녀의 성별뿐. 이러니 어찌 궁금하지 않을 수가 있을까.

"어떤 사람이었지?"

"그건 나도 몰라. 그냥 멀리서 하프 문양을 본 것뿐이거든. 너도 알다시피 하프 문양은 애클렌 남작 가문의 문양이잖아."

"그러고 보니……."

이번에 카르반이 초대한 여인. 그녀가 입고 있던 로브에도 비슷한 문양이 있었다. 더러워서 잘 보이지는 않았지만 분명 하프 모양인 것 같았다.

'설마 그녀가 베일에 싸인 그 애클렌 남작 영애인 건가?'

카르반의 두 눈이 가늘어졌다.

11시 정각. 보통 이 시간에는 점심 식사 준비로 아주 분주한 시간이다.

하지만 얼음 공작의 저택답게 이곳에 고용된 사용인들은 그릇 내려놓는 소리, 걸음을 옮기는 소리. 심지어 숨소리조차 최대한 죽이고 다녔다.

원래라면 고요한 적막감만이 돌아야 할 저택. 그런데 그 저택에서 이상한 소란이 일었다.

"지금……. 뭐라고 하셨나요?"

"정말 답답한 애구나? 아니면 멍청한 거니? 바보같이 멍하게 서 있지만 말고 빨리빨리 움직이라고 했어. 이제 곧 하늘 같은 공작님의 점심 식사시간인데 정신 똑바로 차리란 말이야."

나 참. 기가 차서 말도 안 나온다.

루미아는 현재 자신의 처해 있는 상황을 바라보며 어이가 없다는 듯 헛웃음을 삼켰다.

사건의 발단은 지금으로부터 약 10분 전. 식탁의 외형은 완성했지만 오래전에 만들었던 식탁 문양이 잘 떠오르지 않아 직접 식당으로 내려갔을 때였다.

당시 루미아는 다들 식사 준비로 분주해 보여 최대한 조용히, 그리고 존재감 없이 문양을 살피고 있었다. 그런데 갑자기 누군가가 그녀의 어깨를 확 잡아채더니 뜬금없이 눈앞의 별을 선사하는 것이 아닌가?

놀란 사람은 그녀뿐만은 아니었는지 날카로운 소리가 식당 내부에 퍼지자마자 바쁘게 움직이던 사용인들의 발걸음이 일순간 멈췄다. 귓속을 어지럽히는 이명 소리에 이변을 눈치채지 못한 루미아는 태어나서 처음으로 맞아보는 따귀에 정신을 못 차렸다. 그리고 바로 지척에서 들려오는 거친 숨소리. 마치 성난 황소가 귓속에 바람을 불어 넣는 듯 후끈한 열기에 루미아는 얼른 뒤를 돌아보았다. 그리고 따귀를 때린 사람으로 추정되는 인물을 보는 순간, 그녀는 2차로 충격을 받을 수밖에 없었다.

"이, 이게 무슨 짓이에요?"

"무슨 지잇? 새파랗게 어린 게 어디서 말대꾸야?"

너무 당황스러웠던 나머지 바보처럼 말을 더듬었다. 그에 더욱 기세가 등등해진 여인은 양손을 허리에 얹으며 짜증스러운 웃음을 내뱉었다.

검은색의 단정한 드레스에 최소한으로 장식된 레이스. 깔끔하고 정돈된 옷을 입은 그녀는 베르사모 저택의 일개 시녀였다.

"세상에! 리사잖아? 쟤는 왜 또 죄 없는 사람 괴롭히고 그런데?"

"쉿! 조용히 해. 나중에 불똥이라도 튀려면 어쩌려고? 쟤가 저러는 게 한두 번도 아니고."

"그건 그렇지만……. 그런데 지금 맞고 있는 저 시녀는 누구니? 처음 보는 얼굴인데."

주변에서 소곤거리는 말에 루미아는 자신이 대충 어떤 상황에 부닥쳐있는지 짐작했다.

'그러고 보니 나 지금 시녀복 입고 있잖아. 설마 나를 동료로 착각한 거야? 그리고 그 동료한테 지금 따귀를 날린 거고? 심지어 얼굴도 모르는 사람을?'

이거 나중에 큰일 낼 사람일세.

루미아는 허허롭게 웃으며 눈앞의 시녀를 바라보았다. 그러니까 저 리사라는 사람. 다른 사용인들 말을 들어보면 꽤 상습범인듯한데 어떻게 요리를 할지 심히 고민이 되었다.

그리고 다시 돌아와서 지금, 이 상황.

시녀, 리사는 잔뜩 의기양양해 들고 있던 걸레를 루미아의 손에 친절히 쥐여 주었다.

"이게 뭐죠?"

"보면 모르니? 여기서부터 저기까지 싹 다. 먼지 하나 없이 반짝반짝하게 닦아내. 물론 열두 시가 되기 전까지 모두 마쳐야 해. 알아들었니?"

한 손을 든 리사가 왼쪽 끝에서부터 오른쪽 끝까지 쭉 그었다. 그 모습이 어찌나 한심해 보였는지 루미아는 입술을 비집고 새어 나오는 한숨을 참기 위해 애를 써야만 했다.

똑같이 대하면 같은 사람이 된다. 안 그래도 애클렌 남작가의 이미지가 바닥을 기는데 아무 데나 독설을 날릴 수는 없었다.

루미아는 만약 보살님이 이런 상황에 부닥쳤더라면 어떻게 했을까? 따위를 상상하며 최대한 순진한 사람처럼 고개를 기울였다.

"제가 왜요?"

독설하지 않는다고 했지 비아냥거리지 않는다는 말은 안 했다.

리사는 미친 패기를 뽐내는 이 건방진 시녀를 어처구니없다는 듯이 바라봤다. 순간 말문이 막혔지만, 그녀는 마치 구경거리라도 된 듯 이쪽을 바라보고 있는 사용인들을 보며 빠르게 표정을 수습했다.

"어, 어머머? 이게 아까부터 계속 말대꾸네? 인생의 참맛을 알려줬는데 오히려 대드는 꼴이라니. 만약 그 모습을 집사님에게 들켰더라면 과연 어떻게 됐을 거로 생각해? 아마 곧바로 쫓겨났을걸!"

애써 여유로움을 되찾은 리사는 식탁 의자를 끌어 앉아 거드름을 피웠다.

너무나도 같잖은 그 모습에 상대할 가치도 못 느꼈지만, 루미아는 없던 인내심을 샅샅이 끌어모으며 미소를 지었다.

어쨌든 방금 그녀의 말에서 왜 이런 상황까지 오게 됐는지를 아주 조금 이해하게 되었다.

'간단하게 말해서 이번에 새로 들어온다는 신입생을 휘어잡으려다 애먼 사람을 잡은 거잖아.'

어처구니가 없어 미간을 찌푸리던 그때, 옆에서 소곤거리던 시녀 중 한 명이 슬쩍 끼어들었다.

"리, 리사. 그 사람 내 기억에 따르면 건드리면 안 되는 사람이야."

"무슨 소리니? 기껏 해봐야 신입생인데 건드리지 못 할 건 또 뭐야?"

"세상에! 리사, 내 말은 그런 뜻이 아니라 네가 사람을 착각하고 있다고 말하고 싶은 거야."

소심한 말에 잠시 얼이 빠져있던 리사는 세상에서 제일 웃긴 소리를 들었다는 듯 웃기 시작했다.

"정말 재밌네! 그런데 이해는 안 되는걸? 너는 저게 지금 안 보이니? 아니면 저 멍청한 애가 시녀복을 입고 있는데도 내가 착각하고 있다고 말하고 싶은 거니?"

웃음소리가 점점 수그러들며 표독스러운 표정이 드러났다. 그냥 조용히 있을 것을. 뒤늦게 후회하던 시녀는 이젠 거의 울 것 같은 얼굴로 고개를 저었다.

"그게 아니라니까? 내가 두 눈으로 똑똑히 봤는걸! 저 사람이 베르사모 공작님과 함께 저택에 들어오는 모습을!"

흐읍! 누군가가 헛숨을 들이키는 모습이 보인다. 그에 이상하리만치 조용해진 리사가 기름칠 덜 된 고철처럼 끼기긱 고개를 돌렸다.

"저게 소문의 그 여우라고?"

'엥?'

이건 또 무슨 소리야.

루미아는 아까의 표정은 장난이었다는 듯 처참히 일그러진 얼굴을 보며 고개를 갸웃거렸다. 그에 잔뜩 독이 오른 리사가 악에 받친 듯 소리를 질렀다.

"네가 공작님을 꼬시러 왔다던 바로 그 불여시구나?"

"불여시? 드디어 정신을 놓았어요?"

"아니. 아주 멀쩡해! 너 같은 게 공작님 옆에서 꼬리를 치고 있는데 오히려 정신을 똑바로 차려야 하지 않겠어? 그리고 너. 우리 하늘 같은 공작님은 대체 어떻게 꼬신 거니? 혹시 그 천한 몸뚱이를 들이대기라도 했니?"

"……."

단순한 신입 잡기라고 하기에는 도가 지나쳤다. 그에 무척 화를 낼 만도 할 텐데, 루미아는 무슨 생각을 하는지 모를 얼굴로 리사를 빤히 쳐다보기만 했다.

"뭐야. 왜 말이 없어? 혹시 찔려서 그러니? 뭐, 당연히 그러시겠지. 너 같은 천한 계집애가 먹고살려면 그런 것밖에 없으니까. 아 참! 어머니 아버지는 뭐라고 안 하시니? 네가 무슨 일을 하고 있는지 정도는 알 거 아니야. 아! 아니면 네 어머니도 혹시 그런 일을 하는 거 아니야?"

퍼억——!

북 터지는 소리가 식당 안을 울렸다. 엄청난 힘으로 고개가 돌아간 리사는 잠시 어버버 거리더니 덜덜 떨리는 손을 들어 제 뺨을 어루만졌다. 분명 손바닥으로 때렸음에도 불구하고 목공예로 다져진 힘은 단숨에 코피를 터트릴 정도로 강력했다.

"코, 코피!? 너! 드디어 본성을 드러냈구나!"

"있잖아. 평민들이 귀족들에게 상해를 가하면 어떻게 되는지 알아?"

"뭐?"

악을 쓰며 소리를 지르던 리사는 뜬금없는 질문에 두 눈을 동그랗게 떴다. 갑자기 귀족은 왜? 하지만 그 어지러운 머릿속을 정리하기도 전에 루미아의 입이 열렸다.

"몰라? 그럼 내가 친절하게 알려줄게. 보통 고의가 아닌 실수로 상해를 입히면 1년 정도 감옥에 갇혀. 무난하지? 그런데 아까 네가 했던 것처럼 충분히 악의를 가지고 다른 사람이 보기에도 딱 고의적인 게 드러난다면? 그러면 어떻게 되는 줄 알아?"

화사하게 웃으며 조곤조곤 말을 이어나가던 루미아가 대뜸 두 손바닥을 내보였다. 한 번 더 얻어맞는 줄 알고 잔뜩 어깨를 움츠린 리사는 더 날아오지 않는 손바닥에, 질끈 감았던 눈을 떴다.

"뭐, 뭐야?"

"뭐긴 뭐겠어. 딱 열 배라는 뜻이지."

상해를 입힌 방법에 따라 최대 사형 또는 즉결 처분까지 가능하지만, 이번 같은 경우에는 여인네의 저급한 몸싸움에 불과했다. 그러니 그녀가 생각하는 형량은 10년 정도.

루미아는 팔짱을 끼며 어디 하고 싶은 말이 있다면 해보라는 듯이 고개를 까딱였다. 그 자신만만한 태도에 리사는 자꾸만 불길한 생각이 들었다.

"어처구니가 없네. 마치 네가 귀족이라도 되는 듯한 말투로 들린다?"

리사는 최대한 어이없다는 표정을 지으며 루미아를 무슨 망상병에 걸린 환자를 보듯 노려봤다. 그에 루미아는 지을 수 있는 한 가장 화사한 미소를 지으며 고개를 끄덕였다.

"응. 나 귀족 맞는데?"

'그러니까 너 님, 10년 감옥행 확정이라고.'

상쾌한 대답에 리사는 물론이고 구경하고 있던 사용인들 역시 입을 벌렸다.

그러니까 저 수습 불가능할 정도로 삐죽삐죽 튀어나온 머리카락에 아무런 거리낌 없이 시녀복을 입은 여자가 귀족이라고?

"거짓말하지 마!"

"그럴 줄 알았어."

마치 그녀가 무슨 말을 할지 예상이라도 한 듯 루미아가 품에서 귀족패를 꺼냈다. 절대 위조할 수 없는 증거까지 나오자 리사의 얼굴에 핏기가 싹 가셨다.

"뭐, 이번 일은 오해도 있었으니 특별히 뺨 한 대로 대신 해줄게. 대신 오늘 있었던 일들은 모두 베르사모 공작님께 아뢸 테니, 벌은 그쪽에서 달게 받으라고. 참고로 여기 있는 사람들이 다 증인이니까 도망칠 궁리는 하지 않는 게 좋을 걸?"

'인생은 실전이다. 요것아!'

이미 이곳에 온 목적은 다 이뤘다. 새파랗게 어린 게 누구냐며 고개를 휘휘 저은 루미아는 미련 없이 걸음을 옮겼다.

"쯧. 괜히 왔다가 기분만 잡쳤네."

있는 대로 인상을 팍 쓴 루미아는 굿이라도 해야 하는 게 아닌지 진지하게 고민했다.

"……도련님?"

"……."

한편 루미아가 사라진 문의 반대편 입구에 서 있던 카르반은 어정쩡한 자세 그대로 굳어있었다.

알렌을 돌려보낸 카르반은 일찍이 식당 앞을 지나고 있었다. 그런데 복도를 울리는 엄청난 소리가 그의 발걸음을 멈춰 세웠다.

처음엔 이게 대체 무슨 소리인가 싶어 잠시 멈칫했다. 그리고 소리가 난 쪽으로 다가가 보니, 때마침 열린 문틈 사이로 손바닥을 올리고 있는 시녀와 힘없이 고개가 팩 꺾인 루미아의 모습을 발견할 수 있었다.

그 모습을 발견한 순간 카르반은 가장 먼저 의아함을 느꼈다.

'그녀가 왜 시녀에게 맞고 있는 거지?'

하지만 얼마 안 가 루미아가 입고 있는 옷이 시녀복임을 알아채고 이내, 이 모든 일이 자신 때문에 생긴 일이라는 것을 알게 되었다.

문제는 그가 생각을 정리하는 그 순간에도 상황은 긴박하게 돌아가고 있다는 것.

정신을 차린 카르반의 귀로 기어코 도를 넘어선 발언이 박혀 들었다. 도저히 가만히 듣고만 있을 수 없는 대화에 카르반이 직접 나서려던 순간.

조용히 서 있던 루미아가 갑자기 시녀의 뺨을 내리치는 것이 아닌가?

"마크. 사용인들 관리를 어떻게 하는 거지?"

"죄송합니다."

으르렁거리는 소리에, 언제나 인자한 미소를 머금고 있던 그의 얼굴이 무너지며 부끄러움으로 붉게 달아올랐다. 저택 내의 모든 사용인을 관리하는 것이 그가 해야 할 일. 즉, 저 시녀의 입에 담을 수 없을 정도로 무례한 행동은 그의 책임이기도 한 것이다.

"사과는 됐다. 그리고 저 시녀는 당장 감옥으로 연행해."

"예……."

말꼬리를 살짝 늘어트린 마크는 조심스레 제 주인의 얼굴을 살폈다. 남에게 신경을 잘 쓰지 않는 그가 마치 자기 일인 양 진지하게 화를 내다니. 두 눈으로 보고도 믿어지지 않을 만큼, 아주 의외의 모습이었다.

"왜 그러지?"

"그, 그것이. 이렇게 분개하시는 모습은 정말 오랜만인지라……."

전대 공작과 공작부인이 죽음에 이른 후, 이토록이나 감정을 내비치는 모습은 이번이 처음이었다. 그에 베르사모 공작가의 오랜 충신, 마크는 도대체 무엇이 그를 변화시켰는지 궁금할 따름이었다.

"당연한 걸 묻는군. 우리들의 미숙한 관리로 인해 손님의 기분을 상하게 했다. 만약 그녀가 그냥 귀족이 아닌 황족이었다면 어떻게 됐겠는가?"

"그, 그렇지요."

하지만 돌아온 것은 형식적인 것뿐. 더 질문하려던 마크는 애써 궁금증을 내리누르며 깊게 고개를 조아렸다.

지금은 그보다 먼저 해야 할 일이 있었으니까.

"이번 일에 관한 것은 제가 책임을 지고 확실하게 처리하겠습니다."

카르반은 의무감에 가득 찬 마크를 향해 고개를 끄덕이고는 이미 사라져버린 루미아의 모습을 떠올렸다.

'귀족패라…….'

그녀가 귀족이라는 것이 확실해진 지금, 알렌이 말했던 애클렌 남작 영애와 동일인물일 수도 있다는 생각을 도무지 지울 수가 없었다.

이상한 일들 때문에 조금 늦춰졌지만, 드디어 식탁이 완성되었다. 밝은 햇살 아래에 반짝이는 가구를 흐뭇하게 바라보던 루미아는 지나가는 시녀에게 부탁해 커다란 천 하나를 빌렸다. 물론 공작님을 불러오라는 말은 덤이었다.

"처음부터 보여주면 아쉬우니까."

가구에 천을 씌운 루미아는 의자에 털썩 앉았다. 그렇게 모든 일은 끝낸 후, 오후 햇살을 받으며 공작을 기다리고 있는데……

웅성웅성——

어째 주위가 자꾸 소란스러워진다.

"저 사람이 이번에 공작님이 데려오신 그 손님이라고? 진짜로 리사의 뺨을 갈겼어? 아무리 봐도 약해 보이는데."

"무슨 소리야? 내가 이 두 눈으로 직접 봤다고. 얼마나 세게 때렸는지 코피까지 터졌다니까?"

"대단하다. 아무도 그 애를 못 건드렸잖아!"

문 앞에 빼곡히 모인 사람들. 그들은 조금이라도 더 안쪽 상황을 살피기 위해 온 힘을 다했다.

그리고 루미아는 그런 그들을 기가 찬다는 듯이 바라봤다.

"뭐 하는 거지?"

"히이익! 고, 공작님!"

샤샤샥——

이 저택의 최종 보스가 나타나자 문틈에 붙어있던 수많은 눈알이 순식간에 물러났다. 루미아는 때마침 나타난 카르반을 보며 어떻게 좀 해보라는 듯 눈짓을 했다.

"마크."

카르반의 부름에 마크가 움직였다. 그는 제 주인을 향해 폴더 접듯 허리를 굽히더니 험상궂은 얼굴로 사용인들을 노려보았다.

"지금 이러고 있다는 것은 맡은 일을 모두 완벽히 끝냈다는 것으로 받아들여도 되겠습니까? 예에?"

"히익!"

그다지 위협적인 말투도 아니었다. 하지만 부드럽게 따지는 듯한 집사의 물음에 눈치를 보던 사용인들이 엉덩이에 불이라도 붙은 듯 부리나케 도망갔다.

"……어서 들어오세요."

"그러지."

카르반은 한결 깨끗해진 방안을 보며 고개를 끄덕였다. 어제와 달리 내부의 공기는 맑았으며 방 안에 있는 모든 가구는 새로 들여온 듯 반짝반짝했다. 다만 허옇게 칠해진 카펫만큼은 어떻게 할 수가 없었는지 돌돌 말려져 구석에 세워져 있었다.

'남에게 폐를 끼치기 싫어하는 성격인가.'

괜히 책잡히기 싫어서 꾸역꾸역 청소했다는 것을 알 리가 없는 카르반은 반듯한 눈썹을 끌어모았다.

"……."

'갑자기 왜 저래? 외부인 주제에 사람들을 물리라고 해서 기분 나빴나? 그런데 이거 어쩌나. 나도 그쪽에게 하고 싶은 말이 많거든?'

루미아는 인상을 찌푸리며 이곳저곳을 둘러보는 카르반을 향해 척척 다가왔다. 그리고 그 잘난 얼굴을 쭉 훑어보더니.

"이봐요. 오늘 제가 무슨 수모를 겪었는지 아세요?"

"알고 있다."

"그래요. 알고 있…… 엥? 벌써 알고 있어요?"

루미아는 깜짝 놀란 듯 두 눈을 끔뻑였다. 그리고 이내 무언가 이해한 듯 고개를 끄덕였다.

'하긴 저택의 주인이 그렇게 큰 소란을 모를 리가 없지. 시간도 꽤 지났고.'

카르반은 혼자 고개를 끄덕이는 루미아를 묵묵히 응시했다. 처음과 달리 조금 가라앉았지만, 여전히 빨갛게 부어 오른쪽 볼이 조금 거슬렸다.

"일단 그녀는 해고했다. 아마 소문이 퍼지면 다른 귀족 가문에서도 일할 수가 없겠지."

"어, 음. 일 처리가 빠르시네요."

"혹 감옥에 넣고 싶다면 지금 말해라. 바로 일을 진행할 테니."

"네? 아니에요. 그 정도로 큰 상처도 아니고."

순간 카르반의 눈썹이 한 차례 들썩거렸다. 왠지 한 단계 낮춰서 말해야 할 것 같더라니, 미리 감옥에 처넣길 아주 잘한 것 같다.

'생각보다 무른 면이 있군.'

조금이지만 그녀가 어떤 사람인지 알 것 같은 느낌이다.

"뭐, 어쨌든. 지금 우리는 먼저 처리할 게 있잖아요?"

"……가구는 저 흰색 천 아래에 있나?"

그러고 보니 잠시 잊고 있었다. 카르반은 헛기침을 하며 햇살 아래에 반짝이는 흰색 천을 가리켰다.

"네, 맞아요. 자! 그럼 열어 볼까요? 두구두구두구!"

뭐가 그렇게 즐거운지 싱글벙글 웃는 얼굴에 카르반의 고개가 살짝 기울어졌다. 이채를 띤 그의 눈동자에는 순수한 호기심이 들어 있었다.

"저 효과음의 의미는 뭐지?"

"아마 긴장감 조성이라는 것일 겁니다.

"긴장감 조성? 그런 건 대체 왜 하는 건가?"

"그야……. 저도 모르지요?"

시답잖은 이야기가 끝이 났다. 그들이 하는 이야기를 한쪽 귀를 세우며 일일이 듣고 있던 루미아는 이마에 돋아난 힘줄을 무시하며 억지로 웃었다.

"진짜로 엽니다."

펄럭——!

새하얀 천이 걷히고 완벽한 가구가 모습을 드러냈다. 그 믿을 수 없는 모습에 단숨에 시각을 장악당한 카르반은 두 눈을 부릅떴다.

"이건……!"

'말도 안 돼!' 라고 말하고 싶었지만, 가시가 걸린 듯 목소리가 나오질 않았다. 카르반은 혼란스러운 얼굴로 자리에서 일어나 천천히 앞으로 걸어갔다.

'분명 하루 만에 완성될 모습은 아니었는데?'

어제 그가 보았던 것은 계속해서 대패질하는 모습뿐이었다. 물론 구석에 손질이 완료된 목재들이 몇 개 보이긴 했으나, 그것들이 하루 만에 이런 완성품의 모습으로 거듭나리라고는 상상조차 하기 힘들었다.

"어떻게 이럴 수가."

가까이에서 본 모습은 더했다. 식탁의 판은 미끄럼틀을 타도 될 정도로 매끄러웠으며 그 아래쪽에 위치한 식탁의 옆면에는 승천하는 용의 조각이 섬세하게 조각되어 있었다.

마치 식당에 있는 식탁을 그대로 옮겨온 것처럼 똑같은 모양새. 아니, 그런 말이 부끄러울 정도로 지금 보고 있는 가구가 훨씬 더 잘 만들어졌다.

"어떻게 이런 결과가 나올 수 있지?"

그러니까 이런 질문을 하는 것은 당연한 순서다. 마지막으로 식탁 아래쪽에 'L'이라는 이니셜까지 확인한 그는 추궁하듯 루미아의 눈을 똑바로 바라보았다. 하지만 그렇다고해서 그녀가 할 수 있는 말은 없다. 그저 전생의 삶과 현생의 삶이 그대로 녹아든 결과물인데. 그 모든 것들을 어떻게다 설명할 수 있을까.

뭐, 전생 이야기를 꺼냈다간 바로 미친 사람 취급을 받을테지만 말이다.

"노오오력을 하면 돼요. 이제 알겠죠? 제가 그 가구를 만든 사람이라는 걸."

"……그대. 나이가 어떻게 되지?"

"네? 지금은 열일곱 살인데……. 왜요?"

대뜸 묻는 말에 대답하긴 했지만, 그녀를 바라보는 시선이 심상치 않다. 머리가 아픈 듯 잠시 눈가를 찡그린 카르반은 어리둥절한 루미아를 보며 조곤조곤 이야기를 이어나갔다.

"그 가구는 무려 10년 전에 아버지가 사들인 물건이다. 그러니까 그 말은 즉, 자네가 일곱 살 때 그 식탁을 만들었다는 것인데. 그게 상식적으로 말이 되는 일인가?"

두 눈으로 확인했지만, 그래도 전혀 믿어지지 않는다. 그러니까 눈으로는 인정했는데 머리로는 이해가 불가능한 상황인 것이다.

혼란스러운 감정을 아직 제대로 추스르지 못했는지 장신의 몸이 살짝 비틀거렸다. 하지만 쉴 틈도 주지 않고 반박할 수 없는 말이 그의 귓가에 콕 하고 박혔다.

"난 또 뭐라고. 세상에는 상식적이지 못한 일이 아주 많답니다. 보시다시피 이렇게 산 증인이 있잖아요. 이제 됐죠? 그럼 오해는 풀린 거로 알고. 그럼 이 식탁은 내가 가져갑니다. 제가 만들었으니까 제가 가져가는 것이 맞겠죠? 그렇죠?"

물론 재료는 공작가에서 충당하긴 했지만 당장 먹고 살기 급했던 그녀는 뻔뻔하게 굴었다.

"잠깐. 이야기는 아직……."

아니, 이 사람 좀 보게. 공작이라는 사람이 속 좁아 보이게 왜 이러실까.

온종일 밥도 못 먹고 중노동에 시달렸는데 정신적 스트레스까지 계속해서 받으니 머릿속과 몸이 아주 진탕이다. 결국, 루미아는 계속해서 머뭇거리는 카르반을 향해 대놓고 한숨을 쉬었다.

"하……. 저기요, 공작님. 이래도 못 믿어, 저래도 못 믿어. 도대체 저보고 뭐 어쩌라는 거죠?"

사뭇 신경질적인 말투에 그의 얼굴에 살짝 황당한 기색이 어렸다. 한번 말이라도 들어보자는 식으로 고개를 기울인 루미아는 빨리 말해보라는 듯 인상을 찌푸렸다.

"내 말은 그게 아니라……. 아니, 일단 확실하게 말해둬야겠군. 나는 정확히 10초 전에 그대를 인정했다."

이건 또 무슨 또라이 같은 소리야.

루미아의 입이 떡 벌어졌다. 인정하면 인정했지 정확히 인정한 시간을 말하는 건 또 뭐란 말인가. 오해가 풀렸다는 사실에 감사해야 할지 속이 터질 뻔한 것을 막아줘서 고맙다고 해야 할지 긴가민가한 상황에 카르반이 한 발자국 다가왔다.

"그대, 이름이 뭐지?"

나이에 이어서 이름이다. 아까부터 무슨 호구 조사하는 것도 아니고 살짝 심란한 기분이 든 루미아는 불퉁하게 대답했다.

"루미아요. 루미아 애클렌이에요."

"역시……."

"네? 방금 뭐라고 하셨어요?"

귀가 간지러워서 제대로 듣지 못했다. 루미아는 살짝 찡그린 얼굴로 고개를 갸웃거렸다. 그에 아무것도 아니라는 고개를 저은 카르반은 잠깐 생각에 잠겼다.

'저자가 소문의 그 영애였다니.'

예상대로 그녀는 애클렌 남작가의 딸이었다. 알렌이 말

하기를 애클렌 남작가가 떠안은 빚이 무려 3만 골드라고 했다. 물론 저택을 경매에 올리면서 어느 정도 탕감은 되겠지만 아무것도 없는 그녀에게는 어마어마한 금액일 게 분명했다. 보통 평민들은 평생 만져보지도 못할, 그런 금액 말이다.

'그나저나 당장 머물 곳이 있기는 한 건가?'

집도 없어, 돈도 없어. 이 추운 겨울에 동사하기에 딱 좋은 조건이다.

그러지 않기 위해서라면 당장 의탁할 장소를 찾아야 한다.

하지만 그가 알기론 애클렌 남작 가문에는 이렇다 할 친척도 없는 거로 안다.

고아로 살고 있던 중 갑자기 졸부가 된 남자가 지금 세간에서 알고 있는 애클렌 남작이다. 그렇다고 외가에 눈을 돌리려니 요즘 들려오는 소문으로 보아 그조차 여의치 않은 듯했다.

아이를 버리고 도망간 어미. 현재 그녀에 대해 대표적으로 떠돌고 있는 소문이다.

그녀 역시 애클렌 남작처럼 친척 하나 없는 고아로 유명했다. 그뿐만 아니라 그녀는 항상 허영심에 빠져 있었으며 아름다운 것만 보면 사족을 못 썼다.

게다가 오히려 빚더미를 안겨주고 간 장본인에게 의탁할

장소를 찾다니. 있을 수 없는 일이다.

이렇게 나열하고 나니 그런 사람들 아래에서 자라난 남작 영애가 참으로 신기하게 느껴졌다. 어쩌면 제대로 된 환경에서 자라나지 못해 모나게 자라났을 수도 있는데 저렇게나 올곧게 컸다는 것이 놀라울 따름이다.

그리고…….

카르반은 자신과 너무나도 다른 그녀가 조금 눈부시다고 느껴졌다.

'……무슨 생각을 저렇게 오래 하는 거야?'

루미아는 아까부터 아무 말 없이 제 생각에 잠긴 카르반을 뚫어지라 쳐다보았다. 이 사람이 지금 사람 불러놓고 뭐 하는 짓이냐! 왁왁! 소리를 지르고 싶었지만 잘생긴 얼굴이 자꾸만 마음을 약하게 만든다.

'역시 신은 공평해. 저렇게 잘생긴 얼굴을 가지고 있는 대신 성격이 이상하잖아.'

그렇게 생각하며 루미아는 멍하니 카르반을 바라봤다. 그의 눈동자와 정면으로 마주쳤는지도 모르고 말이다.

"애클렌 영애."

"……."

"루미아 애클렌?"

"네? 아, 네!?"

나 방금 뭐 하고 있었지?

왠지 무안해진 루미아는 그의 시선에 쩔쩔매며 어색하게 웃었다.

"왜 부르셨어요?"

"그대에게 제안할 것이 하나 있다."

"제안이요?"

한쪽 귀가 또 제 의지를 배반하고 움직인다. 이건 또 무슨 개수작이지? 라는 생각이 먼저 들었으나 솔직히 찬밥 더운밥 가릴 처지가 아니다.

이 상황에서 제안이란 분명 목공이 관련됐을 터. 쌍방의 이득을 꾀하지 않고서야 절대 튀어나올 리 없는 단어다.

'그래, 들어는 보자! 암. 사람이 말하는데 들어는 봐야지.'

루미아는 경계하는 고양이처럼 곁눈질하는 것을 그만두고 흔쾌히 고개를 끄덕였다.

"좋아요. 그래서 무슨 제안이죠?"

"정정한다. 제안이라기보다 계약이라고 하는 게 맞겠군."

"계약?"

이건 또 무슨 뜬구름 잡는 소리란 말인가. 루미아는 도무지 의중을 모르겠다는 듯 고개를 기울였다.

"무슨 계약이요?"

"베르사모 공작가에서 그대를……."

제안에 이어서 계약이라니. 혹시 장난치려는 것은 아닐까, 눈살을 찌푸리던 루미아는 카르반의 한없이 진지한 표정에 입을 벌렸다.

"루미아. 그대를 공작가의 일원으로 정식 채용하겠다."

"……응?"

그러니까 방금 뭐라고요?

3. 술렁이는 감정

'그러니까 나 지금 취직한 건가?'

얼떨결에 어떤 방으로 끌려온 루미아는 푹신한 소파에 앉혀졌다. 어색하게 눈알을 굴려 테이블을 바라보자, 모락모락 김이 피어오르는 찻잔과 달콤한 과자가 담긴 그릇이 보였다. 언제 준비됐는지 모를 다과상에 두 눈을 끔벅이기도 잠시. 콧속 가득히 맡아지는 잉크 냄새에 문득 이 모든 상황이 비현실적으로 느껴졌다.

갑자기 왜 이런 상황까지 오게 된 건지도 모르겠고 아까전, 베르사모 공작이 한 말 역시 한겨울의 꿈은 아니었을까 하는 의문도 들었다.

"끙⋯⋯. 일단 따라오긴 했는데. 여긴 집무실인가?"

"그렇습니다."

"으앗! 깜짝이야!"

앉은 자리에서 펄쩍 뛴 덕분에 탁자에 무릎이 닿았다. 얼얼한 무릎을 만지며 울상을 지은 루미아는 목소리가 들린 곳으로 고개를 돌렸다.

"괜찮으십니까?"

"괘, 괜찮아요. 그런데 언제부터 거기에 계셨어요?"

"아까부터 계속 있었습니다만⋯⋯."

마크가 짐짓 슬픈 듯 손수건으로 눈물을 찍는 시늉을 했다. 그 모습이 무척 처연했던지라, 루미아는 연기임을 눈치챘으면서도 허둥지둥거렸다.

"제가 모르고 싶어서 몰랐던 게 아니라 진짜 아무도 없는 줄 알았어요! 정말 죄송해요!"

"허허허. 아닙니다. 도련님께서 아주 참한 아가씨를 데려와서 그런지 저도 모르게 장난을 치고 말았군요."

"아하하⋯⋯."

어색한 웃음소리가 집무실 내부를 가득 채웠다. 그렇게 한참 가식적인 웃음을 지어내며 건강을 챙기던 그때, 철컥! 문이 열리는 소리와 함께 구세주가 등장했다.

"무슨 재미있는 일이라도 있었나 보지?"

"허허허. 아무것도 아닙니다."

"흠."

카르반은 의아한 듯 고개를 갸웃거리며 한 손에 들고 있던 종이를 루미아에게 건넸다.

엉거주춤 종이를 받아든 루미아는 자리에 앉는 카르반을 따라 소파에 몸을 기댔다. 푹신한 감촉과 함께 유려하게 적힌 제국어를 읽던 루미아는 점점 얼굴 근육이 풀어지는 것을 느꼈다.

'잠깐. 진짜 이렇게 해 준다고?'

루미아는 잠시 시선을 들어 카르반을 빤히 바라봤다. 그에 뭐 할 말이라도 있냐는 듯 고개를 까딱이는데 순간 말문이 막혔다.

"이, 이, 이거 진짜로? 진짜 이대로 해 줄 거예요?"

"왜 그러지? 계약서에 이상한 내용이라도 있나?"

"아, 아니요! 전혀요!"

루미아는 카르반이 계약서 내용을 혹여나 바꿀세라 재빨리 종이를 등 뒤로 감추었다. 덕분에 종이를 잡으려던 그의 손이 무안할 정도로 허공을 크게 휘저었다.

"……."

"……."

"그래서 사인은?"

"네. 합니다. 사인, 그거 합니다."

루미아는 단호하게 말하며 다시 한번 계약서를 훑어봤다.

[사용인 채용 서류]

대문짝만한 글 아래에 적힌 내용을 보니 입꼬리가 다시

씰룩인다. 내용은 간단했다.

기본적으로 모든 의뢰는 공작가에서 선별하며 돈은 2대 8로 2가 공작가, 8이 루미아였다.

그렇다. 베르사모 공작은 악덕 업주가 아니었다.

여기서부터 혹하는데, 심지어 이 천사 같은 공작님은 앞으로 베르사모 공작가에서 일할 루미아에게 기본적인 생활 공간과 세끼를 모두 무상으로 지급해주겠단다.

'와……. 이건 뭐…….'

솔직히 이 정도면 그냥 동아줄도 아닌 금으로 덕지덕지 펴 바른 순금 동아줄이다. 그래봤자 잠자리 제공 및 세끼 제공은 일반적인 시녀, 시종에게 아주 기본적으로 돌아가는 혜택이지만, 할 줄 아는 거라고는 목공밖에 없는 루미아에게는 매우 감지덕지할 상황이다.

'당장 입 돌아갈 걱정은 안 해도 되겠네.'

마치 그녀의 현 상황을 미리 알고 있기라도 한 듯 기가 막힌 내용. 물론 그만큼 일이 힘들지 않겠냐고 생각하겠지만, 지금의 루미아에겐 당장 목숨이 걸려 있으므로 별로 효과가 없었다. 또 공작가 허락 없이 다른 사람들에게 따로 가구를 만들어 팔 수 없다는 조항이 있지만 일을 그만두게 되면 그 역시 효력이 사라지기 때문에 딱히 큰 문제가 되지는 않았다.

말 그대로 득을 보면 보았지 실이 없는 계약서.

혹시 몰라 다시 한번 꼼꼼히 계약서를 확인해본 루미아는 시원하게 사인을 휘갈겼다. 이미 사람들에게 크게 데어본 그녀는 오직 이득과 실로만 이루어진 이 계약 관계가 꽤 마음에 들었다.

"계약 성립이로군. 그럼 바로 사업에 관한 이야기로 넘어가 보겠다."

"좋아요."

배가 고팠던 루미아는 쿠키를 와작와작 씹어 먹으며 답했다. 그 모습을 힐끔 바라본 카르반은 미리 생각해 놓았던 말들을 꺼냈다.

"일단 주변에 자네가 목수 일을 하는 것을 아는 사람이 있나?"

"음······. 아니요."

당연한 말이다. 오랜 시간 동안 저택 안에서 실력만 갈고 닦았는데 그녀를 아는 사람이 있을 리가. 있어도 그녀의 가족들밖에 없었으며 그마저도 지금은 모두 배신을 하고 떠나갔다. 연습용으로 만든 가구들 역시 익명으로 팔아넘겼기 때문에 당시 그 일을 맡았던 시녀 말고는 아는 사람이 하나도 없다.

"아! 사실 한 명이 있긴 한데 어디에 있는지도 잘 몰라요."

"됐다. 그 정도면 없는 것과 마찬가지다."

"……."

카르반의 일침에 루미아는 입을 꾹 다물었다. 당시에는 나이도 어렸고 이 세계 사람들의 기호를 아무것도 모르는 상태였다. 그 때문에 혹시나 애클렌 가문에 먹칠할까 봐 익명으로 판 것은 크나큰 실수였나 보다.

루미아는 처음부터 지레 겁을 먹고 명성 쌓기에 아무런 노력도 하지 않은 자신을 속으로 질책했다.

"지금 가장 필요한 것은 명성을 쌓는 거로 보이는군. 그대의 실력이라면 그리 어렵지 않을 것이다. 하지만 그것만으로는 부족하지. 다른 조력자가 필요하다."

"조력자요?"

카르반은 언제 시무룩해졌냐는 듯 반짝반짝 눈을 빛내는 루미아를 보며 고개를 끄덕였다.

"지인 중에 큰 상단을 운영하는 자가 있다. 일단 물건 운송은 그쪽에다 맡기는 것이 좋겠지."

"무슨 말인지 잘 알겠어요. 이왕 할 거면 전문적인 곳에 맡기자는 거잖아요?"

"같은 맥락이지. 그리고 나는 명성을 올리기 위해 그대가 만든 가구를 홍보할 생각이다."

"홍보요?"

루미아는 놀란 듯 두 눈을 크게 떴다. 이 세계에서도 홍보와 같은 개념이 박혀 있다는 것이 조금 의외로 느껴졌기 때문이다.

"그래. 그 일에 적합한 사람이 또 한 명 있다. 가구를 좋아하고 수집하는 것을 좋아하는 귀족이지."

"그게 누군가요?"

"코랄 부인. 코랄 에이트릴 백작 영애로, 현재 브란트 도르텡 후작의 부인이지. 참고로 브란트 도르텡 후작은 나무를 1차 가공해서 목수들에게 파는 사업을 진행 중이다. 이번에 식탁을 만들 재료로 그대에게 제공한 그 원목들은 모두 브란트 도르텡 후작에게서 입수해온 것이지."

"세상에!"

모든 것들이 연결되어 있다는 느낌을 지울 수 없었다. 하지만 그녀가 동요한 이유는 그런 것들 때문이 아니었다.

'그러니까 그 발로 만든 재료들을 돈을 주고 팔고 있다는 말?'

어처구니가 없었으나 입으로 꺼내지는 않았다. 대충 재료를 조달했던 사용인들의 말을 생각해 보면 답이 나왔기 때문이다.

'전부 완벽하게 가공한 재료들이라고 말했었지. 이곳에는 정말 그런 것들이 완벽해 보일지도 몰라.'

그 때문에 함부로 왈가왈부할 수는 없었다. 루미아는 마음에 들지는 않았지만 어쩔 수 없는 일이라고 생각하며 미간의 주름을 폈다.

"그럼 그분들을 제가 직접 만나야 하나요?"

"아니. 그럴 필요는 없다."

카르반은 단호하게 고개를 저었다. 그리고…….

"모두 내가 알아서 하지. 그대는 그저 가구를 만들기만 하면 돼."

"어……. 감사합니다?"

'뭐지. 이 박력 넘치는 말은.'

순간 당황한 나머지 입가에 침이 살짝 떨어졌다. 루미아는 빠르게 입 주위를 정돈하고는 계속해서 움직이는 입술을 향해 시선을 집중시켰다.

"그리고 이번 홍보가 성공하면 그 뒤부터가 진짜 시작이다. 홍보가 제대로 먹혀만 든다면 거물들도 움직이게 만들수 있지."

"거물이라니요?"

얼떨떨한 감정을 떨치지 못한 루미아가 멍하니 물어봤다. 그에 처음으로 미소를 머금은 카르반이 붉은 입술을 움직였다.

"황가 사람들. 아니, 그뿐이겠는가? 그대라면 황제도 움직일 수가 있다. 이른바 일확천금을 노릴 수 있게 되는 것이지."

"화, 화, 황제 말씀이세요?"

대체 이 사람의 배포는 얼마나 큰 걸까? 처음부터 황제를

노린다니. 루미아는 핏기가 싹 빠진 얼굴로 더듬더듬 말을
이어나갔다.

"어, 음……. 처음부터 너무 허들이 높은 거 아닌가요?"

"그대는 자신의 실력을 너무 과소평가하는 것 같군. 물론
지금 내가 말한 것들은 모두 가능성을 이야기하는 것이다.
홍보에 성공하지 못하면 시도조차 허용되지 않아. 그리고
루미아 영애. 그대에겐 빚이 있다고 들었는데?"

"맞아요. 곧 경매가 끝나면 정확히 갚아야 할 금액이 나
오겠지만 아직은 잘 모르겠어요. 적어도 1만 골드는 나오지
않을까요?"

이렇게 말하고 나니 다시 우울해진다. 루미아는 축 처지
는 기분을 무시하며 애써 입꼬리를 끌어 올렸다. 그 모습에
카르반은 이해가 되질 않는다는 듯 고개를 갸웃거렸다.

"뭐가 그렇게 우울하지? 황제의 마음에만 든다면 한 번에
갚을 수 있는 것을."

"네? 그게 무슨 소리예요?"

"일확천금을 노린다는 것은 바로 그런 뜻이다. 황제는 자
신이 마음에 든 물건에 값을 어마어마하게 치지. 아마 가문
을 다시 일으켜 세우는 것 또한 꿈은 아닐 것이다."

루미아의 입이 떡 벌어졌다. 아무리 황제가 가진 돈이 많
아도 그렇지, 고작 원목으로 만든 가구에 그만한 돈을 지급
할까? 하지만 의문이 가시기도 전에 카르반은 대못을 박듯

단호하게 말을 이었다.

"모든 것은 먼저 홍보에 성공한 다음에 일어날 일들이다. 일단 그대는 가구를 만드는 것에 집중하면 돼."

왠지 모르게 설득력 있다. 어느새 카르반의 말에 현혹된 루미아는 일확천금을 목표로 고개를 끄덕였다.

"여, 열심히 하겠습니다!"

눈부신 햇살이 내리비치는 오후. 오늘도 어김없이 따뜻한 차를 마시던 카르반은 활활 타오르는 장작을 보며 눈을 내리깔았다.

"마크. 편지는 잘 보냈겠지?"

"물론입니다."

마크는 크게 고개를 끄덕였다. 하지만 무언가 걸리는 것이 있는지 계속해서 손가락을 꼼질거렸다.

"뭔가 할 말이라도 있나?"

아까부터 계속되는 의미 모를 행동에, 안 그래도 신경이 쓰였던 카르반이 먼저 말문을 열었다. 그에 잠시 환희에 찬 표정을 보인 마크가 다시금 시무룩해진 얼굴로 중얼거렸다.

"저······. 도련님. 궁금한 게 하나 있습니다."

"뭐지?"

카르반이 어서 말해보라는 듯 고개를 까딱였다. 허락이 떨어지자 마크는 뭐가 그리도 송구스러운지 고개까지 조아리며 입을 열었다.

"유능한 목수라고는 하나……. 어째서 그녀를 공작가의 목수로 들였는지 궁금합니다. 원래 도련님은 이런 식으로 사람들을 고용하지 않잖습니까?"

확실히 지금까지의 카르반은 고용할 사람들에 대한 정보를 최대한 수집한 뒤, 최대한 문제를 일으키지 않았던 사람들 위주로 골라냈다. 그러니까 정보 수집조차 제대로 되지 않은 사람을 저택 내부로 들이는 것은 이번이 처음이라는 것이다.

"그녀의 실력을 높이 산 것은 맞다. 그리고 정보는 제대로 수집하지 않았지만, 대략적인 내용은 알고 있어."

물론 베일에 싸여 있던 영애를 안다면 얼마나 알겠느냐마는.

카르반은 지금까지 그녀를 보고 느꼈던 것을 토대로 말을 이었다.

"사실 아버지께서 그렇게도 아끼시던 식탁을 만든 자가 그녀라는 것을 알았을 때는 정말 기묘한 기분이 들었다. 그리고 동시에 아버지 생각이 많이 났었지."

"향수…… 같은 거로군요."

"비슷하다."

마크는 조금 착잡해진 얼굴로 고개를 숙였다. 괜히 이야기를 꺼냈나 싶었지만 때는 이미 늦었다. 하지만 그의 걱정과 달리 카르반의 표정에는 별다른 변화가 없었다.

"사실 그 식탁을 사 오신 당일, 아버지께서 내게 말씀하셨던 것이 하나 있다."

"무엇인지 물어봐도 괜찮습니까?"

마크의 물음에 카르반은 고개를 끄덕였다. 하지만 잊으려 애썼던 기억들이 되살아나서 그런지 가슴이 먹먹해졌다. 그는 살짝 인상을 찌푸린 채 창밖을 바라봤다.

미어지는 자신의 마음과 다르게 겨울의 하늘은 아주 맑았다.

"남다른 발육으로 인해 장신의 몸을 가지고 있던 터라 항상 낮은 식탁에 불만이 많으셨다. 하지만 그 식탁은 달랐지. 그 가구만큼은 아버지에게 꼭 맞춘 듯, 아주 딱 맞았어. 마치 재기라도 한 듯 말이다."

"저도 기억이 납니다. 제국의 식탁과 의자는 그 크기가 일정해서 평소에 불만이 많으셨죠. 주문 제작이 아닌, 처음부터 그런 크기로 나온 것은 처음이라며 만족스러워하시던 모습이 떠오르네요."

추억에 젖은 듯 마크의 입꼬리가 살짝 풀어졌다. 언제나 인자한 인상을 보이기 위한 인위적인 모습이 아닌, 진짜 미소였다.

"그래. 그때 아버지께서 말씀하셨다. 당장 이 식탁을 만든 목수를 찾아서 이름을 날릴 수 있게 제대로 후원을 해주겠다고. 그리고 그 노력은 아버지께서 돌아가시기 전까지 계속되었다. 지금 생각해보면 참 어지간히도 마음에 들어 하셨던 것 같군."

"그 말씀은……."

마크는 몰랐던 사실이다. 물론 당시에 그는 아직 미숙하여 잡다한 일만 도맡아서 할 뿐이었지 지금처럼 가주의 일에 도움을 주거나 직접 개입을 하는 일 따윈 상상도 할 수 없던 시절이었다.

"분명 천추의 한이 되었을 것이다. 지금에서야 그녀를 만난 것 또한 아버지의 깊은 바람에 의해 일어난 일이겠지."

"도련님……."

살짝 분위기가 어두워졌다. 카르반은 울적해진 마크의 얼굴을 확인하고는 분위기를 환기하려고 일부러 목소리를 키웠다.

"무엇보다도 그녀의 목공에 흥미가 생겼다. 어떻게 그 짧은 시간 동안 식탁을 완성할 수 있었는지, 또 그 실력의 한계가 과연 어디까지인지 궁금해졌어."

"흠……. 확실히 그녀의 실력은 미숙한 저로서 감히 상상할 수 없는 수준이긴 했습니다."

여자의 몸으로 무거운 것들을 다루는 것은 몹시 어려운 일이다. 그렇게 기본 신체조건부터가 불리할 텐데도 작업 시간이 아주 짧았으며 놀라운 실력까지 겸비하고 있다?

그가 보기에 루미아는 두 손 놓고 놓치기에 무척 아까운 인재였다.

"그리고……."

카르반은 루미아와 처음 만났을 때를 떠올렸다.

전복된 마차를 보며 자신과는 아무런 상관도 없을 사람들을 걱정하던 모습. 그리고 비를 맞고 있던 기사들이 신경 쓰였는지, 마차를 고치다 말고 지붕 밑으로 가라며 손짓하던 모습까지.

"다른 건 몰라도 나쁜 사람은 아닌 것 같더군."

"예?"

마크의 의문 어린 대답에 카르반은 음미하던 찻물을 목구멍으로 넘겼다. 이어서 이미 비어버린 찻잔을 테이블 위로 내려놓자, 타이밍 좋게 장작에서 불꽃이 튀었다.

타다다다닷──!

"온 것 같군."

그는 한쪽 다리를 꼬며 두 손에 깍지까지 낀 뒤 감상 상태에 들어갔다. 아무래도 오늘의 주인공이 도착한 것 같다.

벌컥──!

"바안! 내가 그렇게 보고 싶었어?!"

"여전히 시끄럽군."

카르반은 두 팔을 벌려 달려오는 알렌을 피해 눈살을 찌푸렸다. 덕분에 바닥을 뒹굴게 된 알렌은 내심 섭섭하다는 듯이 눈꼬리를 축 늘어트렸다.

"이봐, 친구……. 너무한 거 아니야? 예전처럼 나를 꽉! 껴안아 달라고."

"누가 들으면 오해하겠군. 어쨌든 자네. 내가 전에 했던 이야기는 귓등으로 들었나? 약속이란 단어가 형식으로 있는 것이 아닐 텐데."

"이번엔 네가 초대했잖아! 반갑게 달려온 내 마음은 생각하지 않는 거야!?"

어째서 발끈하는지 모르겠다. 카르반은 살짝 어폐가 있어 보이는 그의 말에 한쪽 눈썹을 추켜세웠다.

"말이 통하지 않는군. 마치 벽을 보고 이야기하는 것 같은 기분이야."

만약 루미아가 들었다면 경악할 말을 중얼거린 카르반은 지끈거리는 이마를 짚었다. 그에 가만히 상황을 지켜보고만 있던 마크가 슬쩍 끼어들었다.

"어떡할까요, 도련님?"

"도련님? 오우, 카르반. 너 아직도 도련님이라고 불리는 거야?"

바닥에서 열심히 떠들어대던 알렌이 번쩍 몸을 일으켰다.

흥미로운 소재에 순식간에 회복한 그는 다시금 싱글벙글 웃
으며 카르반에게 다가갔다.

"여~ 도련님!"

"차라리 이름을 불러라."

"응, 반. 하루 일찍 와서 미안해. 그래서 무슨 일이야?"

벽난로 앞에 철퍼덕 주저앉은 알렌이 성의 없이 사과했
다. 그런 그의 행동에 어느 정도 면역이 된 카르반은 한심하
다는 눈빛만 쏘아 보낼 뿐, 아무런 제재도 가하지 않았다.

"괜찮은 사업 아이템을 가져왔다."

"정말!?"

나무늘보처럼 늘어져 있던 알렌이 자리에서 벌떡 일어났
다. 덕분에 의자가 뒤로 넘어갔지만 알렌은 자신과 아무런
상관도 없는 듯 무시하며 초롱초롱한 눈빛을 보냈다.

"뭔데? 언제 어디서 어떻게 발견한 아이템인데? 응? 그
아이템을 만들 사람은 또 누구고!"

"진정해라. 시끄러우니까."

지척에다 대고 외치니 귀가 다 멍하다. 카르반은 있는 대
로 인상을 쓰며 부담스러운 얼굴을 밀어냈다. 그의 표정에
서 극한의 귀찮음을 읽어낸 알렌은 더 쫑알거리려던 주둥이
를 힘겹게 닫고 얌전히 자리에 앉았다.

그 일련의 과정들을 모두 지켜본 마크는 찻잔에 뜨거운
물을 채우며 부드러운 미소를 지었다.

"내가 제안할 아이템은 가구다."

"가구? 생각하지 않은 건 아니지만……. 운송하는 데 너무 힘들지 않을까? 인건비도 그렇고."

역시 대상인답게 예리하다. 카르반은 아까와는 180도 달라진 알렌을 보며 고개를 끄덕였다.

"하지만 가구를 고급화하면 충분히 메워질 문제다."

"흠……. 그래도 엄청난 실력의 소유자가 아니라면 무리일 텐데……. 미안하지만 나도 한 상단을 이끄는 사람이라 이런 쪽에서는 냉정해질 수밖에 없어. 적어도 네 아버지가 아끼시던 그 식탁을 만든 사람 정도는 되어야 실행할 수 있어. 아! 이왕 말이 나와서 그러는데 정말 그 식탁 팔 생각 없어? 응? 응?"

알렌의 반응에 카르반의 입꼬리가 살짝 말려 올라갔다.

대상인이 호시탐탐 노리는 식탁. 그리고 그보다 더욱 완성도 높은 식탁을 하루 만에 만들어 내는 목수. 굳이 서로 소개해주지 않아도 이 계약은 완벽하게 성사될 것이다.

"뭐야. 왜 기분 나쁘게 웃고 그래."

"보여줄 게 있다."

대뜸 자리에서 일어난 카르반이 집무실을 나섰다. 불평하려던 알렌은 마크의 눈치를 받고 나서야 걸음을 옮겼다.

"응? 여긴 식당이잖아. 갑자기 배라도 고파진 거야?"

"잔말 말고 따라와."

육중한 문이 열리고 깔끔한 내부가 드러났다. 눈부신 조명에 눈살을 찌푸린 알렌은 잠시 멍하니 내부를 살피다 말고 고개를 갸웃거렸다.

"보여준다는 게 뭐야?"

"두 눈 똑바로 뜨고 잘 봐."

냉정한 말에 주둥이를 쭉 내민 알렌은 다시 한번 식당을 바라봤다. 하지만 싸늘함만이 감도는 식당은 제가 아는 그 모습 그대로다.

"뭘 다시 보라는 거야? 여기엔 식탁이랑 의자 밖에 없잖⋯⋯. 자, 잠깐만! 식탁이 두 개!?"

딱히 이상한 점을 못 느낀 알렌은 시큰둥하게 말하다 말고 두 눈을 부릅떴다.

다시 바라본 식당 내부에는 오래전부터 탐내던 식탁이 한 개에서 두 개로 늘어나 있었다.

"이게⋯⋯ 뭐야? 지금 이거 어떻게 된 일이야?"

새된 비명을 지른 알렌이 허둥대며 식당 안으로 뛰어들었다. 그는 식탁 위에 올라가기도 하고 바닥에 납작 엎드려 보기도 하며 세세한 것 하나하나 모두 조사했다.

그리고 내린 결론이.

"높이며 크기, 아름다운 문양 조각까지! 심지어 이쪽이 더 완벽하잖아!?"

예상대로 아주 격렬한 반응이다. 아무런 대답도 하지 않자 안달이 났는지 성큼성큼 다가온 알렌은 매우 흥분한 모습으로 콧김을 내뿜었다. 손가락을 자꾸 굽히는 걸 보니 당장이라도 멱살을 잡아 정보를 불게끔 하고 싶은 모양이다.

"한 번 더 묻지. 그래서 이 계약. 할 건가 말 건가?"

식당 입구에 기대선 카르반이 짓궂게 웃었다.

마음껏 굴러다녀도 될 만큼 드넓은 공간! 구름 위를 걷는 듯한 느낌의 최고급 카펫! 눕는 순간 잠들어 버릴 폭신한 베개와 이불! 그리고 무엇보다도 가장 중요한, 비와 찬 바람을 막아주는 단단한 벽과 지붕!

앞으로 묵을 방에 안내된 루미아는 현재 천국에 온 기분이다. 어째 그녀가 살던 저택보다 훨씬 안락해서 조금 분한 기분이 들었지만, 아무렴 어떠하랴. 지금은 자기 방인데.

쓸데없는 생각을 날려버리고 한결 홀가분해진 루미아는 자리에서 일어났다. 한동안 일을 하지 않았더니 좀이 다 쑤셨다.

"끄으응……. 이러다 석고상이 되는 것 아닌지 몰라."

창밖을 바라보며 스트레칭을 하던 루미아가 불퉁하게 말했다. 사실 그녀는 계약하고 며칠 동안은 일하지 않았는데, 이유는 이랬다.

'계약서 내용에 따라 최상의 작업 환경을 만들어야 한다고 합니다. 그러니 그때 동안 휴식한다고 생각하시고 저택 내부를 둘러보시는 게 어떻습니까?'

집사, 마크의 말을 떠올린 루미아는 창밖 너머로 열심히 돌아다니고 있는 사용인들을 빤히 쳐다보았다. 그리고는 골치가 아프다는 듯 고개를 휘휘 저었다.

"나 참. 남의 집…… . 아니, 상사 집을 함부로 휘젓고 다녔다가 무슨 일이 생길 줄 알고."

저번과 같은 일은 사양이다. 그래서 루미아는 마크가 말한 기간 동안 저택 탐방은커녕 방 안에서만 칩거했다. 다행히 식사는 세끼 방 안으로 넣어줬고 덕분에 루미아는 질 높은 히키코모리 삶을 누릴 수 있게 됐다.

"그리고 오늘은 그 생활을 벗어 던질 때지!"

활기차게 외친 루미아가 입고 있던 옷을 훌렁 벗어 던졌다. 그리고 시녀가 챙겨준 빳빳한 새 옷을 차려입고는 만족스러운 미소를 머금었다.

"다행히 잘 어울리는 것 같네."

불미스러운 일이 일어나지 않도록 미리 방지하기 위해 지급된 옷이지만, 어쩜 이렇게나 편하고 딱 맞는지. 감당 안 되는 머리카락까지 포니테일로 꼭 묶으니 완전히 딴 사람이 다 됐다.

"좋았어. 드디어 첫 출근이다!"

잔뜩 상기된 루미아가 간만에 세상 밖으로 나섰다. 얼굴에 윤기가 좌르르한 것이 전혀 빚더미에 앉은 사람처럼 보이지 않았다.

　"세상에. 루미아 님이셔. 정말 오래간만에 나오셨네."

　"정말 소문이 맞는 거니? 저분이 공작님의 이거일 수도 있다는 거."

　"얘는. 지금까지 단 한 번도 저택에 여인을 들인 적 없다는 거 모르니? 그러니까 최선을 다해서 보필하란 말이야."

　주변에 있던 시녀들이 잔뜩 숨을 죽인 채 속닥속닥 귓속말을 했다. 만약 루미아가 들었더라면 그놈의 뒷담! 하면서 버럭 성질을 냈겠지만, 불행하게도 현재 그녀의 눈엔 아무것도 들어오지 않았다.

　'과연 처음으로 만들 가구는 어떤 걸까?'

　심장이 마구 요동쳤다. 마치 전생의 그녀가 처음으로 목공을 접할 때처럼 혈액순환이 빨라졌다. 그리고 그 두근거림은 집무실에 앉아있는 카르반을 만날 때까지 계속되었다.

　"의뢰! 들어왔어요?"

　얼굴을 보자마자 한다는 소리가 기가 막힌다. 바쁘게 펜을 놀리던 카르반은 함박웃음을 짓고 있는 루미아를 슬쩍 바라보더니 다시 서류로 시선을 돌렸다.

　"그대는 나보다 일이 더 중요한가 보군."

　"……."

잠시 할 말을 잃은 루미아는 어색하게 입꼬리를 올리며 고개를 갸웃거렸다.

"사장? 아니, 상사? 으음. 뭐라고 불러야 하죠?"

"……."

이번엔 카르반이 할 말을 잃었다. 호칭에 대해서 생각해 본 적이 없었던 그는 잠시 생각을 하며 책상 위를 손가락으로 두드렸다. 그리고 문득 루미아가 귀족 영애라는 사실을 떠올린 그는 두드리던 손가락을 멈춰 세웠다.

"그냥 카르반이라고 불러라."

"네에? 그건 좀 그런데."

애써 결정한 제안을 단박에 걷어 차버린다. 노골적으로 싫어하는 표정에 한쪽 눈썹을 들어 올린 카르반은 쥐고 있던 펜을 내려놓았다. 어쩐지 미간 사이의 골이 깊어지는 느낌이다.

"어째서?"

"네? 그야 이제 막 들어온 신입이 공작님 이름을 버릇 없이 불러대는 건 다른 사람들이 보기에 좀 그렇지 않을까요?"

확실히 일리가 있는 말이다. 하지만 어쩐지 그녀의 반응이 신경 쓰였던 카르반은 놓았던 펜을 다시 잡으며 단호하게 말했다.

"내 명령이다. 그냥 카르반이라고 불러. 나도 편하게 부르겠다.”

“네에…….”

상사가 까라면 까야지 힘없는 직원이 무얼 할 수 있겠나. 루미아는 순순히 대답하면서도 힐끔힐끔 카르반을 바라보았다. 마치 무슨 할 말이 있는 태도에 서류를 한쪽으로 치운 그는 머뭇거리는 루미아를 뚫어져라 응시했다.

“무슨 할 말이라도?”

“공작…… 이 아니라. 크흠! 카르반, 그쪽이 의뢰를 줘야 저도 일을 하지 않겠어요?”

“난 또 뭐라고.”

‘뭣이라! 나에겐 엄청 중요한 일이거든!’

뿌득뿌득 이를 갈던 루미아는 갑자기 제 앞으로 내밀어진 찻잔에 고개를 갸웃거렸다.

“잠깐 앉지. 이야기가 조금 길어질 것 같으니 말이다.”

“아, 감사합니다.”

마크를 향해 감사의 인사를 건넨 루미아는 순순히 찻잔을 집어 들었다.

“뜨거우니까 천천히 마시십시오.”

“아하하하. 배려가 깊으시네요.”

흡족하게 바라보는 시선이 참 따갑다. 원래도 친절했지만, 이상하게 오늘따라 더 친절한 마크의 모습에 의아함을 느끼기도 잠시. 향기로운 박하 냄새가 코끝을 감싸자 심신이 절로 안정되어갔다.

부드럽게 풀어지는 얼굴을 확인한 카르반은 루미아가 차를 반쯤 마셨을 때 입을 열었다.

"일단 네가 만든 가구는 모두 코판손 상단을 통해서 나가게 될 거다."

푸흡——!

'이름이 그게 뭐야!'

뜬금없이 튀어나온 이상한 이름에 찻물이 사방으로 튀었다. 갑작스러운 찻물 테러에 깜짝 놀란 마크가 온 힘을 다해 두 팔을 뻗었지만 뜨뜻한 물방울은 기어코 카르반의 얼굴에 안착했다.

"……."

"아. 죄, 죄송, 크흡! 합니다. 너무 놀라서 저도 모르게 그만."

입가를 타고 주룩 떨어지는 물들을 닦아낸 루미아는 눈을 감은 채 명상을 하는 카르반을 보고 안절부절못했다. 하지만 그녀의 걱정과 다르게 하해와 같은 마음을 가지고 있던 카르반은 입술을 꾹 깨물기만 할 뿐, 말없이 손수건으로 얼굴을 닦아냈다.

"마크. 아무래도 그 차는 심신 안정 효능이 많이 떨어지는 것 같군. 불량품인가?"

"죄송합니다. 바로 치우겠습니다."

왠지 원래부터 이럴 거라는 걸 알고 있었다는 듯한 말투다. 조금 부끄러워진 루미아는 어색하게 웃으며 카르반을 바라봤다.

"어쨌든 네가 가져갈 이익은 변하지 않아. 코판손 상단은 운송만 할 거거든."

알렌과의 계약은 카르반이 가져갈 이익의 반을 주는 대신 상단의 이름과 운송을 책임지는 것으로 맺어졌다. 물론 그 알렌이 순순히 사인했을 리는 없지만 가장 마지막에 미소를 짓는 것은 역시 카르반이었다.

그는 나한테 사업 아이템을 준다고 약속해놓고 왜 네가 사업을 벌이고 있냐며 빽! 소리를 지르던 친구를 떠올리고는 한숨을 폭 내쉬었다.

"아, 그 지인이라는 분이 바로 코…… 판 손 상단주이신가요?"

"맞다."

"그러면, 저……. 궁금한 게 하나 있는데요."

"뭐지?"

발표하듯 한쪽 손을 번쩍 든 루미아는 한 차례 어색하게 웃더니 믿을 수 없는 말을 꺼냈다.

"코판손 상단이 어떤 곳이죠?"

맙소사!

카르반과 마크의 눈이 두 배로 커졌다. 고작 3년 만에 제국 최고의 상단으로 비상한 괴물급 상단을 모르는 사람이 있었다니. 그것도 귀족이라는 사람이!

"혹시 깊은 산 속에 칩거하다 오셨습니까? 어떻게 그 유명한 상단을 모르실 수가 있지요?"

"아니, 그런 질문은 옳지 않다. 아무리 세상에 관심이 없어도 코판손 상단을 모른다는 것은 있을 수가 없는 일이니까."

"뭐야. 그게 그렇게 유명한 상단이란 말이에요?"

루미아는 점점 흙빛으로 변해가는 두 사람을 보며 입을 꾹 다물었다. 아무래도 이 상황에서는 아는 척을 해야 했나 보다. 아니, 처음부터 질문하지 않는 것이 좋았을지도…….

'잠깐! 그래도 이런 반응은 좀 그렇지 않나!?'

"하아. 잘 들어라. 코판손 상단은 제국 최고의 상단이다. 그냥 그 정도로만 알고 있어도 돼."

"……."

마지못해서 하는 말이 너무도 성의 없다. 루미아는 화려했던 반응과 달리 짧아도 너무 짧은 소개에 힘이 쭉 빠졌다. 그에 천천히 고개를 젓던 카르반이 주의를 시키듯 그녀의 눈을 똑바로 응시했다.

"어쨌든 코판손 상단의 이름에 먹칠은 하지 않는 게 좋을 거다. 의뢰는 조만간 그쪽에서 물어올 테니 조금만 기다려."

"얼마나요? 그래서 얼마나 더 기다려야 하는데요!"

"……."

아주 멱살이라도 잡을 기세다. 카르반은 반짝반짝 눈을 빛내는 루미아에게서 조용히 시립해있는 마크 쪽으로 시선을 돌렸다. 그리고 손을 팔랑이는 것이, 마치 쫓아내라고 명령하는 것 같⋯⋯.

쾅——!

"엥?"

순식간에 쫓겨난 루미아는 굳게 닫힌 문을 멍하니 바라봤다. 그리고 아주 친절하게도 그녀를 문밖까지 끌고 와주신 장본인을 슬쩍 올려다보았다.

"저⋯⋯ 집사님? 작업실은 어디죠? 오늘 완공된다고 들었는데."

"물론 공사는 끝났습니다. 마침 안내하려던 참인데 따라오시겠습니까?"

"부탁드려요."

'그래, 저 또라이가 저러는 게 앞으로 한두 번이겠냐. 내가 익숙해져야지.'

어느 정도 체념한 루미아는 한숨을 푹 내쉬었다.

'그런데 공방이라니. 어떤 곳일까?'

베르사모 공작 저택에는 목수 일을 하기에 적합한 공간이 없었다. 그래서 새로 공사를 발주한다고 했을 때는 그냥 방 하나를 개조하는 건 줄 알았다. 그런데 역시 공작가라서 그런지 일을 벌이는 범위가 달랐다.

"허⋯⋯. 진짜 돈 하나는 끝내주게 많은가 봐."

공방에 도착한 루미아는 입을 떡 벌렸다.

카르반은 계약서에 적힌 내용대로 루미아가 목공예를 하는 데에 하자가 없도록 정말 최고의 환경을 만들어냈다. 그것도 저택의 오른쪽 끝 방을 확장하면서까지 말이다.

"근데 이거 외관상 좀 이상하지 않나? 아니, 어떻게 보면 예술적인 것 같기도⋯⋯?"

"허허허. 마음에 드시는가 보군요."

외관을 보며 기웃거리던 루미아는 아차! 하며 얼굴을 붉혔다. 마크가 뒤에 있다는 사실을 잠시 잊고 있었던 그녀는 헛기침을 두어 번 하며 주위를 둘러봤다. 그리고 성인 두 명이 두 팔을 벌린 만큼 커다란 문을 보며 입을 헤 벌렸다.

"문이 엄청나게 크네요."

"가구가 빠져나가려면 이 정도는 되어야 할 것 같아서요. 혹시 너무 비효율적입니까?"

"아니에요. 이 정도면 충분해요."

루미아는 만족스럽다는 듯 고개를 끄덕였다. 꽤 후한 칭찬에 안절부절못하던 마크는 그제야 안도의 한숨을 내쉬었다.

"여기 앞에 있는 공간도 제가 써도 되는 건가요?"

"물론입니다. 그런데 가구를 밖에서 만드시려고요?"

마크가 의아한 듯 물어봤다. 이렇게 추운 날씨에 밖에서 가구를 만들다가는 동상에 걸릴 수도 있기 때문이다.

"그건 아니에요. 나중에 페인트칠한 가구를 말리려면 안 보다 밖이 더 좋아서 미리 묻는 거예요."

"그렇군요. 도련님이 가장 끝에 있는 방을 선택하신 데에는 그런 이유가 있었군요."

"네? 집사님이 총 책임자 아니었어요?"

루미아가 두 눈을 동그랗게 떴다. 이번 일 역시 매사에 꼼꼼한 마크가 맡았을 줄 알았는데 그게 아니었나 보다.

"허허허. 물론 제가 총 책임자이지요. 하지만 기본적인 것부터 사소한 것까지 모든 설계를 하신 것은 도련님이랍니다. 의외인가요?"

"아니, 뭐……."

대충 대답을 얼버무린 루미아는 커다란 문을 활짝 열었다. 그러자 매우 의외의 공간이 눈앞에 펼쳐졌다.

'이게 뭐야?'

공주풍의 작업대에 모던한 테이블. 고딕풍의 소파에 심플한 의자까지. 하나부터 열 끝까지 따로따로 노는 듯한 느낌에 루미아의 입꼬리가 파르르 떨렸다.

"완전 혼돈의 카오스가 따로 없구먼."

그날 루미아는 강제로 카르반의 인테리어 센스를 경험해야만 했다.

화려한 저택 밖. 고급스러운 나무에 아름다운 장식이 매력적인 마차가 도착했다.

서둘러 마차 문 앞으로 시립한 사용인들은 마차를 향해 고개를 조아렸다.

달칵——

이윽고 마차 문이 열리며 품이 넓은 드레스가 펄럭였다. 딱 보기에도 고풍스러운 자태를 자랑하는 여인의 등장에 사용인들은 힐끔힐끔 그녀를 훔쳐보았다.

"어쩜 저리도 아름다우실까?"

"지금도 아름다우시지만, 이곳에 오시기 전에는 더욱 미인이셨다고."

"하지만 지금이 더 유명하시잖아. 코랄 에이트릴. 지금 안주인님의 이름을 모르는 사람들은 없을걸?"

코랄 에이트릴.

에이트릴 백작가의 영애로 브란트 도르텡 후작에게 시집을 가게 된 후 본격적으로 사교계에 이름을 날린 여인이다.

그녀는 착한 성품과 아름다운 외모를 지닌 귀족으로 유명했다. 그뿐만 아니라 다른 여귀족들이 가장 동경하는 존재 중 하나로 손꼽히기도 했다.

그런데…….

그런 그녀에게는 남들이 이상하다고 생각할, 독특한 취미가 하나 있었다.

그것은 바로 가구 수집!

코랄 부인은 다른 부인들이 새로 생긴 뷰티 살롱이나 아름다운 드레스에 관한 이야기를 꺼낼 때, 입은 제대로 대화에 참여하고 있으면서도 눈은 티 테이블에서 거의 떨어트리지 않았다. 게다가 그녀의 관심을 100% 끌어낼 방법은 가구에 관해 묻거나 인테리어 관련 조언을 구할 때뿐이었다.

그런데도 그녀가 이름을 널리 알릴 수 있었던 이유는 바로 가구를 보는 눈에 있었다. 코랄 부인은 가히 신급이라고 할 정도로 가구를 보는 눈이 높았고 가구를 배치하는 감각도 대단했다. 그리고 그 타고난 감각은 거물급 귀족들에게도 눈에 띄었다.

덕분에 황가와도 연이 닿은 그녀는 급속도로 지위를 올렸다.

어디를 보나, 흠잡을 게 없을 정도로 완벽한 여인. 하지만 그런 그녀에게도 아주 큰 시련이 찾아왔으니…….

"메리는 지금 무얼 하고 있나요?"

막 외출을 끝낸 코랄 부인이 겉옷을 벗으며 물었다. 그에 서둘러 다가온 시녀장이 공손히 고개를 숙였다.

"메리 아가씨께선 현재 독서를 하는 중입니다."

"그렇군요. 오늘도 시녀들을 물리던가요?"

"예⋯⋯."

코랄 부인의 물음에 시녀장이 면목 없다는 듯 허리를 굽혔다. 요즘 메리 영애는 조금 이상했다. 사춘기라도 왔는지 항상 글을 읽어주던 시녀들을 물리고 직접 책장을 넘겨 책을 읽었다. 만약 다른 사람들에게 이 이야기를 한다면 '그게 뭐가 이상해?', '아주 당연한 일 아닌가?' 라고 말하겠지만, 메리 도르텡은 달랐다.

날 때부터 몸이 약하게 태어난 아이.

조금만 상처가 나도 피가 잘 멈추지 않았으며 살짝 부딪쳤는데도 쉽게 멍이 들었다. 그것만 해도 절망적인데 심지어 아이는 걸을 수가 없다. 의사의 말로는 선천적으로 근육과 뼈가 약해서 그렇다고 하는데, 세월이 흐른 지금까지도 병의 원인은 물론이고 치료할 방법 역시 알 수가 없었다.

그러니 혹여나 아이가 다칠까 전전긍긍하며 어화둥둥 키우는 것은 당연한 일. 하지만 그것이 독이 되었는지 아이의 몸은 점점 더 허약해져만 갔다.

메리 도르텡은 대부분 시간을 침대에서 생활했다. 인생의 대부분을 침대와 함께했다고 해도 과언이 아니었다. 현재 아이는 벌써 일곱 살이나 먹었지만, 책을 드는 것조차 벅차 책을 읽어주는 담당 시녀까지 정해져 있을 정도였다.

불쌍한 아이. 괜히 제 탓인 것 같아 똑바로 마주보기조차 어려운 아이.

그런데 요즘 들어 메리 도르텡은 대신 책을 읽어주려는 시녀들을 계속해서 무시했다. 왜 그러는지 물어보았지만 아이는 항상 묵묵부답이었다. 덕분에 담당 시녀들은 발만 동동 구르고 있다.

"갑자기 왜 그러는지……."

코랄 부인이 걱정스럽다는 듯 눈꼬리를 축 늘어트렸다. 원체 욕심이나 떼를 쓰지 않던 아이인지라 이번 변화는 꽤 크게 느껴졌다.

"요즘 혼자서 책을 읽느라 허리가 매우 아픈 듯합니다. 불편한지 자주 자세를 바꾸시는 데다가 점점 허리와 목이 구부정해지고 있습니다. 팔도 아픈지 간간이 손을 주무르기도 하고요. 해서…… 뭔가 조치를 취해야 할 것 같습니다."

시녀장이 조심스럽게 건의했다. 그러자 깊게 고심하던 부인의 얼굴에 짙은 그늘이 드리웠다.

"하지만 아이가 하고 싶다는데 그것까지 막을 순 없어요. 제가 준비한 책상은 쓰지 않던가요?"

"침대에 익숙해져서 그런지 무척 힘들어하십니다. 그래서 오늘 담당 의원님께 여쭈어봤지만 딱딱한 의자보다는 침대에 앉아있는 것이 더 낫다고 합니다."

"정말 어떻게 해야 할지……."

코랄 부인이 마음이 찢어진다는 듯 드레스 자락을 꼭 쥐었다. 그 모습을 안타깝게 바라보던 시녀장은 손수건을 꺼내며 눈물을 찍어냈다.

그런데 그때.

똑똑——

"마님. 밖에 손님이 오셨습니다."

밖에서 한 시녀의 목소리가 들리며 코랄 부인의 얼굴이 번쩍 들어 올려졌다.

"누가 오셨죠?"

"알렌 코코아 백작님이라고 하십니다."

우당탕——!

순간 방 안에서 시끌벅적한 소리가 들려오더니 굳게 닫혀 있던 문이 활짝 열렸다. 이게 대체 무슨 소리인가 싶어 문가에 귀를 대보고 있던 시녀는 갑자기 열린 문과 함께 등장한 제 주인을 보며 히익! 새된 비명을 질렀다.

"허억. 어서, 안내하세요."

항상 고고한 모습을 잃지 않던 부인이 잔뜩 거칠어진 모습으로 말했다. 깜짝 놀란 가슴을 진정시키던 시녀는 이상하리만치 흥분한 주인을 보며 황급히 고개를 끄덕였다.

"여, 여기에 계십니다."

기존에 쓰던 응접실은 코랄이 최근에 사들인 가구들 때문에 사용할 수가 없었다. 덕분에 임시로 만든 응접실로 들어선 그녀는 익숙한 벽색 머리카락을 발견하자마자 쿵쾅쿵쾅 걸음을 옮겼다.

"코코아 백작!"

"오오! 후작 부인! 정말 빨리 도착…… 켁! 큭, 켁!?"

반갑게 인사하던 알렌은 갑자기 멱살을 잡아 오는 지인을 보며 두 눈을 동그랗게 떴다.

"부, 부인? 켁켁! 코, 코랄! 이것 좀 놓고 이야기해!"

"아! 미안해요. 너무 반가워서 그만."

아니, 무슨 반갑다는 사람이 원수라도 만난 것처럼 멱살부터 틀어쥐지?

알렌은 매우 당혹스럽다는 듯 입을 벌리며 허허롭게 웃었다.

"내가 그렇게 반가웠어? 편지라도 줬으면 바로 달려갔을 텐데!"

"마침 잘 됐다 싶었을 뿐이에요. 당신이라면 해답을 알고 있을지도 모른다고 생각했거든요."

"해답?"

그의 고개가 절로 기울어졌다. 그러고 보니 항상 밝은 미소를 잃지 않던 그녀가 오늘따라 참 우울해 보인다. 피부도 칙칙한 것이 아무래도 뭔가 큰 걱정거리라도 있는 모양이다.

"왜 그래? 주름이라도 늘었어? 내가 좋은 화장품 추천해 줄까?"

"……."

"……아니야?"

알렌이 미안하다는 듯 고개를 푹 숙였다. 그 한결같은 모습에 무서운 표정을 푼 코랄은 푹신한 소파에 털썩 주저앉았다.

"앉아요."

"어? 으응."

표정은 풀었지만, 분위기는 여전히 무겁다. 이런 상황에 전혀 면역력이 없는 알렌은 가시방석에라도 앉은 양 계속해서 엉덩이를 들썩거렸다. 그러기를 한참. 그녀의 입이 열린 것은 알렌이 문밖으로 뛰쳐나갈지 창문 밖으로 뛰어내릴지 진지하게 고민하고 있을 때였다.

"메리가 요즘 이상해요."

"뭐? 설마 내가 가져온 약이 효과가 없는 거야?"

"아니요! 그게 아니라…….."

오히려 너무 좋아서 고마울 따름이다. 그나마 메리의 몸 상태가 건강한 것은 전적으로 코판손 상단에서 사들인 약재 덕분이다. 그런데 어찌 그런 불경한 생각을 할 수가 있을까.

빠르게 고개를 내저은 코랄은 우울한 얼굴로 드레스 자락을 쥐었다.

"그게 아니라 요즘 메리가 자꾸 스스로 일을 하려고 해요."

"응? 그거 좋은 거 아닌가?"

알렌이 이상한 말이라도 들은 것처럼 눈썹을 찌푸렸다. 하지만 코랄은 계속해서 말을 이어나갔다.

"네. 좋은 일이죠. 하지만 다리를 못 써서 불편할 텐데 아이가 자꾸만 혼자서 책을 읽으려 해요. 그래서 그런지 자세도 점점 나빠지고 있어요. 이러다 나중에 나이가 들 때쯤이면 우리 메리. 허리가 굽으면 어떡하죠? 네? 혹시 똑바로 눕지도 못하게 되는 건가요!?"

"워워~."

침까지 튀기며 열변하는 걸 보니 그녀가 얼마나 딸 바보인지 새삼 실감이 났다. 알렌은 속으로 코랄의 극단적인 상상력에 손뼉을 치며 진정하라는 듯 두 손바닥을 보였다.

"진정해. 그 정도로 허리가 구부러지지는 않아. 지속하면 문제가 되겠지만."

"그게 문제라구욧!"

허허. 이 사람은 대체 얼마나 먼 미래까지 생각하는 걸까.

이것도 재주라면 재주다. 알렌은 코랄의 불타오르는 열변에 백기를 들었다.

"제발 진정 좀 하라니까? 나보다 더 흥분하는 사람은 처음 본다. 그러니까 요점은 네 사랑스러운 딸이 요즘 혼자 책을 읽느라 자세가 많이 안 좋아지고 있다는 거 아니야."

끄덕끄덕──!

코랄이 힘차게 고개를 끄덕였다. 그러자 알렌의 입술이

보기 좋게 호선을 그리며 올라갔다.

"좋아! 내가 한번 찾아볼게!"

"네? 무엇을요?"

자신감 넘치는 대답에 코랄의 고개가 절로 기울었다. 찾는다니 대체 무얼 찾는단 말인가?

"그 문제를 해결해줄 사람을 찾아본다 이 말이지!"

코랄이 자리에서 벌떡 일어났다.

"정말 그런 사람이 있어요?"

"물론이지! 가능할 것 같은 사람이 한 명 있거든!"

아직 누군지는 모르지만.

멋스러운 자태를 뽐내던 식탁을 떠올린 알렌이 짓궂게 씩 웃었다. 그 악동 같은 미소는 며칠 전, 카르반이 계약 당시 보여줬던 미소와 아주 흡사했다.

"네? 의뢰자를 찾았다고요?"

갑작스러운 부름에 득달같이 달려온 루미아가 물었다.

"내가 이런 거로 거짓말할 사람으로 보이나?"

"에, 에이. 당연히 아니죠."

순수하게 물었을 뿐인데 반응이 한결같다. 슬쩍 입꼬리를 올린 카르반은 왠지 유쾌해진 기분으로 종이 한 장을 건넸다.

"이게 뭔가요?"

"의뢰자의 요청 내용이 적혀있다. 목과 팔의 고통을 주로 호소한다더군. 자세한 내용은 직접 읽어서 확인하도록."

"흠. 어디 한번……."

루미아는 건네받은 종이를 바라보며 턱 밑을 쓸었다. 그리고 내용을 대번에 이해한 듯 고개를 끄덕였다.

"아아. 아이 자세 때문에 걱정이시구나."

"자세? 아니, 그보다 지금 그 암호문을 보고 단번에 이해한 건가?"

카르반은 어처구니없다는 듯이 루미아가 들고 있던 의뢰서를 빼앗았다. 하지만 다시 들여다본다 한들 암호문 같은 글이 해석되는 기적은 일어나지 않았다.

"암호문이라니. 대체 무슨 소리를 하시는 거예요?"

의뢰서를 다시 빼앗은 루미아는 샐쭉해진 눈으로 카르반을 흘겨봤다. 공중에 들려 펄럭거리는 종이에는 '우리 딸이 자꾸 혼자서 책을 읽으려고 해요! 아이가 아파서 침대에서 내려올 수는 없어요! 이대로 가다간 우리 아이의 미래가 망가져 버릴지도 몰라요!' 등등. 이해할 수 없는 말들이 죽 늘어져 있었다.

"아까 카르반이 말했잖아요. 목과 팔의 고통을 주로 호소한다고. 몸도 아픈 애가 침대에 앉아서 오랫동안 책을 읽으면 목이 매우 아플 거예요. 그렇다고 누워서 보자니 팔이 떨어질 것 같겠죠. 즉, 의뢰인은 아이가 고통 없이 책을 읽을 수 있도록 획기적인 가구를 만들어 달라고 하는 거죠!"

"그렇군. 확실히 이해했다. 하지만 그런 가구를 어떻게 만들라는 말이지? 아무리 봐도 코랄 부인이 무리수를 둔 것 같군."

카르반이 무슨 이런 개 같은 의뢰가 다 있냐는 듯 눈살을 찌푸렸다. 마치 자기 일처럼 화를 내주는 모습에 잠깐 감동을 할 뻔했던 루미아는 머지않아 현실적인 이유를 찾아냈다.

'내가 손해를 보면 베르사모 공작가도 손해를 보니까 그런 거겠지.'

아주 타당한 이유에 고개가 절로 끄덕여졌다. 나름대로 생각을 정리한 그녀는 책상 위를 굴러다니는 펜을 집어 들더니 확인란에 사인했다.

"이 의뢰는 포기하는 게 좋겠……. 잠깐, 루미아? 지금 거기에 사인을 한 건가?"

"네? 그, 그러면 안 되나요?"

갑자기 불쑥 튀어나온 손에 깜짝 놀란 루미아가 되물었다. 그에 허탈한 웃음을 지은 카르반이 빼앗은 의뢰서를 들고는 팔랑팔랑 흔들었다.

"지금 이 정신 나간 의뢰를 수락하겠다는 건가? 고통 없이 책을 읽어? 세상에 그런 침대가 어디에 있다고 그러는 거지?"

루미아는 짐짓 화가 난 듯 인상을 찌푸리는 카르반을 보며 입을 뻐끔거렸다. 살짝 고개를 돌려 마크를 바라보니 그 역시 깜짝 놀란 듯 두 눈을 휘둥그레 뜨고 있었다.

"어……. 물론 그런 침대는 없겠죠?"

"……."

카르반은 어이가 없다는 듯 루미아를 바라봤다. 그 시선이 마치 아주 완벽히 미친 사람을 보는 듯해 조금 울컥했다.

"다, 당연한 말이잖아요! 중력이 있는 한 편하게 책을 읽는 법이 있을 리가요!"

"중력? 그건 또 뭐지?"

이런, 뉴턴과 전 세계 사과나무가 섭섭할 소리를!

루미아는 머리 위로 물음표를 띄우고 있는 카르반과 마크를 보며 한숨을 내쉬었다.

"어쨌든 제가 하고자 하는 말은, 완벽하게 편안한 침대를 만들어 줄 수는 없어도 자세 교정으로 고통을 덜어줄 침대는 만들어 줄 수 있다 이 말이죠."

"그런 게 진짜 가능하단 말인가?"

솔직히 믿음이 안 가는 내용이었다. 아무리 그녀의 실력을 인정했다고는 하지만 완성품의 이미지가 도무지 떠오르지 않았다.

루미아는 카르반의 미적지근한 반응에 빙긋 미소 지었다.

"침대는 과학이란 말. 들어 본 적 있어요?"

혼란스러운 공방 안에 도착한 루미아는 곧바로 필요한 물품이 적힌 리스트를 뽑아내기에 나섰다.

먼저 내수성은 적지만 옥내용으로 적합한 스프루스. 부드러워서 가공하기가 쉽고 표면 자체가 아름다워서 침대 프레임을 만들 재료로 정했다. 그리고 색감의 차이는 있지만, 침대의 가로살에 쓰일 나무는 어떤 충격이든 견딜 수 있게 단단하고 내구성이 좋은 느티나무를 사용하기로 했다.

"여자아이라고 했으니 공주풍 캐노피도 만드는 게 좋겠다. 그러면 캐노피에 달아놓을 천도 필요하고……. 으음, 조금 불투명한 느낌이 낫겠지?"

이어서 부가적인 재료들을 꼼꼼히 적어 내린 루미아는 까만 글씨가 태반인 종이를 마크에게 건넸다. 마크는 생각 외로 많이 들어가는 재료들을 보며 짧게 감탄사를 흘렸다.

"침대 하나에 들어가는 재료가 이렇게나 많았군요. 음? 그런데 이 특수 제작이라고 적힌 것은 무엇이지요?"

마크는 리스트 뒤에 있는 도안과 그에 대한 설계도를 보며 고개를 갸웃거렸다. 일직선으로 회오리를 그린 것처럼 보이는 그것은 난생처음 보는 것이었다.

"침대 아래에 충격을 흡수할 스프링을 만들 거예요. 대충 생김새와 재료, 그리고 스프링이 갖는 특징을 적어놨으니까 대장장이에게 주면 알아서 제작해주실 거예요."

"호오. 그렇군요. 그럼 내일 다시 찾아오겠습니다. 특수 제작은 어렵겠지만 그때쯤이면 나머지 재료를 모두 갖출 수 있을 것 같거든요."

"네. 죄송하지만 부탁 좀 드릴게요."

"별말씀을요."

마지막으로 싱긋 미소를 지은 마크는 반듯한 걸음으로 사라졌다.

하지만 그의 말대로라면 재료를 준비하는 데에 하루라는 시간이 걸린다는 것인데…….

"그 시간을 그대로 허비할 수는 없지."

입꼬리를 씩 말아 올린 루미아는 공방 한쪽을 가득 채운 나무로 시선을 돌렸다. 지금부터 행할 일들은 아주 중요한 일이었다. 루미아는 먼저 나이프와 빈 컵을 들고 밖을 향했다.

"이렇게 상처를 내고…….. 겨울이라서 양은 적지만 그래도 채취는 가능할 거야."

뒷마당 구석에 자리한 소나무에 'V' 모양 상처를 낸 루미아는 그 아래에 컵을 대고 기다렸다. 그리고 잠깐의 시간이 지나자, 투명한 액체가 모습을 드러내더니 빈 컵 안으로 뚝뚝 떨어지기 시작했다.

"좋았어. 다행히 송진이 나오네."

갑자기 송진은 왜 채취하는가 싶겠지만 나중을 위해서라도 아주 중요한 밑 작업 중 하나였다. 루미아는 기쁜 마음에 흥얼흥얼하면서 목재로써 이용 가치가 없는 것들을 두 손 가득 들었다.

"풀 한 포기도 없으니까 불 좀 피워도 되겠지?"

와르르르——!

장작으로 쓸 나무들을 뒷마당에 쌓아놓은 루미아는 불을 피울 준비를 시작했다. 물론 이런 위험한 일을 벌일 때 집 주인의 허락을 맡는 것이 당연한 절차지만, 다시 올라갔다 내려오기 귀찮았던 루미아는 이번 일을 대수롭지 않게 생각했다.

"잠깐이니까 괜찮을 거야."

그 안일한 마음가짐이 무슨 일을 일으킬지도 모르는 채.

"킁킁. 이게 무슨 냄새지?"

추운 겨울. 차가운 바람이 뺨을 갈겨도 꿋꿋이 바닥을 청소하던 한 시종이 콧잔등을 찌푸렸다.

"이상하다. 어디서 탄내가 나는데?"

이 특유의 매캐한 냄새는 분명 무언가가 타는 냄새였다. 심지어 약간 기름 냄새도 섞여 있는 것이, 혹시나 하는 시종의 마음에 더욱더 부채질했다. 그리고 그 불안감은 저택 모퉁이를 돌자마자 확실화되었다.

"아닛!? 부, 불이야!!!"

"세상에! 동네 사람들! 여기에 불이 났어요!"

새빨갛게 치솟아 오르는 화염에 깜짝 놀란 시종이 사방팔방으로 뛰어다녔다. 목청은 또 얼마나 큰지, 안에서 일하고 있던 사용인들에게까지 모두 들릴 정도였다.

"엄마야! 이게 무슨 일이래? 대체 어떤 간 큰 사람이 베르사모 공작님 저택에 방화를 저질러?"

"공작님은 알고 계실까? 어서 가서 알려야 하는 거 아니야?"

"얘는! 지금 그게 문제니? 먼저 불을 끄고 방화범을 잡아야지!"

부산스러운 움직임과 함께 복도가 순식간에 시끄러워졌다. 창문을 꼭꼭 닫아놓은 탓에 소란의 원인을 알지 못한 카르반은 그의 충실한 집사, 마크가 허겁지겁 들이닥치고 나서야 자리에서 벌떡 일어났다.

"불…… 이라고? 연기가 솟아오르는 방향은?"

"이번에 저택을 새로 증축한 곳입니다!"

"공방이 있는 곳이군. 마크. 너는 기사들을 집결시켜라."

"예!"

불이라는 단어에 잠깐 멈칫한 카르반은 이내 빠르게 검집을 확인했다. 그리고 집무실을 박차고 나온 그는 그 어느 때보다 빠르게 걸음을 옮겼다.

'또 같은 일이 벌어지는 건가?'

잘게 흔들리는 동공이 현재 그가 얼마나 불안한지를 알려 주었다. 그는 어린 시절, 어머니와 아버지를 잃었을 때를 떠올리며 손가락을 꾹 말아 쥐었다.

방화범이 저택 내부로 어떻게 침입했는지는 나중에 가서 따져봐야 할 일이었다. 우선 방화범을 먼저 잡고 그때 일을 벌인 놈과 같은 놈인지를 먼저 확인해야 할 것이다.

카르반은 허리춤에 찬 검을 꽉 쥐고는 공방을 향해 빠르게 달려갔다. 그의 비장한 모습에 물이 가득 든 양동이를 들고 움직이고 있던 사용인들 또한 발걸음을 빨리했다.

그런데.

"혁, 허억…… . 루미아……?"

"어? 다들 양동이를 하나씩 들고 뭐 하시는 거예요?"

잠깐 부족한 땔감을 구하러 공방 내부에 들렸던 루미아는 두 손 가득 들고 있던 장작을 바닥에 내려놓았다. 그 모습에 순간 황당한 표정을 내비친 카르반은 활활 타오르고 있는 장작불로 시선을 돌렸다.

그런데 그의 상태가 조금 이상했다.

"카르반?"

뭔가 이상한 느낌에 루미아가 걱정스럽게 물어봤다. 하지만 그는 아무런 말도 듣지 못한 듯 식은땀만 주룩 흘렸다.

그의 이상 행동은 그뿐만이 아니었다. 안 그래도 하얀 피부에 핏기가 싹 빠졌다. 마치 유령이라도 본 것 같은 표정에 미세하게 떨리는 손. 그리고 크게 확장된 동공까지.

그의 눈동자에 담긴 것은 명백한 공포였다.

좌아악──!

"도련님!"

때마침 나타난 마크가 비어버린 양동이를 내던지며 다가왔다. 현재 카르반의 심정을 누구보다도 잘 알고 있던 그의 호흡은 안쓰러울 정도로 엉망진창이었다.

하지만 그보다 더 엉망진창이 된 사람들이 있었으니…….

"……."

"에, 엣취!"

"이런!"

바로 흩뿌려진 물의 경로에 떡하니 서 있었던 루미아와 카르반이었다.

지나친 걱정에, 정작 주군의 위치를 뒤늦게 파악한 마크는 자기 자신을 질책하며 고개를 숙였다.

"죄, 죄송합니다! 너무 급한 나머지 두 분이 계신다는 점을 인지하지 못했습니다."

"됐다."

그가 끼얹은 찬물 덕분에 공황 상태에 접어들던 정신이 맑아졌다. 몸은 으슬으슬 떨려왔지만 그래도 많은 사람 앞에서 추태를 보이지 않았으니 오히려 고마울 따름이다.

"일단 들어가지."

달달 떨어대는 루미아를 힐끔 바라본 카르반이 걸음을 옮겼다. 영문도 모른 채 각각 양동이를 들고 있던 사용인들과 뒤따라 도착한 기사들은 물에 빠진 생쥐 꼴이 된 두 사람을 보며 길을 터주었다.

"이쪽으로."

눈짓으로 잔불을 끄라고 시킨 마크는 빠르게 그들을 안내했다. 그 와중에도 그의 머리는 아주 빠르게 회전하고 있었다.

추측상, 오로지 불을 끄려던 의도로 뿌린 물에 루미아가 맞았다는 것은 불에 가장 가까이에 있었던 사람이라는 뜻. 즉, 당장이라도 범인을 잡기 위해 달려나갔던 카르반이 깔끔하게 전의를 상실한 것을 보아 불을 피운 범인은 루미아, 그녀라는 결과가 나온다.

'아무것도 모르고 일을 저지른 것 같은데…… . 정말 곤란하게 되었군요.'

살얼음판이라도 깔린 듯 싸늘한 분위기에 마크는 한숨이 나오려는 것을 가까스로 삼켰다. 하필이면 건드린 부분이 가장 민감한 부분이라니. 쉽게 화해하기는 글렀다고 판단한 그는 각각의 방에서 시녀와 시종들의 시중을 받게 하려던 계획을 틀어, 한 방에 그들을 집어넣기로 했다.

'계약을 맺은 지 얼마 되지도 않아 사이가 틀어지다니. 도련님의 앞길에 흠이 되는 일이 있어서는 안 될 일이지요.'

바야흐로 두 사람의 관계 회복을 위한 눈물 나는 집사의 노력이 시작되었다.

"일단 이곳에서 몸을 덥히고 계십시오. 곧 따뜻한 차와 덮을 만한 것을 가져오겠습니다."

응접실 중 가장 난롯불이 센 곳으로 안내한 마크가 빠르게 자리를 피했다. 얼떨결에 소파 위에 앉혀진 루미아는 뚝뚝 물이 떨어지는 머리카락에서 시선을 떼고는 카르반의 눈치를 살폈다.

'이거. 아무리 생각해도 내 잘못이지?'

다행히 온몸이 쫄딱 젖은 것은 아닌지라, 순식간에 말라 가는 옷의 질감을 느끼기를 몇 분. 루미아는 어깨를 축 늘어트리며 이젠 아예 두 눈을 감아버린 카르반을 바라보았다.

확실히 생각이 너무 짧았다. 잠깐이라고 생각한 것과 달리 시간은 꽤 오래 걸려버렸고 센 바람에 불이 꺼질까 봐 뗄

감을 과하게 넣은 것이 화근이었다. 자신이 생각해도 장작불은 누군가 방화를 저지른 것이라 착각할 만큼 캠프파이어처럼 힘차게 타오르고 있었다. 만약 주변에 모래를 모아 불이 옮겨붙는 것을 대비하지 않았더라면 튀어 오른 불똥이 숲 또는 저택에 옮겨붙었을지도 모르는 일이었다.

그런 와중에 화력을 높여 빨리 일을 끝내려던 자신이 부끄러울 따름이었다.

'게다가 아까의 반응이 신경 쓰여.'

마치 공포에 집어 삼켜진 사람과 같은 표정. 금방이라도 무너질 것 같던 그의 모습은, 차가운 물벼락을 맞자마자 흘러 떨어지는 물과 함께 깨끗이 사라져버렸다.

평소와 같아 보이지만 미묘하게 굳어 있는 그의 얼굴. 그런 그의 모습을 자세히 관찰하지 않았더라면 한여름 밤의 꿈이라고 치부할 정도로 놀라운 감정 변화.

'혹시 불을 무서워하는 건가?'

공포에 잠식된 눈은 정확히 새빨갛게 타오르던 불길을 향해 있었다. 그의 바로 앞에 있었기에 알아챌 수 있었던 작은 단서. 하지만 원초적인 공포라기에는 더욱 끈적한 무언가를 느낀 그녀는 입술을 꾹 깨물었다.

아무래도 그녀는 잊고 싶던 그의 트라우마를 일깨운 모양이다.

"죄송해요!"

"……."

조용히 눈을 감고 있던 그가 천천히 눈꺼풀을 들어 올렸다. 차갑게 식은 그의 눈동자와 눈이 마주치는 순간 흠칫! 어깨가 떨렸지만, 그녀는 고집스럽게 고개를 숙였다.

"제멋대로 불을 피워서 정말 죄송해요!"

"……그 일에 관한 것은 이제 됐다. 아무렇지 않으니까."

아무런 변명도 하지 않은 채, 오로지 진실한 사과를 해오는 모습은 북풍설과 같은 그의 눈빛을 조금 누그러뜨리게 했다.

카르반은 뜨겁게 타오르는 벽난로의 불을 보며 튀어나오려는 한숨을 속으로 삼켰다.

처음엔 성냥 불. 그리고 벽난로의 불씨에 익숙해진 지 벌써 2년이란 세월이 지났다. 그래서 이제 불에 대한 공포는 어느 정도 이겨냈다고 생각했는데…….

과연 현실은 그리 녹록지 않았다.

하긴. 안전성이 보증된 벽난로와 언제 어디서든 옮겨붙을 수 있는 불덩이를 비교한다는 것 자체가 어리석은 걸지도 몰랐다. 카르반은 오래간만에 느껴보는 나약한 자신의 모습에 무력함을 느끼며 미간을 좁혔다.

"정말 괜찮은 거예요?"

"내가 방금 괜찮다고…….."

자꾸만 생각을 흩어 놓는 목소리에 짜증을 내려던 카르반이 움직임을 멈췄다.

걱정스럽게 마주쳐오는 따뜻한 눈빛. 삭막한 귀족 사회에서 이렇게 직접 감정을 나타내는 사람은 마크와 알렌 이외는 처음이라, 그는 저도 모르게 당황하고 말았다.

"안색이 좋지 않아요."

아. 그녀는 지금 자신이 저지른 잘못에 대한 일을 묻는 게 아니었다. 그녀는 그런 위선적인 물음 따위가 아닌, 카르반. 그의 상태에 관해 묻는 것이었다.

놀랍게도 계약과 목공 이외에는 아무런 관심도 보이지 않던 그녀가 말이다.

지금껏 아무런 접점이 없었던 그녀가 자신의 트라우마에 관해 알 리는 만무했다. 하지만 어째서인지 보석처럼 빛나는 동그란 눈은 마치 그의 모든 것을 꿰뚫어 보고 있는 것처럼 느껴졌다. 그에 이상하게 열이 오르는 것을 느낀 카르반은 그녀의 올곧은 시선을 피해버렸다.

"정말이다. 난 정말 괜찮으니 신경 쓰지 않아도 된다."

어째서 일일이 해명을 하는 건지……. 그가 한참 자괴감을 느끼고 있을 때 반대로 안도감을 느낀 루미아는 빙긋 미소 지었다.

"다행이에요."

누군가 자신으로 인해 상처받는다는 것은 참으로 끔찍한 일이었다. 인과관계에서 생긴 상처는 아물기 쉽지 않다는 것은 그 누구보다도 더 잘 알고 있는 그녀였으니까. 그런 그녀에게 이런 부분에서는 더욱 민감할 수밖에 없었다.

그래서인지 현재 그가 한 말에 어느 정도 거짓이 섞여 있다는 것을 단번에 눈치채고 말았다. 아직 트라우마의 후유증이 채 가시지 않았음에도 불구하고 안심시켜주려는 그가 정말 고마웠고 또 미안했다. 사실 좀 의외이기도 했다.

'의외로 자상한 면이 있는 걸지도?'

"그런데 불은 왜 피운 거지?"

드디어 본론인가. 딴생각에 빠져 있던 루미아가 황급히 머릿속을 정리하고는 쓴웃음을 지었다. 가까스로 계약한 관계가 위태롭게 흔들리던 위기. 그 이유를 떠올리자 절로 기분이 가라앉았기 때문이다.

"증류하려고 했었거든요."

"증류? 그게 뭐지?"

아차. 이곳에는 증류라는 기술이 아직 발전하지 않았나 보다. 루미아는 당황한 낯을 애써 지우며 차근차근 설명하기 위해 입을 열었다.

"쉽게 설명하자면 다른 불순물이 섞이지 않는 순수한 무언가를 얻기 위한 과정이라고 생각하시면 돼요."

"……그렇군."

뭐, 예상대로 전혀 이해하지 못한 얼굴이다. 루미아는 설명을 덧붙이려던 것을 포기하고는 멀뚱멀뚱 그를 바라봤다.

그러자 난제를 맞이한 듯 이맛살을 찌푸리던 카르반이 미간에 힘을 풀었다.

"이유야 어찌 됐든. 다음에 불을 피워야 한다면 미리 언질을 주었으면 좋겠군."

"정말 죄송했어요……. 만약 그때가 되면 꼭 말씀드릴게요."

루미아가 다시금 고개를 푹 숙였다. 하지만 이미 화가 다 풀린 카르반은 크게 화를 내지 않았다. 뭐, 이런 사달이 날 줄 알고 그런 것도 아니고, 실수 또는 안일함이 만들어낸 결과임을 아는 것 또한 한몫했다.

"크흠. 그래서 무얼 증류하고 있었던 거지? 이상한 기름 냄새가 났던 것 같은데."

사실 거의 공황 상태에 접어들었다고는 하지만 그래도 얼핏 이상한 장치를 본 것 같기도 했다. 뭔가 코를 찌르는 듯한 냄새가 나기도 했으니 분명 평범한 것은 아니리라.

"혹시 이 기름에서 나는 냄새를 말하는 건가요?"

그때 루미아가 주머니에서 무언가를 꺼내 들었다. 충신마크가 물을 끼얹는 바람에 한참 증류하고 있던 기름은 못 쓰게 되었지만, 그 전에 미리 적당한 병에 일정량 담아둔 것이 신의 한 수였다.

살짝 열린 뚜껑 사이로 새어 나오는 독특한 냄새에 빠르게 뒤로 몸을 물린 그는 코를 집으며 미간을 좁혔다.

"그게 증류라는 것을 해서 얻어낸 결과물인가? 한 번도 맡아본 적이 없는 냄새를 풍기는군."

"그게 이 기름이 가진 특징이죠. 그리고 이건 마감재를 만들 때 필요한 재료이기도 해요."

"마감재? 혹시 가구에 바를 오일을 말하는 건가?"

"잘 알고 계시네요?"

루미아가 의외라는 듯 고개를 갸웃거렸다. 그도 그럴 것이, 무언가 말을 하면 대부분 못 알아들은 눈치였기에 마감재 또한 이 세계에는 없는 줄 알았다. 하지만 이제 보니 가구를 보호할 오일은 제대로 사용하고 있는 모양이다.

"다른 건 몰라도 그런 것쯤은 잘 알고 있다."

"네? 아, 그러시구나. 정말 대단하세요."

짝짝짝!

굳이 티를 내지는 않았지만, 꽤 자존심이 상했나 보다. 루미아는 살짝 입꼬리를 올린 카르반을 보며 영혼 없이 그를 칭찬했다. 그리고는 때마침 주머니에 붙어 있던 작은 잎을 하나 발견한 그녀는 잎을 떼어낸 뒤 그의 앞에 대고 살랑살랑 흔들어댔다.

"아까 무얼 증류하고 있었냐고 물었었죠? 바로 이 잎의 본체에서 추출한 송진을 증류한 거예요."

"송진? 솔잎에서 나오는 가루의 그 송진 말인가?"

"네, 맞아요. 송진은 소나뭇과의 나무를 통해 얻을 수 있는데 이걸 증류하면 테레빈유를 얻을 수 있어요. 여기에 담긴 게 바로 그 테레빈유에요."

산 넘어 산이다. 카르반은 궁금했던 액체의 정체를 알았음에도 불구하고 이상하게 머리가 아파지는 것을 느꼈다. 딱 봐도 골치가 아픈 듯 머리를 짚는 그의 행동에, 루미아는 그런 그가 조금 귀엽다고 느껴졌다.

"뭐, 일반인들에게는 생소한 단어겠죠."

'아니, 이 세계 사람들은 전부 모르려나……?'

루미아는 고개를 갸우뚱거리며 뺨을 긁적였다. 하긴 인공적으로 만든 것 중 하나인 합판도 없는 세상인데, 화학용품으로 이루어진 마감재가 존재하는 것이 더 이상했다.

왠지 더 설명하면 길어질 것 같은 기분에, 루미아는 말보다 행동을 보이기로 했다.

"어쨌든 송진을 증류해서 만든 이 기름과 아마 씨 기름을 적절한 배율로 섞으면……. 짜잔! 천연 마감재 완성입니다!"

카르반은 코앞에 내밀어진 기름통을 보며 눈가를 찌푸렸다. 또 다른 병을 꺼내든 루미아가 순식간에 무언가를 만들어냈지만, 코를 찌르는 독특한 기름 냄새가 아까 먹었던 아침을 역류하게 했다.

"그렇군. 정말 대단하다."

"물론이죠! 무려 천연 마감재라고요? 이런 수고는 두고 두고 치하해도 모자란다고요!"

자리에서 벌떡 일어난 루미아가 콧김을 슉 뿜으며 자신만만한 자세를 취했다. 그 황당한 자세에 얼이 빠져있기도 잠시. 무언가 퍼뜩 떠올린 그녀가 대뜸 테이블을 탕! 치고는 시간에 쫓기는 사람처럼 급한 얼굴을 했다.

"아 참! 그러고 보니 이럴 시간이 없는데. 카르반. 미안하지만 집사님께서 오시면 저 먼저 돌아갔다고 얘기해주시겠어요?"

분명 부탁하는 말인데 어째서 대답은 듣지 않겠다는 듯 벌써 문을 열고 있는지 모르겠다.

카르반은 그럼 부탁한다며 서둘러 사라지는 그녀의 뒷모습을 보며 헛웃음을 내뱉었다. 귀족 영애답지 않는 행동에 눈살을 찌푸리기는커녕 재미있게 느껴지는 자신에 의문을 품으며.

"본의 아니게 폐를 끼치게 됐네."

공방에 도착한 루미아는 한숨 섞은 숨을 느릿하게 내뱉었다.

추운 겨울, 누군가의 심장 마사지는 물론이고 많은 사람에게 근력 운동을 시켜버렸다. 게다가 뭔가 사연이 있어 보이는 그의 이상행동까지…….

"나중에 좀 더 친해지면 물어봐야겠다."

그는 그녀에게 많은 도움을 줬고 지금도 현재 진행형이다. 그래서 루미아는 할 수 있는 한 카르반에게 많은 도움을 주리라 굳게 다짐했다. 설령 그것이 마음의 병이라고 할지라도 말이다.

"역시 혼자가 편하다니까."

벽난로에 불을 지핀 그녀는 아직도 물기를 뚝뚝 흘리는 머리를 닦으며 테이블 위에 종이를 펼쳤다.

"자. 이제 설계도를 그릴 차례인데……."

하지만 자신감 넘치게 종이를 펼친 것과 달리 그녀는 곧 고심할 수밖에 없었다.

'그런데 어떤 디자인으로 해야 하지?'

지금까지 그녀는 자신을 기준으로 가구를 만들었다. 물론 실력을 향상하기 위해 연습용으로 만든 것들이지만 그조차 질이 좋아 익명으로 팔아왔다.

하지만 지금은 그때와 달리 고객의 마음을 만족시켜야 한다. 그것도 가구 덕후로 유명한 사람의 마음을 말이다.

"어휴……. 이럴 때 누가 조언이라도 해줬으면 좋을 텐데. 이 세계의 사람들은 대체 어떤 가구 디자인을 좋아하는 거야?"

루미아는 이 세계에서 살면서 현재 목수들이 가진, 아주 큰 문제점을 발견했다.

그건 바로 목수들 사이에 교류가 일절 존재하지 않다는 것. 심지어 그런 주제에 새로운 무언가를 만들려는 시도조차 하지 않는다는 것. 즉, 시중에는 단순한 형태의 목조물밖에 없는 것이다.

"의자면 의자, 책상이면 책상. 뭐, 이런 식이었지."

과거, 시장을 조사했을 때 그녀는 엄청난 충격에 빠졌었다. 그 이유는 바로 넥타이나 신발을 넣는 공간이 일절 존재하지 않다는 것. 다르게 말하자면 옷장에는 옷만 수납해야 한다는 일차적인 발상이 아주 제대로 틀어박혀 있다는 것이다.

당시 그 사실을 알고 얼마나 황당했던지…….

우스갯소리로 말하긴 했으나 이것은 다르게 말하면 루미아가 이곳 사람들에게 배울 것이 전혀 없다는 뜻이 되고, 오히려 이 세계의 사람들이 루미아의 작품을 모방해야 하는 상황에 놓이게 됐다고 말할 수가 있다.

그리고 실제로도 그러했다.

고딕풍, 공주풍, 모던함 등. 처음엔 이 세계에는 이처럼 다양한 스타일의 가구가 존재하지 않았다. 이렇게 세분된 스타일로 나뉘고 또 나타나게 된 시기는 정확히 10년 전. 루미아가 연습용으로 만든 가구들을 익명으로 판매하고 난 뒤부터 나타나기 시작했다. 즉, 그들은 이미 10년 전부터 루미아의 작품을 열심히 모방하고 있었다는 것을 의미했다.

따라 할 수 있다는 것은 처음부터 만들 수 있는 기술을 보유하고 있었다는 것. 그런데도 목수들이 지금껏 가구를 만드는 것을 등한시하고 기술 발전 및 갖가지 노력을 하지 않은 점은 루미아에게 커다란 실망감을 안겨주었다.

하지만 목조물 자체가 단조로웠던 대신 그들은 질 높은 상감기법이나 예술적인 조각을 새기는 등, 미미하게나마 변화를 주었다. 물론 그런 가구들은 귀족 전용 가구로 아주 소수에 속했지만, 추측건대 이러한 기술들은 많은 목수가 집을 짓는 것에 많은 비중을 두었기에 자연적으로 발전한 것으로 예상한다.

이러한 것은 루미아도 보고 배워야 함이 분명했다. 하지만 그것만으로는 사람들이 어떤 형태의 가구를 선호하는지 알 수가 없었다.

"전생에서는 대부분 사람이 깔끔한 가구를 선호한 것에 비해 다양한 기능이 포함된 것을 좋아했었지. 하지만 이곳 사람들은……."

단순해도 너무 단순하다. 구조물 자체만 보면 정말 하품이 나온다. 하지만 겉에 화려한 장식품이 덕지덕지 붙은 것은 또 엄청나게 좋아한다.

"일단 화려한 것을 좋아하는 건 확실하네. 귀족들 영향이 큰가?"

심각하게 중얼거린 루미아는 갑자기 든 생각에 주변을 쓱 훑어보았다.

"잠깐만. 설마……. 다들 이렇게 혼란스러운 인테리어를 좋아하는 건 아니겠지."

하하하!

장난스럽게 말한 루미아는 모두 제각각으로 노는 공방 내의 가구들을 보며 입매를 굳혔다.

"아, 안 돼! 그것만큼은 도저히 용납할 수 없어!"

상상만 해도 화가 나는 일이었다. 루미아는 제발 지금의 귀족들의 미적 감각이 카르반과 같지 않기를 빌며 고개를 휘휘 내저었다.

"이 점에 관해서는 나중에 집사님에게 물어봐야겠다. 지금은 기초적인 설계도를 그리는 게 먼저야."

시작이 반이라고 했다.

일단 생각한 대로 손을 움직이니 예상외로 괜찮은 디자인이 쓱쓱 그려졌다. 물론 당장 적용할 수는 없지만, 루미아는 더욱 자세한 조각 문양이나 추가로 도입할 아이디어 등, 세심하게 신경 써야 할 부분을 고려하며 차분하게 설계도를 그려 나갔다.

"흠. 이 정도면 되겠지?"

몇 시간의 고군분투 끝에, 루미아는 완성된 종이를 들여다보며 뿌듯한 미소를 지었다. 커다란 종이를 꽉 채운 새까만 잉크들이 끄덕이는 고개에 따라 꼬부랑 춤을 췄다.

"다음은 재료만 도착하면 되는 건가……."

시간이 남았다. 루미아는 타닥타닥 타오르는 벽난로의 불을 보며 멍하니 두 눈을 끔뻑였다.

그러기를 한참. 어느새 그녀의 오른손에는 카르반 앞에서 완성한 기름병이 들려 있었다.

"시간도 남는데……. 어디 한번 실험해 봐?"

공방 내의 물건은 모두 마음대로 해도 된다고 했었다. 인자하게 웃으며 말하던 마크를 떠올린 루미아는 입꼬리를 살짝 말아 올렸다.

"그래. 좋아지면 좋아졌지 나빠지지는 않을 테니까."

마감재는 이곳에 와서 처음 만들어 본 것이다. 그러니 한번 확인해보고 싶은 것은 당연한 마음. 루미아는 천천히 기름병의 마개를 향해 손을 뻗었다.

"윽! 이게 무슨 냄새야?"

벌컥! 문이 열리고 자재를 들고 온 사람들이 너나 할 것 없이 코를 막았다. 그들은 이상하게 코를 찌르는 독특한 기름 냄새에 머리가 아프다며 인상을 찌푸렸는데, 안으로 들어갈 엄두도 내지 못하며 자꾸만 제자리에서 주춤거렸다.

"무슨 일이지요?"

사람들의 이상 행동에 뒤늦게 따라온 마크가 설명을 요구했다. 그에 가장 가까이에 있던 사용인이 콧잔등을 찌푸리며 이렇게 말했다.

"이상한 냄새 때문에 머리가 너무 아파요. 공방 내에 기름 냄새가 가득한데, 혹시 무슨 작업이라도 하는 걸까요?"

"흠. 글쎄요. 제가 한번 확인해보겠습니다."

사용인들에게 대기 명령을 내린 마크는 여지없이 코를 찌르고 들어오는 기름 냄새에 반사적으로 코를 막았다. 그는 내심 당혹스러운 표정을 지었는데 그 첫 번째 이유는 당연히 냄새 때문이었고 두 번째 이유는 바닥에 무릎을 꿇고 열심히 무언가를 하는 루미아의 중무장한 모습 때문이었다.

"아닛! 루미아 양? 지금 무엇을 하고 계신 거죠?"

"아, 집사님. 가구에 마감재를 칠하고 있었어요. 어때요? 윤기가 좌르르하죠?"

"예? 마감재 말입니까?"

루미아는 천으로 흘러내리는 머리카락과 코를 막고 장갑을 몇 겹이나 낀 채 붓질을 하고 있었다. 마크는 꽉 막힌 모습에서 눈을 뗀 뒤, 그녀가 가리키는 가구로 시선을 돌렸다.

그런데.

"아니? 어떻게 이런 광택이!?"

"어때요? 가구가 더욱 멋지게 변하지 않았나요?"

그녀의 말 대로였다.

루미아가 칠하고 있던 가구는 물론이고, 공방 내에 있는 모든 가구는 윤기가 좌르르했다. 심지어 아무리 오일을 먹여도 별다른 변화가 없던 가구들에도 변화가 생겼다.

"이럴 수가! 도대체 그 마감재라는 것이 무엇이기에……!"

거의 비명과도 같은 반응이었다. 생각 외로 격렬한 반응에 루미아는 슬쩍 고개를 기울였다.

'이거 혹시……. 생각보다 돈이 되는 거라던가?'

그런 그녀의 생각이 맞았는지, 평소의 그 침착한 이미지를 훌렁 벗어던진 마크가 득달같이 달려들었다.

"혹시 어제 불을 피웠던 것과 관련된 겁니까? 굉장히 독특해서 기억이 납니다! 그때 맡았던 냄새도 이렇게 코를 찔렀거든요!"

사용인들에게 뒷정리를 시켰던 만큼, 잿더미 옆에 무엇이 있었는지에 대해 이미 전달받은 바가 있던 터였다. 찬물을 뒤집어쓴 탓에 그저 용도를 알 수 없는 기름에 그쳤지만, 이렇게나 대단한 물건이었다니. 당시 성급했던 자신이 너무나도 원망스러웠다.

"네. 그 기름과 아마 씨 기름을 적당한 배율로 섞은 거예요. 자주 발라줘야 하는 오일과 다르게 한번 칠해놓으면 그 효과가 오래 가죠. 오일이 먹히지 않는 가구에도 광택이 돌아서 아주 유용하답니다."

냄새는 독하지만.

루미아는 어제, 오늘 진행하고 있는 대대적인 작업에 힘

겨운 듯 콧잔등을 찌푸렸다. 눈앞에서 두 눈을 빛내는 마크와 호기심에 가득 찬 눈으로 이쪽을 주시하고 있는 사용인들 때문에 그마저도 여의치 않았지만 말이다.

'뭐지? 왜 저렇게 뚫어져라 쳐다보는 거지? 냄새가 너무 심했나?'

확실히 기름 냄새만큼은 루미아가 어떻게 할 수 없을 정도로 심했다. 두꺼운 천으로 중무장했음에도 불구하고 이미 코가 마비된 것 같다면 말 다 했다.

'설마 저택 전체에 냄새가 퍼진 것은 아니겠지.'

심상치 않은 분위기에 루미아는 슬쩍 눈알을 굴려 눈치를 봤다.

그런데 그때.

덥석——!

"루미아 양! 혹시 그 마감재라는 것을 조금 나눠주실 수 없습니까?!"

"네엣?"

이상하게 돌아가는 상황에 당황한 루미아는 두 눈을 끔뻑였다.

"저……. 냄새가 독하지 않나요?"

"어차피 마르면 다 날아가는 냄새이지 않습니까?"

"그건 맞지만…….'"

루미아는 부담스러운 마크의 얼굴을 피하며 허허롭게 웃

었다. 대체 어떤 부분에서 혹하셨는지는 모르겠으나 제발 얼굴이라도 좀 치워줬으면 좋겠다.

"아! 이런, 죄송합니다. 제가 너무 흥분해서 그만."

다행히 루미아의 표정을 읽은 마크가 순순히 물러났다. 그는 아무런 해도 가하지 않는다는 듯 두 손바닥을 내보이더니 여전히 빛나는 눈동자를 들어 루미아를 설득하기에 앞섰다.

"물론 그냥 달라는 것이 아닙니다. 그 마감재라는 것이 보통 오일과 모든 능력 면에서 상위 호환한다는 것쯤은 저 또한 잘 알고 있으니까요. 그에 걸맞은 합당한 값을 지급할 터이니 부디 깊이 생각해주시길 바랍니다."

"아니, 뭐……."

루미아는 멋쩍은 듯 뺨을 긁적이더니 기름통을 슬쩍 바라보았다. 딱 봐도 넉넉한 것이 그냥 나누어 주어도 모자랄 일은 없어 보였지만, 공짜로 내어주기에 마감재의 가치는 상당히 높아 보였다.

'돈 냄새가 난단 말이지.'

그것도 아주 진하게.

속으로 음흉한 웃음을 흘린 루미아는 두 눈을 곱게 접으며 물었다.

"그래서 얼마에 사신다고요?"

결론적으로 루미아는 3골드. 그러니까 고작 반병밖에 남지 않은 마감재를 무려 30만 원 값어치나 되는 돈으로 팔아먹었다.

물론 이는 전적으로 집사, 마크가 제시한 돈으로 루미아역시 너무 후려치는 감이 없지 않아 있었지만 조용히 금화를 건네받았다. 아무리 사비로 사는 것이라고 하지만 공작가에서 집사로 일하는 그에게 이는 거의 껌값임을 알고 있기 때문이다.

'심지어 앞으로도 지속적인 거래를 원한다니……. 이게웬 떡이냐!'

송진을 증류해 테레빈유를 얻는 방법은 오직 루미아만이알고 있는 사실이었다. 자세한 제조법을 그녀가 꽉 쥐고 있는 이상, 수많은 이득을 얻어낼 수 있을 것이다.

"이왕이면 특허를 따내는 게 좋겠지."

이곳에 특허라는 개념이 있는지는 모르겠지만, 만약 존재한다면 제조법을 쉽게 훔치려 들지도 못할 것이다. 게다가현재 그녀는 공작가에 몸담은 상황이다. 만약 특허라는 개념이 없더라도 제조법을 빼앗길 염려는 없는 셈이다.

"아, 맞다. 집사님께 물어볼 게 있었는데!"

금화를 깨물어 보며 행복에 잠겨 있느라 정작 중요한 것을 잊어버렸다. 이를 뒤늦게 깨달은 루미아는 어깨를 축 늘어트리며 눈썹을 휘었다. 힘이 절로 빠지는 기분이다.

"확실히 냄새가 심하군."

그때 등 뒤로 익숙한 목소리가 들려왔다.

"카르반?"

흠칫!

반짝반짝 빛이 나는 가구들을 보며 내심 감탄사를 터트리던 그의 어깨가 순간 움찔거렸다. 신통한 물건을 얻었다며, 마크가 하도 자랑을 하기에 방문해봤더니 웬 괴생물체가 저를 반긴다.

"루미아? 왜 그런 모습을……."

더 말을 이으려던 그는 이내 입을 다물었다. 뭐, 이렇게 심각한 냄새를 막기 위해서라면 저 정도 중무장은 꼭 필요할 만했다.

"아하하. 여긴 무슨 일이세요?"

하지만 그의 눈동자만큼은 꽤 열심히 떨리고 있었기에 루미아는 서둘러 온몸에 두르고 있던 것들을 떼어냈다. 그리고 그것이 정답이었다는 듯 그의 표정은 눈에 띄게 안정을 되찾아갔다.

"하도 유난을 떨어서 말이다. 마감재가 무엇인지는 알지만, 그 효능은 모르니까."

게다가 왠지 모르지만, 공방에 들르고 싶었다. 카르반은 낮게 가라앉은 눈으로 주변을 살피며 고개를 기울였다.

대체 왜?

"그나저나 일은 잘되고 있나?"

"아."

모르는 것을 억지로 알아내려 하는 것보다는 차라리 당장 궁금한 것을 묻는 게 나았다. 그렇게 생각했건만……. 돌아오는 대답은 영 시원찮았다.

의아함에 다시 한번 공방을 둘러보니, 왜 그런 대답이 돌아왔는지 대충 이해가 됐다. 왜 처음 둘러봤을 때는 알아채지 못했는지 이해하지 못했지만.

"작업이 하나도 이루어지지 않고 있군. 뭔가 문제라도 있나?"

재료는 완벽할 터였다. 하지만 그런데도 뛰어난 실력자인 그녀가 이렇듯 손을 놓고 있다니. 아마 예술가의 고충인가 뭔가가 찾아온 모양이다.

그것이 못내 신기했던 카르반은 루미아를 뚫어져라 쳐다보았다. 그 부담스러운 눈빛에 잠시 머뭇거리던 루미아는 마크에게 물어보려던 질문을 결국 그의 앞에서 꺼냈다.

"저 혹시, 보통 귀족들은 어떤 디자인의 가구를 좋아하는지 알 수 있을까요?"

"흠. 어려운 질문이군."

말은 그렇게 했지만 카르반은 진지하게 고민을 했다. 왠지 모르겠지만 그녀가 묻는 말에 진지하게 답해주고 싶었다. 하지만 그가 내린 결론은 꽤 담백했다.

"역시 사람마다 다르지 않을까 싶군."

"아하하……."

그야 당연히 그렇겠지요.

루미아는 웃는 것도 우는 것도 아닌 얼굴을 했다. 그리고는 이내 체념한 듯 어깨를 축 늘어뜨렸다.

"아, 그렇지만."

감사의 인사를 한 뒤, 뒤돌아 가려던 루미아는 이어지는 말에 멈칫했다.

또 무슨 뻔한 말을 하시려는 건지…….

확인하기 위해 고개를 들어보니 평소와 조금 풀어진 얼굴을 한 그가 이렇게 말하는 것이었다.

"너무 고민할 필요는 없다. 꼭 귀족들의 취향에 맞추려들지 않아도 네가 만든 가구는 누구나 다 좋아할 테니 말이야. 아, 참고로 네가 가지고 있는 색깔을 잃지 않도록 소중히 하는 게 좋을 거다. 남들 취향만 존중하다가 제 색을 잃어버린 사람들을. 내가 꽤 여럿 봤었거든."

"……."

그의 말에서 느껴지는 희미한 온기에 루미아는 조금 당황하고 말았다.

원래 저런 말을 할 줄 아는 사람이었나? 싶기도 하고 갑작스러운 온도 차에 심장이 두근거리기도 했다.

'저렇게 잘생긴 얼굴로 그런 말을 하다니. 심장에 해로워!'

갑자기 심장 부근을 꽉 쥐는 모습에 카르반의 고개가 기우는 것도 잠시. 어찌 됐건 묘한 자세로 그가 한 말의 뜻을 천천히 곱씹던 그녀는 붉게 달아오른 낯을 굳혔다.

'나만의 색깔……. 나만의 색깔이라고?'

그래. 그의 말이 옳았다. 전생에서도 자신만의 장점을 인정받아 성공의 길에 오르지 않았는가!

'그냥 내가 만들 수 있는 최고의 가구를 만들면 돼!'

"카르반! 정말 고마워요!"

"뭐……."

루미아는 잊고 있던 것을 일깨워준 카르반에게 진심으로 감사의 인사를 건네며 두 주먹을 불끈 쥐었다. 그리고 당황한 카르반을 뒤로한 채, 사용인들이 이고 온 자재들을 매의 눈으로 확인하기 시작했다.

"다행히 나무들은 건강해 보이네."

영수증으로 보이는 종이를 들여다보니 보낸 이가 브란트 도르텡 후작이다. 역시 이쪽 업계에서는 최고인지 일 처리만큼은 확실했다. 그러나.

"상태가 영……."

어찌 된 일인지, 처음 식탁을 만들 때 주어졌던 가공된 원목들과 다르게 이번에 들어온 것들은 하나같이 모두 가공이 되지 않은 통나무들이었다. 가공을 발로 했냐는 발언을 카르반이 들었으리라고는 상상도 못 한 루미아는 괜히 일이 늘어났다며 울상을 지었다.

"왜 그러지?"

"아뇨. 아무것도 아니에요."

아무렇지 않게 내저은 손과 달리 속은 난감 그 자체였다. 루미아는 금세 늘어버린 일거리를 바라보며 한숨을 폭 내쉬었다.

'이거 목재 재단부터 먼저 해야겠네.'

목재 재단은 커다란 통나무 하나를 두고 어떤 식으로 잘라서 필요한 부재를 얻을지 결정하는 작업이었다. 즉, 무척 번거로운 작업인 것이다.

불평하기도 잠시. 어차피 해야 할 것, 더 미적거려봤자 시간만 낭비할 뿐이다.

마지막으로 고개를 휘휘 내저은 루미아는 뾰족한 톱을 들었다. 그 모습이 자못 비장해 보이기까지 했다.

"차근차근 해보지 뭐. 우선 큰 것에서부터 작은 것 순으로."

자리를 잡고 선 루미아는 통나무에 발을 얹고 톱질을 시작했다. 그 영애답지 않은 행위에 멍하니 입을 벌린 카르반이 보이지도 않는지 그녀는 연신 구슬땀을 흘리며 작업에 열중했다.

"다음은 나뭇결 분류인가?"

벌써 더워진 루미아는 이마에 흐르는 땀을 무심하게 닦았다. 하얀색 와이셔츠가 훑고 지나간 자리에는 무엇이든 꿰뚫어 볼 듯한 매의 눈이 자리하고 있었다.

'대단한 집중력이군.'

솔직히 놀라고 말았다. 저토록 어마어마한 집중력이라니. 아마 옆에서 누군가 죽어 나가도 눈 하나 깜짝하지 않을 것 같은 모습이었다. 그리고 어느새 카르반은 그런 그녀의 진중한 모습에 천천히 빠져들고 있었다.

휘리릭—— 탁! 휘리릭—— 타닥!

"음?"

언제 톱질이 끝났는지 현재 루미아는 잘라낸 목재를 분류하고 있었다. 하지만 그가 정말 놀란 점은 그런 것이 아닌, 눈으로 쫓기조차 힘들 만큼 빠른 속도에 있었다.

카르반은 두 눈을 크게 뜨며 평범한 사람들이라면 잔상밖에 보이지 않았을 손동작을 멍하니 구경했다.

'확실히 실력자라 이건가?'

왼쪽에는 옹이가 있는 목재나 갈라져 있는 것들이. 그리고 오른쪽에는 딱 보기에도 갈라짐이 없는, 질이 좋아 보이는 목재들이 차곡차곡 쌓여갔다.

"엄청난 속도로군. 보통 목수들은 전부 이 정도의 실력을 갖추고 있는 건가?"

"음. 글쎄요? 워낙 폐쇄적이어서 다른 목수들의 실력까지는 잘 모르겠어요."

"모른다고? 그럼 너는 이 모든 기술을 어디에서 습득한 거지?"

아차!

그런 생각까지는 해 본 적이 없던 루미아는 잠깐 멈칫했다. 사실대로 말하는 것이 가장 좋은 방법이긴 했으나……. '전생에 가구 디자이너를 전공해서 그래!' 라는 말을 믿어줄 사람이 과연 몇이나 될까?

'아니, 미친 사람으로 몰지 않으면 그것만으로도 다행이지.'

결국, 루미아는 가장 무난하면서도 가장 이해하기 쉬운 방법을 말하기로 했다.

"채, 책이요."

"책? 책을 보고 독학했다는 건가?"

"네. 어릴 때부터 나무를 좋아해서 이런 쪽으로는 관심이 많았거든요. 애클렌 가문이 무역으로 유명한 건 알고 계시죠?"

"물론이다. 저 멀리 동방에서 가져온 물건들은 언제나 호평을 받았지."

막힘없이 대답하는 것을 보아, 그녀의 아버지는 역시 이런 쪽으로는 유명했나 보다. 덕분에 일이 쉽게 풀릴 것이라 예상한 루미아는 방긋 미소를 지으며 손뼉을 쳤다.

"바로 그거예요. 제가 나무를 손질하는 방법은 이쪽 사람들과 다르다고 느끼지 않으셨나요?"

"그러고 보니……. 이해하기 힘든 말들을 많이 하긴 했지."

잠시 생각에 빠진 카르반은 지금까지 루미아가 했던 말들을 떠올리며 쉽게 공감했다.

"맞아요. 그리고 그건 아주 당연한 일이에요."

"당연한 일?"

카르반의 고개가 다시금 기울어졌다. 그는 갑자기 주제를 벗어난 이야기를 하는 루미아를 의아하게 바라봤다. 그에 그녀는 막힘없이 방금 지어낸 말들을 우수수 쏟아내기 시작했다.

"물론이죠. 동방에서 구매한 책을 토대로 한 말들이니까요. 거기에는 이곳 사람들과 다르게 기발하거나 신기한 방법들을 많이 사용하거든요. 물론 구하는 데에 엄청난 돈을 소비하긴 했지만, 아버지가 생일 선물로 흔쾌히 사주셨어요."

"동방의 기술이라. 이제야 이해가 가는군."

그 말을 들은 카르반은 모든 상황을 이해함과 동시에 내심 안도했다.

'내가 몰랐던 것은 당연한 이치였군.'

동방은 찾아가기 힘든 곳이니만큼, 이곳 사람들에게 아주 폐쇄적인 곳이었다. 그들이 어떤 삶을 살아가는지 모르는 것은 물론이거니와 그들이 사용하는 기술 또한 이곳 사람들에게는 알려지지 않았기 때문에 생소한 것들이 다분했다. 즉, 그런 기술을 습득한 루미아의 설명을 이해할 수 없었던 것은 아주 당연한 일이라는 것이다.

"그럼 나무를 다루는 데에선 동방이 더 뛰어나다는 건가?"

카르반이 미간이 절로 좁아졌다. 마치 당장이라도 용사를 농락하기 위한 계획을 실행하려는 마왕과 같은 얼굴, 그의 살벌한 표정에서 무언가 불길함을 느낀 루미아는 저도 모르게 마른침을 꿀꺽 삼켰다.

"어……. 어째서 그렇게 생각하세요?"

'그걸 내가 어떻게 알아!?'

바로 대답할 수 없는 질문에 뜨끔한 루미아는 슬쩍 말을 돌렸다. 하지만 그녀의 술수를 알아채지 못한 카르반은 순순히 그녀의 물음에 답해주었다.

"나무에 대해 잘 아는 것은 아니지만 그래도 보는 눈이라는 게 있다. 일단 너의 실력은 지금까지 제국에서 봐왔던 어떤 목수보다 뛰어나다고 대답할 수 있지. 설령 황제가 물어도 말이다."

'그, 그 정도인가?'

루미아는 급 커져 버린 규모에 식은땀을 흘리며 뺨을 긁적였다. 어쨌든 저를 칭찬하는 말이니 손발이 오그라들어도 참을 만했다.

"그리고 루미아, 네가 직접 보여주지 않았나. 소나무 송진을 증류한 것과 아마 씨 기름을 적당한 배율로 섞어 만든 천연 마감재를. 우리 제국 사람들은 가구를 마감할 때 아마 씨 기름을 바르기만 했지, 소나무 송진을 증류한다는 기이한 방법을 쓰지 않는다."

"그야 그렇죠……?"

'당연히 그러시겠죠. 그건 전생에서 사용하던 방법이니까!'

루미아는 하하하 웃으며 그의 말에 동조했다. 하지만 그는 갑자기 뭐가 그렇게도 불만인지 인상을 와락 찌푸렸다. 원체 표정이 없던 지라 푹 파인 미간이 조금 신기하게 느껴졌다.

"하지만 동방보다 제국의 기술이 떨어진다는 것은 용납할 수 없군."

"넹?"

"자존심 문제다. 이왕 성공할 것, 이쪽 업계에서 정점을 찍는 것을 목표로 하는 게 좋겠지. 어쩌면 아버지도 이런 것을 원하고 계셨을지도 모르겠군."

"예에!?"

'이 또라이가 대체 뭐라는 거야?'

이야기의 주제가 벗어나도 한참 벗어났다. 루미아는 갑자기 세계 최고의 자리를 운운하며 진지하게 고개를 끄덕이는 카르반을 짜게 식은 눈으로 바라봤다.


이후 혼자 열심히 중얼거리던 카르반은 할 일이 생겼다면서 자리를 떴다. 멍하니 그가 하는 양을 바라만 보고 있던 루미아는 눈앞이 썰렁해지고 나서야 벌어졌던 입을 제대로 다물었다.

"뭐야. 설마 이상한 계획이라도 세우러 간 건 아니겠지."

루미아는 이상하게 열성이었던 카르반을 떠올리며 고개를 절레절레 흔들었다. 세계 최고가 그냥 되는 것도 아니고, 아무리 계약을 했다지만 남일 뿐인데 왜 저렇게까지 하는가 싶다.

"됐고, 일이나 하자."

루미아는 조금 전의 일은 까맣게 잊어버린 채, 하던 작업을 마저 이어서 하기로 했다.

"끙……. 그런데 갈 길이 너무도 멀구나!"

목재 재단이 끝이 나면 그 다음은 목재를 다듬어야 한다. 아마 한동안은 목재를 다듬는 데에 많은 시간이 소모될 것이다.

루미아는 산더미처럼 쌓인 목재들을 쭉 둘러보고는 한숨을 푹 내쉬었다. 하지만 그것도 잠시.

"그래도 일을 할 수 있다는 건 행복한 거지."

전생에는 일자리가 없어서 처음부터 빚을 갚지도 못하는 사람이 수두룩했다. 루미아는 그 사람 중 하나가 아니라는 것에 깊이 안도했다.

"이러고 있을 시간이 없어. 정신 차리자."

루미아는 짝! 소리가 나게 자신의 뺨을 때리며 기합을 넣었다. 이어서 연장을 꽉 움켜쥔 그녀는 시뻘게진 뺨을 들썩였다.

앞으로 일주일.

일주일 안에 모든 작업을 끝마치기로 한 루미아는 힘차게 몸을 움직였다.

한적한 오후. 잉크 냄새가 맴도는 집무실에서 두 사람이 심각한 표정으로 마주 봤다.

그들 사이에는 바늘 하나만 떨어져도 아주 큰 소리가 날 정도로 정적이 맴돌았는데, 그 억겁 같은 침묵은 그리 길지 않은 시간에 깨어졌다.

"마크."

"예, 도련님."

심각한 얼굴의 카르반이 심란한 목소리로 마크를 불렀다. 그에 기다렸다는 듯 대답을 한 마크가 공손히 예를 갖추며 다음 질문을 기다렸다.

그런데 그 질문이 조금 특이했다.

"원래 목수들은 가구 하나를 만들 때 방에서 잘 나오지 않는가?"

"흠……. 보통 대장장이들은 그렇다고들 들었습니다만, 목수의 경우는 잘 모르겠습니다. 하지만 반대로 대장장이들도 그런 일이 허다한데 목수라고 그러지 말라는 법은 없지요. 그리고 최근에 루미아 양이 말해준 것인데 그녀는 목수보다는 가구 디자이너라는 명칭이 더 마음에 든답니다."

"그런 직업이 있었던가?"

"없으면 루미아 양이 최초로 가구 디자이너가 되는 것도 나쁘지 않겠지요."

"그것참 마음에 드는 타이틀이군."

흡족하게 고개를 끄덕인 카르반은 또다시 심각해진 얼굴로 바뀌었다.

벌써 일주일째다. 아예 식음을 전폐한 것은 아니지만 루미아는 꽤 많은 양의 식사를 걸렀다. 그것이 마음에 들지 않았던 카르반은 문제의 상황을 타개하기 위해, 마크와 함께 해결 방법을 찾기에 나섰다.

"그녀가 좋아하는 음식을 늘려보는 것은 어떤가?"

"물론 해보지 않은 것은 아닙니다. 기름기가 적은 고기 종류를 좋아하셔서 채소를 줄이고 그 양을 늘리긴 했으나 결과는 같았습니다."

"혹시 기분 전환이라도 필요한 것이 아닌가? 자네가 지나가는 식으로 산책을 한번 권해 봐."

"그것 역시 말씀드려봤지만……. 할 일이 산더미 같은데 그럴 시간이 어디 있느냐며 거절을 하셨습니다."

"……."

"……."

무거운 침묵이 이때다! 싶었는지 다시 찾아왔다. 카르반과 마크는 아무런 말도 없이 서로를 바라보며 깊은 고뇌에 빠져야만 했다.

"이러다 몸이라도 상하는 것은 아닌지 모르겠군."

"그렇게 걱정이시라면 직접 찾아가 보시는 게 어떻습니까?"

"들어가기도 전에 문전박대하는데 어떻게 그런단 말인가……."

카르반은 며칠 전, 추운 복도에서 루미아와 나눴던 대화를 떠올리며 어깨를 살짝 떨었다. 역시 한창 예민할 때의 여인을 건드리는 것은 사람이 할 짓이 아니었다.

"흠…… . 그렇다면 몰래 찾아가 보시는 것이 어떻습니까?"

"무슨 소리를 하는지 모르겠군, 마크. 나는 그렇게 파렴치한 인간이 아니다."

싸늘하게 표정을 굳힌 카르반이 날카롭게 대꾸했다. 그에 무해한 미소를 장착한 마크가 절대 그런 뜻이 아니라는 듯 양 손바닥을 내보였다.

"오해입니다, 도련님. 그냥 가장 배가 고플 시간에 야식을 챙겨드리는 것은 어떨까 물어보려던 것입니다. 몰래 찾아가 보라고 한 것은 처음부터 쫓겨나지 않기 위함이고요."

"야식?"

그러고 보니 어쩔 수 없이 참가한 파티에서 어떤 여귀족이 이렇게 떠든 적이 있다.

일반적인 식사와 야식은 그 맛부터가 다르다고.

아무리 바빠서 식사를 거른다고 한들. 과연 잠들기 전의 그녀는 배가 고프지 않을까? 아마 그녀는 이불보에 얼굴을 묻으며 왜 그때 밥을 먹지 않았는지 격렬하게 후회하고 있을지도 몰랐다.

게다가 꿀맛 같은 야식의 유혹을 이길 수 있는 사람은 과연 몇이나 될까? 그것도 한창 먹어댈 나이에 말이다.

어느새 마크의 제안에 양쪽 귀를 세운 카르반은 바로 그 것이라는 듯 고개를 끄덕였다.

"드디어 방법을 찾은 것 같군. 마크. 아주 훌륭하다."

"허허허. 별말씀을요. 야식은 제가 따로 준비하도록 하겠습니다."

이보다 완벽한 집사는 또 없을 것이다. 카르반은 오늘따라 더욱 늠름해 보이는 마크를 보며 입꼬리를 살짝 말아 올렸다.

"그런데 루미아가 잠드는 시간은 몇 시지? 아직도 공방에서 숙식을 해결하는 건가?"

"공방도 꽤 아늑하고 좋다고 하더군요. 다행히 마음에 쏙 드신 모양입니다. 그리고 루미아 양이 잠드는 시간은……. 지금까지의 생활 방식으로 보아하건데 자정이 아닐까 싶습니다."

"그렇군. 그럼 11시 40분쯤에 내 방으로 야식을 들고 와라."

"알겠습니다."

일정 변경을 위해 마크가 떠나가고 난 뒤, 카르반은 한동안 기분 좋은 표정을 했다. 물론 오랫동안 그를 보아왔던 마크가 아니라면 전혀 눈치채지 못할 미세한 변화였지만, 확실히 그의 얼굴 근육은 미소라는 것을 짓기 위해 움직이고 있었다.

하지만…….

그 미소는 얼마 가지 않아 사라지고 말았다.

"아버지가 살아 계셨다면 지금 모습을 볼 수 있었을 텐데. 정말 아쉽군."

그렇게 눈에 불을 켜고 찾아다니던 목수를, 정작 찾으러 다니던 사람이 죽고 몇 년이 지나서야 발견되다니……. 참으로 통탄할 일이다.

하지만 세계 최고로 우뚝 서게 된다면 하늘에 계신 아버지도 무척 흡족해하실 터였다. 그럴 뿐만 아니라 그런 그녀를 높은 자리까지 끌어올린 공작가의 위신도 더욱 높아질 것이 분명했다. 그러나 누구든 간에 성공하기 위해서는 맑은 정신과 건강한 몸을 유지하는 것이 중요했다.

그것을 잘 아는 카르반은 루미아를 최고의 가구 디자이너로 만들기 위해 난생처음으로 남에게 야식을 가져다주는 일을 하기로 했다.

물론 이런 일 따윈 다른 사용인들이나 마크에게 시키면 될 일이지만, 현재 일이 어느 정도까지 진행됐는지 궁금했던 그는 이번 일을 나름 기껍게 여겼다.

그렇게 얼마간의 시간이 지났을까.

똑똑──

"도련님. 시간이 되었습니다."

마크의 부름에 카르반은 읽고 있던 책을 덮었다. 그리고 문을 열자 돔형 은색 뚜껑이 씌워진 접시가 불쑥 튀어나왔다.

"자, 여기 있습니다. 그럼 힘내십시오, 도련님."

"음……? 아, 알았다."

카르반은 어쩐지 조금 들떠 보이는 마크를 바라보며 고개를 끄덕였다. 혹여나 떨어트릴 것을 대비해 양손으로 받아 든 접시는 은색 뚜껑으로 인해 아무런 냄새도 나지 않았다.

'샌드위치인가?'

보통 야식이라고 한다면 간단한 음식이 가장 먼저 떠오른다. 카르반은 은색 뚜껑에 비친, 이상해진 제 얼굴에 시선을 뗀 뒤 공방을 향해 발걸음을 옮겼다.

"역시 마크로군."

몇 분 지나지 않아 공방 앞으로 도착한 카르반은 입꼬리를 살짝 당겼다.

마크의 말대로 루미아는 아직 잠자리에 들지 않았는지 굳게 닫힌 문틈 사이로 미세한 빛이 새어 나오고 있었다.

카르반은 식사 조달을 위해 잠겨 있지 않던 문을 떠올리며 가볍게 문고리를 잡아당겼다.

그리고 쏟아지는 밝은 빛.

그는 어두운 복도와 다르게 주황빛으로 물든 공방을 둘러보며 루미아를 찾았다. 하지만 이상하게 고요한 적막감만 감도는 내부에는 항상 보이던 그녀가 보이질 않았다.

"뭐지? 화장실에라도 간 건가?"

카르반은 테이블 위에 접시를 내려놓고는 고개를 갸웃거렸다. 그리고 얌전히 앉아 기다리려던 찰나. 바로 맞은편에 있는 소파에 수상한 덩어리를 발견했다.

"루미아……?"

수상한 덩어리의 정체는 바로 루미아였다. 카르반은 애벌레처럼 담요 속에 몸을 돌돌 말고는 머리만 쏙 내민 채 곯아떨어진 루미아를 보며 허탈하게 웃었다.

"아무래도 야식은 그른 것 같군."

그가 발견하길 기다리기라도 했다는 듯 루미아는 신나게 코를 골기 시작했다. 얼마나 열정적으로 일을 했는지 차분하게 가라앉아 있던 머리카락은 사방으로 뻗쳐 있었고 살짝 엉겨 붙어있었다.

"씻을 시간도 없었던 건가……."

카르반은 소파 가죽에 코를 파묻고 잠을 자는 루미아를 보며 한숨을 푹 내쉬었다. 아무리 첫 번째 의뢰라고는 하지만, 그래도 몸은 제대로 챙겼으면 좋으련만. 왠지 모르게 마음이 착 가라앉은 카르반은 영 탐탁지 않은 얼굴로 주변을 둘러보았다.

"음? 저건……."

그런데 그때, 그의 시야 사이로 새하얀 천으로 덮인 커다란 물체가 포착됐다. 슬쩍 자리에서 일어난 카르반은 얼핏 보기에도 완성된 침대처럼 보이는 모양에 헛웃음을 터트렸다.

"고작 일주일 만에 침대를 완성하다니. 다른 목수들이 알면 기절초풍하겠군."

보통 귀족 침대를 만드는 데에 걸리는 시간은 약 한 달이다. 황제의 침대는 그보다 더한, 석 달이라는 어마어마한 시간이 소모되었고 평범한 평민들의 침대까지 내려가서야 일주일이라는 시간이 성립됐다.

그녀가 성의 없이 만들었으리라는 생각은 들지 않는다. 빚이 있는 사람만큼 절박한 사람이 뭐 하러 그런 쓸데없는 짓을 자초하겠는가. 게다가 그녀는 자신이 만든 가구에 대해 나름의 자부심이 있는 사람이었다.

그런 이유로 카르반은 적어도 성의 없이 가구를 제작했다는 경우 자체를 머릿속에서 지워버렸다.

"끄으으응……."

"!"

도둑이 제 발 저리다고 했던가.

카르반은 갑자기 몸을 뒤척이며 자세를 바꾸는 소리를 들으며 흠칫! 몸을 떨었다. 왠지 모르게 진짜 도둑이 된 것 같은 느낌이 들어 묘하게 긴장감이 감돌았다.

'하아. 저자는 나를 매번 당황하게 만드는군'

생각해 보면 그녀를 만난 이후, 새로운 것들을 많이 느껴

본 것 같다. 물론 이상한 경험투성이었지만 말이다.

카르반은 낮게 한숨을 쉬며 슬쩍 소파 가까이 다가갔다. 아까의 움직임으로 담요가 바닥으로 떨어지는 것을 봤기 때문에 다시 그녀의 몸 위로 덮어주려던 요량이었다.

그런데…….

"……."

담요를 주운 채 루미아의 흐트러진 모습을 바라본 카르반은 입매를 살짝 굳혔다.

두근두근——— 두근두근———

'갑자기 왜 이러지?'

그는 점점 빨라지는 심장 소리에 당황한 나머지 들고 있던 담요를 떨어트리고 말았다. 이상하게 열도 오르는 것이 뭔가 몸에 이상이 생긴 것 같았다.

"이상하군. 병이라도 생긴 건가?"

그의 몸은 마치 독에라도 당한 것처럼 이상 현상을 계속해서 보이었다. 그에 당황한 카르반은 심장 가까이에 제 손을 올려보았다.

두근두근——— 두근두근———

부드럽게 울려 퍼지는 고동 소리. 독에 당했다고 보기엔 무리가 있을 정도로 멀쩡한 심장. 그리고 왠지 모르게 기분이 좋아지는 달콤한 울림.

가파르게 호흡을 내뱉던 카르반은 힐끔. 곤히 잠든 루미아를 바라보았다. 그러자 기다렸다는 듯이 더욱 요동치는 심장.

"설마. 아니겠지."

고작 여인의 흐트러진 모습을 봤다고 해서 심장이 뛴다니. 차라리 너무 놀란 나머지 심장이 뛴다는 것이 더욱 신빙성 있었다.

하지만 그런 그의 생각이 틀렸다는 듯, 자꾸만 돌아가는 시선. 카르반은 표정을 심각하게 굳히고는 드르렁 코를 고는 루미아를 빤히 바라보았다.

"잘도 자는군."

오로지 벽난로의 불빛만을 의지해서인지 이상하게도 야릇한 기분이 들었다. 그는 붉게 물든 목덜미와 갸름한 턱. 그리고 도톰한 입술을 지나쳐 뽀얗게 먼지가 내려앉은 눈꺼풀을 바라보았다.

살랑살랑. 뜨거운 열기에 따라 춤을 추는 먼지는 자꾸만 자신의 존재감을 드러내고 있었다. 그에 저도 모르게 손을 뻗은 카르반은 제풀에 놀라, 자리에서 벌떡 일어났다.

쿵쾅쿵쾅!

아까와는 비교도 할 수 없을 정도로 요동치는 심장에, 카르반은 당혹감을 느껴야만 했다. 마치 잘못을 하다 걸린 아이처럼 주위를 살피는 제 꼴이 수치스러웠다.

"대체 왜……."

분명 오래전에 얼어붙었을 것이 분명한 심장이다. 분명히 그럴 터인데, 지금까지의 부재가 거짓말이었다는 듯 그것은 누구보다 더 강렬한 존재를 뽐내었다.

 "……아무래도 야식은 마크에게 맡겨야 할 것 같군."

 미지의 감정을 만난 그는 황급히 후퇴를 선언했다. 조금만 더 시간을 지체했다가는, 자신이 알고 있던 모습을 잃어버릴 것 같았기 때문이다.

 이렇게나 불안정한 자신은 무척이나 낯설었고 또 무서웠다. 빠르게 등을 돌린 그는 서둘러 문고리를 돌렸다.

 그렇게 그는 도망치듯 공방을 벗어날 수밖에 없었다.

4. 첫 번째 의뢰자

"끄으응! 오랜만에 꿀잠 잔 것 같네."

쭉! 기지개를 켠 루미아는 상쾌한 얼굴로 일어났다. 전날 밤 장작을 가득 넣어뒀던 벽난로에는 다 타고 남은 잿더미밖에 없었지만, 아직 공방 내에는 따뜻한 공기가 가득했다.

"흐아암……. 쩝쩝. 으응? 이건 뭐지?"

기분 좋게 하품을 하며 옆을 돌아본 루미아는 분명 자기 전까지만 해도 보이지 않았던 물체의 존재에 두 눈을 끔뻑였다.

새하얀 접시 위에 올라간 돔형 은색 뚜껑. 매번 그녀의 몫으로 주어지는 맛있는 음식이었다.

"이곳 요리는 정말 끝내주는 것 같아! 특히 어린 송아지로 만든 고급 스테이크는……. 아우, 생각만 해도 침이 고이네."

어디 고급 스테이크뿐이겠는가. 베르사모 공작가에서 일
하는 요리사들은 전부 일류 요리사였는지 아침, 점심, 저녁
으로 나오는 음식들은 하나같이 모두 완벽했었다. 뭐, 일에
너무 집중하느라 그 맛있는 밥을 거르는 일도 빈번했지만,
이제는 그럴 일도 없을 것이다.

"생각해보면 정말 하루하루가 고역이었던 것 같아."

지난 일주일은 정말 죽었다고 생각하며 자기 자신을 채찍
질했다. 아무도 그녀에게 재촉하지는 않았지만, 편지에 적
힌 의뢰자의 간곡한 말투가 계속해서 마음에 걸렸다. 가구
를 만드는 동안 루미아는 얼굴도 모르는 의뢰인을 계속해서
떠올렸고 이렇게 집중을 못 할 바에는 차라리 속도를 올리
는 게 낫겠다고 판단했다.

결국, 자신의 페이스를 유지하지 못한 채 식사까지 거르
게 됐지만, 그 대가는 꽤 만족스러웠다.

"어차피 침대도 완성됐으니 마음 편하게 밥이나 먹어 볼
까?"

전날도 마무리하느라 식사를 걸렀던 루미아는 꼬르륵 소
리가 나는 배를 살살 문질렀다. 왜 평소처럼 저를 깨우지 않
았는지는 의문이었지만, 너무 배가 고팠던 그녀는 떠오르는
의문을 제쳐두고 반질반질한 은색 뚜껑을 확! 열어젖혔다.

그런데…….

"끄아아악!!!"

"아닛? 이건 루미아 양의 목소리!"

저택 내부를 울리는 엄청난 고함에 공방을 향해 걸어가던 마크가 황급히 달려왔다. 하지만 그가 도착했을 때는 이미 루미아가 게거품을 물고 기절하고 난 뒤였다.

"루미아 양! 괜찮으십니까?"

어깨를 잡고 흔들어도 반응이 없다. 까뒤집힌 눈알을 확인한 마크는 더 이상의 질문을 생략한 채 그녀를 기절시킨 원인을 찾았다. 하지만 열심히 둘러본 것이 무색하게도 이곳에는 갓 성인식을 치를 만한 여인이 비명을 지를 만큼 위험해 보이는 것은 존재하지 않았다.

"대체 무엇을 보고 놀라신 건지 모르겠군요……."

마크는 곤란한 듯 뺨을 긁으며 고개를 돌렸다. 그리고 그는 눈에 익은 음식을 발견할 수 있었다.

"음? 이건 제가 야식으로 챙겨주었던 음식인데……. 그대로 있는 걸 보아하니 아무래도 입맛에 맞지 않았나 보군요."

소파 위로 루미아를 눕힌 마크는 테이블 위에 놓인 접시를 한 손에 들었다. 동방에 대해 많이 알고 있는 것 같아 그쪽 지방에서 유명하다는 음식을 한번 만들어봤는데, 아쉽게도 그녀의 취향은 아니었나 보다.

"아차! 이럴 게 아니라 어서 의원님께 알려야겠군요. 가는 김에 음식도 처리하는 것이 좋겠지요?"

누가 듣는 것도 아닌데 마크는 꿋꿋이 말을 이어 나갔다. 이윽고 동방 사람들이 즐겨 먹는다던 특식, 바삭 벌레 튀김이 든 접시를 집어 든 마크는 서둘러 공방을 **빠져**나갔다.

"많이 늦네요…….."

분명 가구가 완성됐다고 했다. 그런데 왜 이렇게 안 오는 걸까?

소식을 듣자마자 쏜살같이 달려온 코랄 부인은 기다리다 지친다는 듯 울상을 지었다.

"알렌. 아직도 멀었어요?"

"아직 약속 시각은 한참 멀었거든? 그러게 왜 이렇게 일찍부터 기다린 거야? 님이 올 시간도 아닌데."

"하지만 참을 수가 없었는걸요."

"그래. 가구 매니아님께서 그렇다는데 내가 이해해줘야지."

시녀장과 사용인들은 두 사람의 대화를 들으며 안절부절 못했다. 어떤 사람들은 언제나 온화하며 미소를 잃지 않은 제 주인이 안달복달 못하는 모습에서 그랬으며 또 다른 사람들은 언제나 고귀한 위치에서 아래를 내려다보는 주인에게 반말을 찍찍하며 대드는 남자 때문이었다.

"내가 출발할 때 같이 출발했으니까 곧 있으면 도착할 거야."

"물건이 먼저 도착해야지 어째서 당신이 먼저 도착하는 건가요?"

"응? 무슨 그런 당연한 걸 묻고 그래? 당연히 내가 더 귀중하고 잘나신 몸이니까! 아니겠어?"

"저런. 도끼병이 또 도지셨군요. 그런 건 약도 없다던데……."

"너 지금 날 모욕한 거지?"

언제나 덕담을 나누던 두 사람이 마치 개와 고양이처럼 으르렁거리며 싸운다. 시녀장은 도대체 그 가구라는 게 어떤 것이기에 사람과의 관계를 이토록이나 변질하게 하는지 점점 걱정되기 시작했다.

"어? 도착했다!"

히히히힝——!

호랑이도 제 말 하면 온다더니. 저 멀리서 흙먼지를 일으키며 달려오는 마차가 보인다.

두 사람의 전쟁 아닌 전쟁은 어느새 끝을 맺었고, 발을 동동 구르던 코랄 부인은 만약 루미아가 옆에서 봤더라면 택배 기다리는 사람 마음은 다 똑같다며 고개를 주억거릴 표정을 지었다.

"어서! 어서!"

알렌 코코아는 황소처럼 콧김을 뿜어대는 코랄을 보며 주춤주춤 뒤로 물러났다.

　가구만 보면 이렇게 자제력이 사라지는 여자가 올해의 여귀족 동경 대상 1위를 차지하다니…….　정말 세상이 어떻게 돌아가는지 모르겠다.

　"드디어 볼 수 있는 건가요!?"

　코랄이 크게 외쳤다. 그에 요즘 귀족들의 정신세계에 대한 고찰을 진행 중이던 알렌이 충고하듯 말을 던졌다.

　"너무 기대하지 마. 그러다 실망하면 어쩌려고?"

　"어머. 코판손 상단의 이름이 걸린 상품인데 어찌 기대하지 않을 수가 있겠어요? 그것도 무려 가구라고요? 물론 제가 쓸 것은 아니지만……."

　새 가구 냄새에 벌써 혼이 나간 코랄은 조금 아쉬운 듯 중얼거렸다. 어쨌든 이번 의뢰는 눈에 넣어도 아프지 않을 딸을 위한 것이고 마음에 든다면 똑같은 가구를 주문하면 될 일이었다.

　그리고 그런 그녀의 눈빛을 읽어낸 알렌은 전혀 신빙성 없다는 듯 고개를 저었다.

　'당장이라도 안 뺏으면 다행이지.'

　"그래서 오늘의 주인공. 메리 영애는 어디에 있어?"

　한숨을 쉬듯 묻자 여전히 입가에 웃음을 매단 코랄이 자신 있게 말했다.

"가구를 옮기려면 자리를 비워야 하잖아요? 그래서 사용인에게 아이를 부탁했죠. 아마 지금쯤 응접실에서 쿠키를 먹고 있을 거예요."

"흠. 그래?"

자신 있는 말투에 알렌 또한 대수롭지 않다는 듯 고개를 주억거렸다. 하지만 그 여유로운 대화는 한 시녀의 개입으로 와장창 깨져버렸다.

"마, 마님!"

새파랗게 질린 낯으로 달려온 그녀는 당황한 듯 식은땀이 줄줄 흘러내리고 있었다. 그 심상치 않은 모습에서 불안함을 느낀 코랄은 환하게 웃고 있던 얼굴을 딱딱하게 굳혀버렸다.

"무슨 일이죠?"

"아, 아가씨께서……!"

우물쭈물 그녀의 입에서 튀어나온 '아가씨'라는 단어에 코랄의 얼굴이 희게 질렸다. 설마 그 마음도 약하고 몸도 약한 아이에게 무슨 나쁜 일이라도 생겼다는 말인가?

"사라지셨습니다!"

털썩!

예상보다 더욱 최악의 사태에, 그녀의 다리는 결국 힘이 풀려버렸다.

"지금 이게 무슨 상황이래……."

저택에 도착한 루미아와 카르반은 현재 상황에 고개를 갸웃거릴 수밖에 없었다.

메리 도르텡 영애가 사라지다니?

모두 바짝 긴장한 채로 저택 주변을 수색하는 모습에 카르반과 루미아의 얼굴엔 난감한 기색이 비쳤다. 다른 이도 아니고 몸이 약한 아이가 사라졌으니 다들 납치라고 단정 짓는 분위기였다. 즉, 분위기가 아주 살벌하다 못해 기가 질릴 정도란 말이다.

"난처하게 됐군. 하필이면 납치 소동이라니."

"정말 도와주지 않아도 될까요?"

"가만히 앉아 있으라는데 뭐 어쩔까. 여기서 우리는 이방인일 뿐이다."

"역시 그렇겠죠……?"

하…….

짙은 한숨 소리가 연이어 터져 나왔다. 한쪽은 아직 벌레 튀김의 무자비한 비주얼에 심신이 미약한 상태고 다른 한쪽은 지난밤, 기묘한 기분을 느끼게 한 사람과 함께하게 되어서 꽤 부담스러운 상태였다.

그런데 이런 예민한 사건의 중심에 본의 아니게 끼어들게 되다니.

하아아…….

힘 빠지는 소리가 다시 한번 터져 나왔다. 응접실 앞에 대기하고 있던 사용인들은 자꾸만 한숨을 푹푹 쉬어대는 두 사람을 보며 안절부절못했다. 그들 역시 바보가 아니므로, 무려 공작이나 되는 사람을 이토록 오랫동안 기다리게 하는 것이 얼마나 실례가 되는지는 알고 있던 터였다.

'어, 어떡해?'

'그걸 왜 나한테 물어?'

심지어 그는 매우 가라앉은 얼굴로 침묵을 유지하고 있었다. 마치 융통성 없이 그저 손님을 기다리게 하는 안주인을 질책하는 것처럼.

그래서일까? 그 순간만큼은 사용인들도 동경해 마지않는 코랄 부인을 속으로 탓할 수밖에 없었다.

'마님께선 대체 무슨 생각이실까?'

'어쩔 수 없잖아. 아가씨께서 갑자기 사라져서 판단력이 흐려지신 거겠지.'

'그렇지만 그 이름도 유명한 베르사모 공작님이시라고? 나중에 그 죄를 물으면 어떡하지?'

엄청난 검술을 구사하며 황가와의 친분이 가장 깊은 대귀족. 이쪽에서 모시는 귀족 또한 만만치 않지만 그래도 공작 가문에 비할 바는 아니었기에, 잔뜩 숨죽인 채 소곤거리던 사용인들은 이제 거의 울 것 같은 얼굴을 했다.

"……안 되겠어요! 저도 메리 도르텡 영애를 찾는 데에 협조하겠어요!"

"뭐? 방금 내가 한 말은 벌써 잊어버린 건가?"

그녀의 황당한 결단에 기묘한 기분 따윈 날려버린 카르반이 살벌하게 물었다. 괜히 엮여서 좋을 꼴 하나 보지 못할 터인데 굳이 끼어들겠다니. 이해타산적인 그에게는 전혀 이해할 수 없는 것이었다.

"등잔 밑이 어둡다고, 어쩌면 납치가 아닌 단순한 외출일 수도 있잖아요. 이렇게 된 거, 마냥 기다리고 있는 것보다 조금이나마 도움을 주는 게 어떨까 싶어요. 당사자의 심정이 얼마나 말이 아닐지 카르반도 이미 봤잖아요?"

그리고 어쩌면 기회일지도 몰라요. 코랄 부인의 마음을 사로잡을 기회!

"……."

잔뜩 목소리를 낮춘 채 작게 속삭이는 모습에 몸에 들어간 힘이 살짝 풀려버렸다. 그나마 나름대로 이해가 가는 이유. 카르반은 여전히 탐탁지 않은 듯했으나 천천히 고개를 끄덕이며 자리에서 일어났다.

"그렇다면 나도 가겠다."

"엑?"

그런 황당한 말을 하며 말이다.

그리고 그의 황당한 결정을 만류한 것은 다름 아닌, 구석에서 다 들릴 정도로 속닥거리고 있던 사용인들이었다.

"아, 안 됩니다! 이런 수고로운 일은 마님께서도 바라지 않을 겁니다!"

"그, 그럼요! 응접실에서 불편한 점 없이 보필하라고 저희에게 명령하셨는걸요!"

후작가 일원이 아닌 자들을 저택 내에 돌아다니게 하다니? 어불성설이다!

그런 속내를 감춘 사용인들은 공포에 질려 덜덜 떨어대는 주제에 당차게 외쳤다. 대체 저 시커먼 후드를 뒤집어쓴 여인이 누군지 모르겠으나 무려 공작님을 움직이게 하다니. 원망스러운 시선을 던지는 것 또한 잊지 않았다.

"쯧. 뒷일은 내가 책임질 터이니 상관하지 않아도 된다."

"예? 그, 그러니까……."

그런 그들의 시선을 차단하듯 루미아 앞을 살짝 막아선 카르반이 불쾌하다는 듯 한쪽 눈썹을 추켜세웠다.

물론 무려 책임을 운운하며 살벌하게 노려보는 눈빛을 이겨낼 수 있는 자는, 적어도 이 공간 안에는 없었다. 당사자가 그 냉혹하기로 유명한 베르사모 공작이라면 더더욱.

"그럼 그런 거로 알고. 자, 가지."

"앗. 네!"

멋지게 휘날리는 망토를 피해 서둘러 뒤를 따른 루미아는 슬며시 그의 옆모습을 훔쳐보았다.

'뭐야. 꽤 하잖아?'

카르반의 카리스마에 압도되었던 사람은 사용인들뿐만이 아니었다. 루미아는 그의 새로운 면모를 떠올리며 입을 헤벌렸다.

'……조금 멋있을지도?'

목재 제조사로 유명한 후작가에는 상당한 크기의 사유지가 있었다. 재료 수급을 수월하게 하기 위해, 뒤쪽에 있는 숲을 전부 사들인 것이다.

원래 후작가는 목재 제조 따위에 관심이 없었다. 도르텡 후작가는 예로부터 맛 좋은 술을 만들어 판매하는 것으로 유명했고 몇 년 전, 주변 왕국과의 교류가 본격적으로 진행되면서 지평선 너머까지 입소문을 탈 정도였다.

하지만 소문이 너무 났던 탓인지 수요는 늘어나는데 공급은 터무니도 없이 부족하게 되었다. 물욕은 없지만, 자신이 제조하는 주류에 대단한 자부심을 품고 있던 도르텡 후작은 소비자의 불만을 마냥 흘려들을 수가 없었다.

그래서 뒤쪽에 있는 숲을 아주 조금 사들였다. 새로운 양조사업을 원활히 하기 위해 새로운 건물을 세울 셈이었다.

하지만 낭비를 싫어했던 도르텡 후작은 건물을 세우기 위해 잘라버렸던 나무들을 보며 아깝다는 생각이 들었다.

이대로 가면, 이 나무들은 잘게 쪼개어져 땔감으로 쓰이거나 목수들에게 판매하는 것으로 그칠 것이다. 그러나 좀 더 제대로 가공해서 팔면 어떻게 될까?

사업 확장으로 줄어든 돈을 채우기 위해 그는 처음으로 1차 가공한 나무를 판매하기로 했다. 참고로 이는 단순하게 나무를 쪼개는 것이 아닌, 판자, 각재, 각목 등, 여러 가지 폭과 두께로 세분화하는 것으로서, 이 세계에서 최초로 시행된 사업이었다.

그래서일까? 후작가에서 만든 목재들은 제국 내에서는 물론이고 주변 왕국에도 아주 불티나게 팔렸다. 즉, 두 가지 사업을 병행하는 데에 성공한 셈이다.

그러나 문제가 하나 있었으니, 바로 시장의 판도가 뒤집히게 되었다는 것이다. 대부분 목재 관련 일들을 목수들에게 일임했던 과거와 달리, 잘 가공된 목재들이 유통되는 지금, 많은 사람이 목수를 찾지 않게 되었다. 망치와 못, 그리고 잘 재단된 목재만 있으면 간단히 해결될 일을 굳이 돈을 써가며 그들을 부를 필요가 없게 된 것이다.

'그리고 원치 않았겠지만, 목수들을 죽이는 사업을 하게 된 것이고 말이야.'

루미아는 목수들 사이에서 악명이 높은 사유지를 둘러보

며 두 눈을 빛냈다. 지구와 비교하면 가공 실력은 형편이 없었지만, 그마저도 이 세계에서는 가뭄 속 단비와 같은 일이었다. 그리고 루미아 또한 후작가에는 많은 고마움을 느끼고 있었다.

'뭐, 이곳 목수들 생각은 다른 것 같지만.'

보통 목수들이라면 시간 낭비를 줄여주는 그의 사업에 쌍수를 들고 환영해야 할 것이다. 하지만 제국 내의 목수들은 그의 사업을 단편적으로만 보고 판단했다. 몇 년 전. 지구에 촛불집회가 있다면 이곳에 횃불 집회가 있다는 것을 처음 알게 된 루미아는 당시 목수들이 들고일어났던 것을 떠올리며 인상을 구겼다.

폐쇄적이고 엉덩이가 무겁다고 소문난 목수들이 그날만큼은 어찌나 단합을 잘하던지. 아주 어이가 없을 지경이었다.

"일꾼들도 모두 영애 찾기에 여념이 없군."

"그러게 말이에요."

사실 코랄 부인의 눈에 드는 것도 목적이긴 했지만, 이곳 사람들이 어떤 식으로 나무를 베고 또 목재를 재단하는지 궁금하기도 했다. 이유는 그 방법에 따라 원목의 재질이 천차만별로 바뀌니까. 대체 어떤 식으로 하기에 한 번 가공했다던 목재의 급이 처참한 수준으로 떨어지는지 순수하게 궁금했다.

하지만 일꾼들은 메리 도르텡 영애를 찾기 위해 모두 일을 손에 놓은 채였고 사유지는 텅텅 비어있었다. 물론 기사들 또한 코빼기도 보이지 않았다.

'뭐, 당연한 일이겠지.'

살짝 아쉬운 점이 없지 않아 있었지만, 사건이 사건인지라 어쩔 수 없었다. 루미아는 아쉬운 마음을 달래며 다시금 주위를 둘러보기 시작했다. 어디까지나 주목적은 메리 도르텡 영애를 찾는 것이었으니까.

"다들 숲속은 찾지 않고 저택 내부만 돌아보는 것 같네요."

"등잔 밑이 어둡다고 했던가? 그보다 더 어울리는 표현은 없는 것 같군."

"아하하."

루미아는 어색하게 웃으며 주변을 돌아보았다. 밖으로 나오고 나서부터 카르반은 묘하게 기분이 좋아 보였다. 첫인상에 느꼈던 것처럼 우울한 느낌은 많이 사라졌지만, 그래도 무표정한 것의 그의 특징이었는데 이상하게 입가에는 잔잔한 미소가 띠워진 것 같았다.

'게다가 너무 조용하잖아!'

차갑지만 잔잔하게 불어오는 바람과 바스락, 풀이 밟히는 소리. 그리고 두 사람 이외에는 아무도 없는 곳에서 천천히 걸음을 옮기자니 마치 연인과 함께 산책하는 꼴이 되었다.

양 뺨에 열이 오른 루미아가 괜스레 의식되는 것을 느끼며, 휘휘 고개를 저었다. 그에 카르반의 시선이 따라붙은 것은 더 말할 것도 없다.

"벌레라도 붙은 건가?"

"아, 아뇨! 그냥 바람에 머리카락이 달라붙어서요."

"머리카락이?"

순간 그가 의아한 눈빛을 띠웠다. 현재 로브를 벗은 루미아는 포니테일로 단정하게 머리를 묶은 데다가 바람은 안면을 향해 잔잔히 불었다. 심지어 방금 고개를 휘저으면서 귀 뒤로 넘겼던 잔머리가 삐죽 튀어나왔다.

카르반은 그녀가 거짓말을 하고 있다는 것을 단박에 알아차렸다. 하지만 굳이 의문을 표해 그녀를 곤란하게 하고 싶지 않았기 때문에 얌전히 입을 다물었다. 그리고는 루미아의 속도에 맞춰 발걸음을 느리게 했다.

만약 마크가 이 모습을 보았다면 펄쩍 뛰며 놀랄 일이었다. 물론 모든 일에 무심하고 냉혹하기로 유명한 카르반이 여인과 함께 다정하게 걷는다는 것 자체가 있을 수 없는 일이었지만, 이를 알 턱이 없는 루미아는 태연한 표정을 유지할 수 있었다.

"그나저나 정말 어디로 간 걸까요? 저택 내에 침입한 흔적이 없고 시녀도 같이 없어졌다는 것을 보면 단순히 외출한 것으로 보이는데요."

이곳저곳 돌아보며 기사들이 떠들던 이야기를 듣게 된 루미아가 고개를 갸웃거렸다. 마차가 사라진 것도 아니고 혹, 시장이나 평민들이 사는 곳에 갔다고 하자니 후작가는 꽤 외진 곳에 있었다. 그 먼 거리를 아무리 힘이 세다고 쳐도 최소 20kg은 나가는 아이를 안고 걸어 나간다는 것은 상식적으로 말이 안 되었다.

그래서 루미아는 저택 주변에 있는 사유지에 눈을 돌렸다. 사업을 쉽게 이어나가기 위해 대대적으로 울타리를 설치하고 짐승을 쫓아낸 이곳은 나들이하기에 아주 좋았다. 아직 나무를 베어내지 않은 곳은 수풀이 무성했지만 그나마 제일 가능성이 컸다.

물론 후작가 사람들은 납치에 더욱 비중을 두고 있는 듯했지만.

"어쩌면 외출이 아닌 가출일 지도 모르지."

"가출이요?"

놀란 듯 두 눈을 크게 뜨는 모습에 카르반의 입꼬리가 살짝 올라갔다. 그는 왠지 나른하게 풀어지는 기분을 느끼며 고개를 끄덕였다.

"어디까지나 추측이다."

"흠. 어쩌면 복잡한 가정사가 있는 걸지도 모르겠네요."

저를 버린 가족을 절로 떠올린 루미아의 어깨가 살짝 처졌다. 급 우울해진 모습에, 답지 않게 당황한 카르반은 방금 제가 한 말에 무슨 문제가 있었는지 천천히 곱씹었다. 그리고 그녀를 버리고 도망간, 가족이라고 하기에도 부끄러운 존재를 떠올린 그의 표정이 삽시간에 굳어졌다.

"루미아. 그러니까……."

"뭐, 별일 없었으면 좋겠네요!"

짝! 소리가 나게 손뼉을 친 루미아가 일부러 활기차게 말했다. 그에 무어라 위로의 말을 건네려던 카르반은 뻗었던 손을 머쓱하게 거뒀다.

'잠깐. 위로라니 당치도 않군…….'

흠칫. 몸을 굳힌 그가 인상을 굳혔다. 언제부터 남을 생각했다고, 익숙하지도 않은 위로를 하려던 자신이 우스웠다.

그리고 그 반면, 조금 신기한 마음이 들었다.

만난 지 얼마 되지도 않은 사람에게 이리도 무방비하게 다가가게 될 줄은. 오늘이 찾아오기 전까지 정말 상상도 하지 못한 일이었다.

"카르반! 이것 좀 봐요!"

"?"

그리 오랫동안 생각에 빠진 것 같지도 않은데 어느새 멀리 떨어진 루미아가 크게 외쳤다. 그녀는 벌목장으로 보이는 곳 한가운데에 서 있었는데, 아직 원목 그대로인 나무들이 차곡차곡 쌓여 있는 곳을 기웃거리고 있었다.

"이렇게 커다란 나무들을 베어내다니! 이렇게 옮겨놓은

것도 대단하지만, 이 나무를 베어낸 사람은 힘이 장사인가 봐요!"

순수하게 감탄하는 모습이 귀여워 보였다. 그에 잠시 제 눈을 비빈 카르반은 알 수 없는 표정으로 그녀를 바라보았다.

귀여워 보이다니. 정녕 미쳐버린 것인가.

카르반은 이마를 짚으며 그녀에게 다가갔다. 혼란스러운 감정이 자꾸만 그의 신경을 건드렸지만, 이대로 그녀를 멀거니 바라보고 있는 것은 더 싫었다.

그렇게 반 정도 거리를 좁혔을까.

우둑──

무언가 부러지는 소리가 들리며 아름드리나무 하나가 서서히 기울어졌다. '어?' 얼빠진 소리를 내뱉은 루미아는 천천히 몸집을 불려가는 그림자를 바라보다 고개를 들었다. 그리고 어느새 코앞까지 다가온 나무의 표면이 생생하게 느껴지는 순간.

콰직! 쿠콰콰쾅──!

고막에 무리가 갈 정도의 굉음이 울려 퍼지고 흙먼지가 자욱하게 일어났다. 하필이면 그녀가 있던 방향에 커다란 나무들도 차곡차곡 쌓여 있던 터라 방금 가해졌던 충격으로 나무들이 정신없이 흩어졌다. 그리고.

"으윽."

단단한 가슴팍에 갇힌 루미아가 두 눈을 깜빡였다.

'이, 이게 무슨 일이야?'

가벼운 샤워 코롱 냄새가 코끝을 스치는 것을 느끼며 루미아는 더듬더듬 그의 등을 만졌다. 마치 어린아이가 본능적으로 안정을 되찾으려는 듯 정처 없는 움직임에 그녀의 목에 얼굴을 묻고 있던 카르반이 고개를 들었다. 그리고 루미아는 처음으로 격하게 일그러지는 그의 표정을 볼 수 있었다.

"큰일 날 뻔했지 않나! 그러게 왜 떨어져서⋯⋯!"

와락 일그러진 얼굴에 조급함이 떠올랐다 사라졌다. 그에 루미아는 내심 당황했지만, 이내 불안한 듯 쿵쾅쿵쾅 뛰어대는 소리를 들으며 마른침을 꿀꺽 삼켰다.

너무나도 가깝게 밀착되어 있던 탓에 그의 심장 소리가 있는 그대로 들려온 것이다.

"고, 고마워요. 덕분에 살았어요."

뒤늦게 정신을 되찾은 루미아가 후다닥 그의 품에서 빠져나왔다. 도대체 그 먼 거리를. 어떻게 찰나라는 시간 안에 좁혀온 것인지는 모르겠으나 감사의 인사가 먼저였다.

결론적으로 그는 그녀의 목숨을 구했고 루미아는 그에게 목숨을 구해졌으니까. 만약 저 커다란 나무에 깔려버렸다면 어떻게 되었을지 상상조차 하고 싶지 않았다.

"⋯⋯."

하지만 격하게 감정을 토해냈던 카르반은 멍하니 제 손을 바라볼 뿐이었다. 마치 무언가에 홀린 듯, 멍한 모습에 루미아는 고개를 갸웃거렸다. 왠지 건드리면 안 될 것 같은 모습에 그녀는 시선을 돌려 서서히 흙먼지가 가라앉는 곳을 바라보았다.

'그런데 멀쩡한 나무가 갑자기 왜 쓰러진 거지?'

놀란 가슴을 쓸어낸 루미아는 천천히 처참한 현장으로 발걸음을 옮겼다. 물론 다른 나무들이 있는 곳을 확인하고 안전거리를 충분히 확보한 후였다.

"도끼로 찍은 듯한 단면……."

CSI가 범죄 현장을 조사하듯 꼼꼼히 단면을 살펴보던 루미아는 쉽게 이유를 추측할 수 있었다. 아마 한참 나무를 찍고 있던 와중에 급히 소집 명령이 떨어져서 일을 제대로 마무리하지 못한 거겠지.

"루미아. 이리로 와라."

아직 미미하게 느껴지는 온기에 정신을 뺏기다 문득 정신을 차린 카르반이 심각한 낯으로 손짓했다. 루미아가 한 말에서 나무가 쓰러진 이유를 추측한 순간. 이곳은 더는 안전지대가 아닌, 지뢰가 가득한 밭으로 격하되었다.

그의 부름에 루미아가 쪼르르 다가왔다. 그 생동감 넘치는 모습에 하마디면 그녀를 잃을 뻔했다는 사실을 깨달은 카르반은 순간 가슴이 지끈거리는 것을 느꼈다.

'어째서?'

이유는 알았지만, 이해가 되지 않았던 그는 미간을 좁혔다. 어째서 겁이 나는 거지? 나는 왜 화가 났던 거지? 의문이 꼬리를 물고 늘어졌지만 우선 이 위험한 곳에서 벗어나는 것이 먼저였다.

"하……. 이만 돌아가는 것이 좋겠다."

"네……. 그러는 게 좋겠네요."

솔직히 원인을 파악한 이상 더는 위험에 휘말릴 일은 없었다. 나무에 도끼 자국이 있는지 없는지 잘 파악하며 지나가면 되니까. 게다가 벌목장을 벗어나면 그 위험마저도 희미해질 게 분명했다. 보통 벌목장을 중심으로 나무를 패는 것이 정석이었기 때문이다.

하지만 아무리 괜찮다 한들 생명까지 구해준 사람의 의견을 무시할 수는 없었다. 그것은 목숨을 구해준 사람의 기분을 전혀 고려하지 않는 것과 같으니까 말이다.

"응? 이건……."

저택으로 돌아갈 때였다. 겨울엔 쉽사리 맡을 수 없는 미미한 꽃향기에 루미아의 고개가 절로 돌아갔다.

마치 울타리처럼 저택과 숲의 공간을 나누듯 빽빽한 덤불. 그리고 루미아는 처음에는 보지 못하고 지나쳤던 작은 구멍을 발견할 수 있었다.

"카르반. 여기 좀 보세요. 여기 수상하지 않아요?"

"음?"

서서히 해가 질 무렵이었다. 루미아는 설마 하는 카르반의 눈빛을 피하며 작은 주먹을 불끈 쥐었다. 이곳은 벌목장과 멀리 떨어져 있는 곳. 즉, 아직 사람의 손을 거치지 않는 곳을 바라보며 호기심을 내보였다.

그 반짝반짝 빛나는 눈빛에 카르반의 눈매가 서서히 좁혀지려는 찰나.

"우리 마지막으로 여기 한 번만 둘러보는 게 어때요?"

"흐으윽. 훌쩍."

마치 낙원이라고 해도 좋을 만큼 형형색색의 겨울꽃이 드리운 작은 공터. 숲 한가운데라고 볼 수 없을 정도로 아름다운 장소에는 듣는 이도 슬퍼질 만큼 구슬픈 울음소리가 울려 퍼졌다.

그리고 그런 울음소리를 줄이려 애쓰며 전전긍긍하는 자가 한 명 있었으니.

"아, 아가씨이……. 이제 그만 돌아가요. 네?"

"흐윽. 훌쩍. 킁!"

"아이참. 시간이 너무 지체됐는데……."

시녀 로라는 눈썹을 늘어트린 채 울상을 지었다. 다른 건 몰라도 힘만큼은 센 그녀는 연신 훌쩍이고 있는 소녀. 그러니까 즉, 메리 도르텡 영애를 이곳까지 옮겨준 것을 후회하고 있었다.

'하. 문책을 면하지 못할 거야.'

선한 눈으로 아주 잠깐이면 된다는 그녀의 말을 믿는 것이 아니었다. 이미 시간은 문제가 될 정도로 한참이나 지나 있었고 하늘 위로 깔린 따뜻한 주황색이 바로 그 증거였다.

로라는 원망스러운 눈으로 고귀한 귀족 영애를 바라보았다. 평소 말을 잘 하지도 않는 그녀가 갑자기 이곳에 데려달라고 한 것도 놀라웠지만 저렇게나 서럽게 울다니. 이유를 물어도 대답해주질 않으니, 안타까움만 무럭무럭 샘솟을 뿐이다.

하지만 그렇다고 해서 돌아가지 않겠다고 고집을 피우는 그녀를 마냥 달래줄 수도 없는 일.

"아가씨. 마님께서 걱정하실 거예요. 얼른 돌아가요. 네?"

"거짓말……."

우울한 목소리가 귓전을 때렸다. 그 확신에 찬 듯, 조금 고집스러운 말투에 고개를 갸웃거리기도 잠시. 훌쩍거리는 소리와 탁탁 발을 굴리던 소리 사이로 이질적인 소리 하나가 끼어들었다.

부스럭──

흠칫!

두 사람의 움직임이 동시에 멈췄다. 이곳은 후작가의 사유지다. 따라서 짐승에게 습격당할 걱정이 없었다. 단둘이서 이곳에 올 생각을 할 수 있었던 것은 바로 그런 이유에서였다.

그런데 지금은 그 안일함이 그들을 두려운 상황 속으로 몰아넣었다.

"누, 누구세요!?"

지레 겁을 먹은 시녀가 외쳤다. 하지만 들려오는 답은 묵묵부답. 그리고 점점 더 가까워지는, 풀이 짓눌리는 소리에 두 사람의 심장은 곧 튀어나올 듯 쿵쾅쿵쾅 뛰어댔다.

그리고.

"찾았다! 메리 도르텡 영애. 맞으시죠?"

불쑥 튀어나온 하나의 인영에 로라는 어이쿠! 소리를 지르며 엉덩방아를 찧어버렸다. 그에 잔가지에 걸려 엉망이 된 후드를 벗어낸 루미아가 난감한 듯 웃으며 걸어왔다. 귀여운 인상의 그녀가 미소를 지으니, 그렇게 또 무해해 보일 수가 없었다.

"다, 당신은 누구시죠?"

하지만 낯선 사람임은 변함이 없었다. 그 사실을 깨달은 루미아는 황급히 두 손바닥을 내보였다.

"아, 오해하지 말아 주세요. 저는 메리 도르텡 영애를 찾아 나선 인력 중 하나입니다. 그러니 안심하셔도 돼요."

"앗! 그렇군요. 역시 다들 아가씨를 찾고 있겠죠……."

급 시무룩해진 로라가 어깨를 축 늘어트렸다. 아직 신분이 확실하지 않는데도 저리 빨리도 경계를 풀다니. 어지간히도 순수한 사람인가 보다.

하지만 그런 그녀와 달리, 담요에 꽁꽁 싸인 채 두 눈만 이리저리 굴리는 메리는 여전히 경계심을 내보였다. 토끼처럼 붉어진 두 눈과 훌쩍이는 코에 의아함이 느껴졌지만 어쨌든 목적은 달성한 셈이다.

'그나저나 이렇게 아름다운 곳이 있었다니.'

마치 길이라도 난 것처럼 넝쿨로 이루어진 좁은 터널을 수상하게 여긴 것이 정답이었다. 개구멍과도 같은 좁고도 작은 통로. 그곳을 지나고 나니 완전 별세상이 펼쳐져 있었다.

'이 정도면 추운 날씨에 굳이 찾아올 정도는 되겠네. 산책을 나왔다가 길을 잃은 걸까?'

확실히 저택과의 거리는 꽤 되었다. 통로를 지나 바로 보이는 발자국이 아니었더라면 그녀 역시 그들을 찾지 못했을 것이다.

만약 카르반의 덩치가 조금만 더 작았더라면 이 아름다운 광경을 함께 볼 수 있었을 텐데. 루미아는 커다란 제 몸뚱어리를 분한 듯 노려보던 카르반을 떠올리며 진땀을 흘렸다.

솔직히 그를 설득하는 것은 그리 어렵지 않았다. 코랄 부인의 환심을 산다는 것은 그만큼 커다란 이득이었으니까. 그 또한 이 사실을 알고 있어서 크게 반대하지는 못했다.

하지만 그렇다고 그를 걱정시키고 싶은 마음은 추호도 없었다. 그래서 그녀는 아주 조금만 둘러보고 오겠다고 단단히 약속했다. 물론 사람 발자국으로 보이는 것을 발견했다는 것 또한 알린 뒤였다.

"어서 돌아갈까요? 부인께서 많이 걱정하고 계세요."

"!"

담요 속에 몸을 말고 있던 메리가 흠칫! 몸을 떨었다. 하지만 이내 말도 안 된다는 듯이 고집스럽게 입을 꾹 다물고는 고개를 휘휘 내저었다.

"엄마는 나 같은 거보다 가구를 더 좋아해. 그러니까 당신 말은 다 거짓말이야."

차분하지만 슬픔이 잔뜩 묻어난 목소리였다. 그에, 이게 무슨 소리냐는 듯 시녀를 쳐다보았지만, 그녀 역시 놀란 듯 동그랗게 두 눈을 뜨더니 황급히 두 손을 내저었다.

"네? 그게 대체 무슨 소리예요? 마님께선 그 누구보다도 아가씨를 깊이 생각하고 계신다고요!"

그러니까 그런 오해 마세요!

로라가 절대 아니라는 듯 설명을 덧붙였지만, 오히려 역효과였는지 그녀는 무릎을 세워 고개를 푹 파묻어버렸다.

그 모습에서 무언가를 깨달은 루미아는 이마를 짚고 말았다.

알고 보니 가출에, 심지어 모녀간의 갈등이라니. 이것도 참 운명이라면 운명이었다. 한숨을 푹 내쉰 루미아는 계속해서 입씨름을 전개하는 두 사람 사이에 끼어들며, 대뜸 자신의 다리를 가리켰다.

"일단 코랄 부인을 먼저 부르는 게 좋을 것 같은데…….
제가 다리를 좀 삔 것 같아서요. 부탁 좀 해도 될까요?"

"엄……. 물론이죠!"

적당히 다리를 삔 척 몸을 휘청거리자 순수한 시녀는 싱겁게 속아 넘어갔다. 그에 당장이라도 달려나가려는 로라를 붙잡은 루미아는 덤불 밖에 기다리고 있을 카르반을 떠올리며 그에게도 현재 상황을 알려 달라 부탁했다. 물론 시녀는 맡겨만 달라며 흔쾌히 수락했다.

'일이 잘 풀려서 다행이야.'

빠르게 사라지는 뒤통수를 보며 한숨을 푹 내쉰 루미아는 멀쩡한 걸음으로 걸어가 메리의 옆에 털썩 주저앉았다.

움찔!

당황한 듯 눈알 굴러가는 소리가 다 들릴 지경이다. 루미아는 있는 티 없는 티 다 내가며 눈치를 보는 메리를 무시한 채, 어떻게 이 상황을 헤쳐나가야 할지 깊게 고민했다.

'이것 참. 어떻게 해야 하나.'

이런 쪽으론 나름 눈치가 빨랐던 루미아는 메리가 내뱉었던 말에서 한 가지 사실을 알아냈다. 그건 바로 그녀가 자신의 어머니에게 대한 사랑에 의구심을 품고 있다는 것.

아니, 꽤 확정적으로 말한 것을 보아. 어쩌면 이미 확신을 하는 것이 분명했다.

'앞으로의 판도를 결정할 중요한 자리인데, 이런 식으로 초를 칠 수는 없단 말이지.'

솔직히 매우 곤란했다. 가구를 사용할 자가 저리도 기분이 좋지 않으면 분명 가구를 사용해봤을 때에도 제대로 된 판단을 듣기 어려웠다. 그러니까 즉, 사용자의 순수한 평가를 듣고 싶다면 그녀의 마음을 다독일 필요가 있는 것이다.

100%. 루미아는 100%의 순수한 평가를 듣기 위해 입을 열었다.

"제 소개가 늦었죠? 저는 이번에 영애의 침대 제작을 맡게 된 루미아 애클렌이라고 해요."

"침대라면……. 당신이 그 목수!?"

생각보다 격렬한 반응이 돌아왔다. 조금 원망스럽기도 한 눈빛에 고개를 갸웃거리던 찰나 메리가 꾸물꾸물 그녀의 곁에서 멀어지려 애썼다. 그에 루미아의 고개가 모로 기울어졌다.

"엇? 왜 그러세요?"

"……난 목수들이 정말 싫어."

전적으로 거부하려는 모습. 그 모습에서 순수한 질투를 느낀 루미아는 쓰게 웃을 수밖에 없었다.

"왜요? 부인께서 가구를 더 좋아하셔서?"

움찔——

"뭘 하든 간에 자신에겐 관심조차 주지 않아서?"

움찔——!

메리의 얼굴에 처음으로 격동적인 변화가 일었다. 고작 몇 분 전에 처음 만난 사람이 이토록이나 제 속을 꿰뚫고 있다니. 수치스러움은 물론이고 놀라운 감정이 심장을 쿵쿵 뛰게 했다.

하지만 그녀의 생각과 달리 루미아는 그 누구보다도 메리 도르텡 영애의 마음을 이해할 수 있었다. 그녀 또한 사랑을 받고 싶어 발버둥 치던 시절이 있었으므로……. 어쩌면 메리의 모습 위로 저 자신을 투영하고 있는 걸지도 몰랐다.

그러나 두 사람은 엄연히 상황부터 달랐다. 아무리 사랑을 받기 위해 애를 써도 철저히 무시를 받던 그녀와 달리, 메리는 어마어마한 사랑을 받고 있었다.

비록 무슨 일에서인지 그녀는 깨닫지 못하고 있었지만, 가슴을 절절하게 만드는 의뢰서의 내용과 방금 보았던 시녀의 반응. 그리고 메리가 사라지자마자 모든 기사와 사용인들을 동원해 애타게 그녀를 찾는 모습까지. 그녀는 이미 차고 넘치도록 사랑을 받고 있음이 분명했다.

이렇게나 눈에 띄는데. 이렇게나 사랑을 받고 있는데.

그런데도 어째서 오해를 하고 있는지 모르겠지만, 루미아는 그 눈뜬장님과도 같은 행동에 안타까운 감정을 느꼈다.

"있잖아요, 도르텡 영애. 자신이 알고 있던 게 전부 사실만은 아닐 수도 있어요. 특히 사람의 마음이라는 건 직접 묻지 않으면 모르는 법이잖아요?"

"……상관하지 마."

부들부들 떨리는 목소리가 공기를 타고 울려 퍼졌다. 하지만 루미아의 입은 멈추지 않았다.

"계속 겁만 먹고 얼굴을 가리다 보면 보아야 할 것도 보이지 않게 돼요."

"그만 하라니까!"

담요 사이로 고개를 휙 치켜든 메리가 빽! 소리를 질렀다. 그러나 깜짝 놀랄 거라는 생각과 달리 루미아는 싱긋 미소를 짓고 있었다.

"자신의 마음을 제대로 보여주는 것. 상대방의 마음을 알고 싶을 때는 나 역시, 자신의 마음을 상대방에게 알릴 필요가 있어요. 바로 지금처럼."

환하게 짓는 미소 위로 주홍빛 노을이 내려앉았다. 매일 속으로 삭이고 숨기 바빴던 메리는 가슴이 뻥 뚫리는 듯, 상쾌한 기분을 느끼며 씩씩거리던 가슴을 진정시켰다. 그리고 그런 그녀 앞으로 꾸깃꾸깃한 종이 한 장이 내밀어졌다.

"코랄 부인께서 제게 보냈던 의뢰서예요. 한번 확인해보시겠어요?"

이게 뭐냐는 듯한 얼굴에 냉큼 설명을 덧붙인 루미아가 어깨를 으쓱였다. 나름대로 도박과도 같은 도발이었으나 어린 나이답지 않은 메리의 정신연령에 한숨 던 셈이다.

게다가 이 의뢰서. 코랄 부인이 코판손 상단에 의뢰한 의뢰서였지만, 어머니의 절절한 마음이 느껴지는 한 장의 편지이기도 했다. 루미아는 이것을 읽은 메리가 조금 더 어머니의 사랑을 직접 느끼길 바랐다.

그리고 그것은 꽤 성공적이었는지 어느새 메리의 눈동자에는 얼떨떨함. 혹은 당혹스러운 감정이 떠올랐다.

한 자 한 자 애절한 감정을 담아 꾹꾹 눌러 쓴 듯한 의뢰서. 아니, 편지 한 장. 믿을 수 없는 내용에 두 눈을 크게 뜬 메리가 막 입을 열려는 순간.

"메리!"

와락——!

눈물로 엉망이 된 얼굴을 일그러트리며 메리를 꽉 껴안은 코랄 부인과 뒤이어 나타난 카르반. 왠지 무시무시하게 변한 그의 얼굴에 한쪽 뺨을 긁적인 루미아는 머쓱하게 웃으며 자리에서 일어났다.

'왜 그러지? 시간도 그리 오래 걸리지 않았고 시녀에게 내용을 전달받았을 텐데.'

당황하기도 잠시. 금방이라도 화를 낼 것이라는 생각과
달리, 그는 복잡 미묘한 얼굴로 그녀를 불렀다.

"루미아."

"어?"

어느새 그녀의 곁으로 다가온 그는 황급히 무릎을 굽혀
그녀의 발목을 살폈다. 그에 저도 모르게 얼빠진 소리를 낸
루미아는 조심스러운 손길을 느끼며 멍하니 두 눈을 깜빡였
다.

"헉! 갑자기 제 다리는 왜?"

당황한 루미아는 뒤늦게 정신을 차리고는 후다닥! 뒤로
물러났다. 마치 고양이와도 같은 경계 태세에도 불구하고
뒷걸음치는 그녀의 발을 강렬하게 노려보던 카르반은 이내
한숨과도 같은 말을 내뱉었다.

"발목. 괜찮은 건가?"

"엇……."

뭐랄까. 진심으로 걱정하는 듯한 말투에 할 말을 잃은 루
미아는 다시금 황당한 표정을 지었다.

'그러니까 지금. 영애와 둘만의 시간 한번 가지려고 했던
거짓말을 진심으로 믿고 있었던 거야?'

뭐, 자리에 없었던 데다가 큰 사고를 겪고 난 직후이니 당
연히 그럴 수도 있었다. 하지만 왠지 그를 속인 꼴이 되어버
려 가슴속에서 죄책감이 피어올랐다.

"그. 이젠 괜찮아요. 살짝. 아주 살짝 삐끗한 거라 이젠 쌩쌩해요!"

"……."

일부러 더욱 활기차게 말했건만 돌아오는 반응은 영 시원 찮다.

'어째 계속 걱정만 끼치는 것 같은걸.'

루미아는 괜스레 멋쩍어지는 마음을 추스르고는 엉엉 울고 있는 코랄 부인과 그녀의 품에 안겨 허공을 바라보고 있는 메리를 힐끔 바라봤다.

다행히 밀어내지 않는 것을 보아 상황을 판단하는 데에 많은 심력을 소모하고 있는 것이 분명했다.

일단 급한 불은 끈 건가.

안도의 한숨을 내쉰 루미아는 급격히 피로해지는 몸을 느끼며 어깨를 축 늘어트렸다.

후작 영애의 가출 소동은 이렇게 끝이 났다.

석양이 지는 시각. 가출 소동으로 시끄러웠던 목소리가 잦아들 무렵 루미아와 카르반은 다시금 응접실에 안내되었다.

"정말 죄송해요. 도움까지 주신 손님들에게 대접은 하지 못할망정 이렇게 늦은 시각까지 붙잡고 있다니."

"아닙니다. 두 번 왔다 갔다 하는 것보다는 차라리 오늘 할 일을 모두 끝내는 것이 낫습니다."

카르반이 존댓말을 하는 것을 처음 본 루미아가 놀랍다는 듯이 두 눈을 크게 키웠다. 하지만 이내 표정을 수습하고는 그의 곁에서 거들었다.

"너무 신경 쓰지 않으셔도 돼요. 그나저나 메리 도르텡 영애는 괜찮으신가요?"

"많이 안정된 것 같아요. 그래도 답지 않게 오늘 꼭 가구를 보겠다고 고집을 부리다니. 아무런 말도 없이 멀리 떨어진 곳까지 산책하러 간 것도 그렇고, 오늘따라 왜 그러는지 모르겠네요."

"음……. 사춘기인가 보죠."

"어머. 그런 걸까요?"

농으로 던진 말에 코랄 부인은 진지하게 받아들였다. 그 모습에 어색하게 웃음을 삼킨 루미아는 한쪽 뺨을 긁적이며 입을 열었다.

"코판손 상단주도 오셨다고 들었는데 그는 지금 어디에 있나요?"

"아! 그라면 지금 아이의 방 앞에서 기다리고 있어요. 괜찮으시다면 지금 비로 갈까요?"

"좋아요."

고개를 끄덕인 루미아가 자리에서 벌떡 일어났다. 그리고 그런 그녀에게서 눈길 한번 떼지 않던 카르반 역시, 그녀를 따라 자리에서 일어났다.

'어머. 세상에나?'

카르반의 눈빛에서 무언가를 기민하게 잡아낸 코랄 부인이 깜짝 놀란 듯 입가를 가렸다. 하지만 사교계의 여왕답게 빠르게 표정을 감춘 그녀는 재빨리 길을 안내했다.

"여기에요. 조금 있으면 아이도 이곳에 올 거랍니다."

"이 방에 있는 거 아니었나요?"

"후후. 아이와 감동을 같이 나누고 싶은 마음. 이해해주시리라 믿어요."

기분 좋게 웃음을 흘린 그녀가 방문을 열었다. 그런데 그때.

불쑥——!

"앗! 이제 왔네?"

문이 채 열리기도 전에 고개를 들이민 남자는 백색 머리카락이 참으로 인상적인 사람이었다. 그는 무언가 급한 듯 빠르게 문밖으로 몸을 빼내더니 코랄 부인을 향해 말했다.

"도르텡 영애를 찾았다지? 다행이네."

"감사해요. 그런데 무슨 일이라도?"

"아, 내가 지금 급한 일이 들어와서 말이야. 마침 카르반도 왔고 남은 일은 너에게 맡길게!"

"……."

느끼한 얼굴로 카르반에게 찡긋! 윙크를 날린 남자는 무척 급한 듯 허둥지둥 달려나갔다. 지나가는 시녀가 '어맛! 복도에서 뛰는 거 아니에욧!'이라고 소리를 치는 것을 마지막으로 루미아는 멍하니 두 눈을 깜빡였다.

"방금 그 사람. 누구예요?"

무려 카르반에게 윙크를 날리다니. 빠르게 복잡한 머릿속을 정리한 루미아가 호기심에 찬 눈을 들었다.

누군가와 친해지려면 먼저 주위 사람들을 공략하는 것이 정석. 남자가 카르반에게 건네는 말투에서 서로 간의 벽이 없는 것을 느낀 루미아는 두 눈을 반짝였다.

하지만 그녀의 관심이 다른 곳으로 향하는 것이 마냥 달갑지 않은 그였다.

"그냥 가구를 옮겨주는 사람이다."

"네?"

'뭐야. 그게 끝이야? 꽤 친해 보였는데 아니었던 건가?'

목소리가 싸늘하다 못해 시베리아의 혹독한 추위가 느껴질 정도다. 극심한 온도 차에 루미아는 머릿속의 느끼한 윙크를 날리던 남자를 빠르게 지워버렸다.

"엄마."

마침 주인공이 도착했다. 루미아는 시녀의 품에 얌전히 안겨 두 뺨을 붉게 물들인 소녀를 보며 입꼬리를 말아 올렸다.

시간상 아직 제대로 된 대화는 하지 않은 것 같지만 그래도 어느 정도 여유는 찾은 모습이었다. 아마 이런 늦은 시간까지 루미아와 카르반을 끌어들인 이유는 아직 자신의 어머니와 제대로 된 대화를 할 용기가 없어서일 것이다.

어쩌면 단둘만의 시간을 아직 부담스러워하는 걸지도 몰랐다. 그리고 그녀의 생각은 얼추 들어맞았다.

'정말 내가 오해한 거라면 좋겠지만. 만약 그런 거라면 너무 창피해.'

사실 아무런 말도 없이 미리 봐두었던 곳에 갔던 것은 충동적으로 내린 결정이었다. 그녀는 최근 들어 자주 웃고 다니는 어머니의 모습을 창문 너머로 여러 번 봤었다. 그리고 그 이유를 시녀들에게서 별 어렵지 않게 들을 수 있었다.

가구. 가구. 그놈의 가구!

메리는 항상 자신이 뒷전이라는 사실에 원망스러웠다. 어머니는 제 앞보다 가구 앞에서 더욱 많은 미소를 보였으며 그것은 메리에게 큰 상처로 다가왔다.

하지만 꼭 보이는 것만이 사실이 아닌 것을 오늘 배웠다. 그것도 처음 보는 사람에게.

내성적이고 마음이 약한 메리는 거칠게 마음의 장벽을 부수고 들어온 그녀에게 겁에 질렸었다. 그렇지만 그게 나쁜 의미가 아니었다는 것을 알게 된 후로는 공포라는 감정이 순식간에 호감이라는 것으로 바뀌었다.

그래서일까? 갓 태어난 새끼 새가 어미 새를 의지하는 것처럼, 오늘만큼 메리는 루미아가 자신의 곁에 있어 줬으면 했다.

"언제까지 그렇게 서 있을 거지?"

루미아와 메리가 유대감이 느껴지는 눈빛을 주고받고 있을 때 그 모습을 탐탁지 않게 바라보던 카르반이 불쑥 끼어들었다. 그의 말에 황급히 주변을 둘러보니 코랄 부인 역시 고개를 갸웃거리며 두 사람을 번갈아 보고 있었다.

"어머. 두 사람 언제 그렇게 친해졌어요?"

"아하핫. 저도 사춘기라서요!"

"네······?"

당황한 나머지 필터를 거치지 못한 말이 튀어 나갔다. 갑자기 분위기가 싸해지는 것을 느끼며 루미아는 식은땀을 뻘뻘 흘렸다.

"어서 들어가지."

그 모습이 매우 마음에 들지 않았는지 짜게 식은 눈으로 저를 쳐다보던 카르반이 분위기를 전환했다. 덕분에 숨 막히는 눈빛에서 헤어 나올 수 있었던 루미아는 빠르게 방 안으로 발을 디뎠다.

"어머. 나무 향기가······."

열린 문틈 사이로 향긋한 가구 냄새가 훅 들어왔다. 코랄 부인은 벌써 정신이 혼미해지는 것을 느끼며 천천히 걸음을 떼었다. 그리고 펼쳐진 풍경은, 오로지 고결한 사람만을 위해 만들어진 것처럼 아찔한 순백의 향연이었다.

"세상에! 어쩜 이렇게나 아름다운 침대가 존재할 수 있죠? 마치 천사들이 내려앉을 것만 같은 침대에요! 그러니까……. 음. 어머? 내 정신 좀 봐! 그러고 보니 이름을 묻지 않았네요!"

"아. 저야말로 미리 인사를 드리지 않아서 죄송해요. 제 이름은 루미아 애클렌. 편하게 루미아라고 해주세요."

정중한 인사에 메리는 물론이고 코랄 부인의 입이 떡 벌어졌다.

루미아 애클렌.

현재 그녀에 대해 모르는 귀족은 아마 없을 것이다. 신비주의자인 졸부의 딸이면서도 그 누구도 얼굴을 본 적이 없는, 존재하는지도 모르는 귀족 영애.

그런 그녀가 이 근사한 침대를 만들었다고?

모두의 경악 속에 루미아는 해사한 미소를 지으며 침대를 가리켰다.

"마음에 들어서 다행이에요. 하지만 이 침대의 장점은 그것뿐만이 아니랍니다."

드디어 성능을 볼 차례인가.

조금 전의 어리숙한 모습은 어디 가고 곧바로 전문가에 빙의한 모습에 코랄 부인은 양 뺨이 붉게 상기되었다. 그런 두 모녀의 닮은 모습에 입꼬리가 절로 말려 올라간 루미아는 큼큼! 목을 가다듬으며 말을 이었다.

"일단 한번 앉아보겠어요?"

고개를 돌려 옆을 응시하자 숨김없이 놀란 표정을 드러낸 메리가 고개를 끄덕였다.

"내려줘요."

"네, 아가씨."

순백의 공간에 들어선 시녀가 천천히 메리를 내려놓았다. 그러자 최고급 재료로 이루어진 매트리스가 가녀린 몸을 탄력 있게 포용했다.

"엄청…… 푹신해!"

"어머!"

입가에 드리운 미소를 빠르게 포착한 코랄 부인이 감동에 찬 얼굴을 했다. 요즘 들어 통 웃질 않아 정말 걱정했는데 정말 다행인 일이었다.

"침대가 푹신한 건 아래에 스프링을 장치해두어서 그래요."

"스프링이요?"

"네. 스프링."

루미아는 손가락을 휘저어 대충 스프링의 모양을 허공에 그려냈다. 마치 회오리를 연상시키는 듯한 구불구불한 모양새에 고개를 갸웃거린 코랄 부인은 난감한 웃음을 내비쳤다.

"잘 모르겠네요."

"그냥 어마어마한 탄력성을 가지고 있는, 변형된 금속이라고 생각하시면 돼요."

"탄력성을 지닌 금속이라고요? 난생처음 들어보는 거군요!"

코랄 부인이 두 눈을 반짝였다. 하지만 금속에는 그리 큰 흥미를 느끼고 있지 않은지 그녀는 이내 다른 것으로 시선을 돌렸다.

"그런데 이건 뭔가요?"

이 침대가 여타 다른 침대들과 달리 엄청 푹신하다는 것은 알겠다. 하지만 아까부터 계속 신경 쓰이던 것이 있었는데 바로 침대 끝에 달린 테이블 형식의 이상한 물체였다.

"잘 짚으셨어요. 이 침대는 '메리 도르텡 영애'가 편하게 생활할 수 있도록 몸이 불편한 사람들의 편의를 극대화한 가구. 그러니까 즉, 베드 테이블이라고 해요."

사실 현대에서는 몸이 불편한 사람들을 위한다기보다는 그저 침대 위에서 더욱 많은 것을 할 수 있도록 편의성을 극대화한 침대였다. 하지만 그녀가 한 말 또한 크게 다르지 않은 말이었기에 코랄 부인과 메리는 동시에 감탄사를 터트렸다.

"세상에! 침대와 테이블을 서로 접목하다니. 정말 기발한 아이디어네요. 그런데 침대 헤드에서 테이블까지의 거리가 너무 멀지 않나요? 저 무거운 것을 일일이 움직이는 것은 힘들 텐데…….”

과연 사회가 인정한 가구 덕후다. 문제점을 족집게처럼 쏙쏙 집어내는 능력에 감탄한 루미아는 이내 걱정하지 말라는 듯 어깨를 으쓱였다.

“물론 힘들겠죠. 하지만 테이블 아래에 바퀴가 있다면 이야기가 달라진답니다.”

“바퀴라니……. 어머머! 정말이네? 루미아 영애. 당신은 정말 천재예요! 테이블 아래에 바퀴가 달릴 수도 있다는 것은 오늘 처음 알았네요. 이러면 아이가 굳이 책상까지 이동할 필요가 없겠어요!”

코랄 부인이 펄쩍 뛰며 찬양을 시작했다. 그에 루미아는 머쓱한 듯 한쪽 뺨을 긁적였다. 역시 아무리 가구 덕후라고는 해도, 틀에 박힌 고정 관념에는 크게 벗어나지 못했던 게 분명했다.

그리고 또 한 가지 사실.

‘현대 기술이 먹혀들었다!’

“아하하……. 그렇게 칭찬하시니 부끄럽네요. 어쨌든 베드 테이블이 있으니 자세도 많이 좋아질 거예요. 이제 지지대가 생긴 셈이니까요. 혹시 등이 배길 것을 염려해서 침대 헤드에도 푹신한 소재를 덧씌웠으니 크게 불편한 것은 없을 거예요.”

"아아! 루미아 영애. 당신은 저와 우리 아이의 구세주예요!"

코랄 부인이 다시금 찬양했다. 사실 너무 많은 변화가 있으면 반대로 꺼릴 수도 있었다. 복수의 기능이 포함된 가구는 드문 데다가 루미아가 만든 침대는 지금껏 시중에서 단 한 번도 보지 못한 종류의 것이었기 때문이다.

하지만 염려했던 것과 달리 그녀의 반응은 매우 좋았다. 그것에 안도감을 느낀 루미아는 정말 별 것 아니라는 듯 양손바닥을 내보이며 빠르게 저었다.

"이게 다 부인의 아이를 생각하는 마음에서 탄생한 건데요 뭘."

카르반의 말을 믿고 자신의 색깔을 버리지 않은 것이 참으로 다행이었다.

"세상에. 마음씨도 곱지!"

"엄마."

그때 옆에서 가만히 누워있던 메리가 코랄 부인의 옷깃을 잡아당겼다. 그에 모든 시선이 왜소한 아이에게로 집중되었다.

"무슨 일이니?"

"이 침대. 메리를 위해서 직접 주문했다고 했지? 도대체 왜? 어째서……?"

부끄러운 듯 말을 끝내자마자 입술을 앙다문 메리는 코랄 부인의 시선을 피했다. 직설적인 질문을 한 것만으로도 해도 엄청난 용기가 필요했던 거겠지.

루미아는 메리의 대단한 용기에 속으로 손뼉을 쳤다.

반면 코랄 부인은 갑작스러운 아이의 질문에 의중을 파악하고자 대답을 망설였다. 그리고 이내 결심한 듯 그녀의 입술이 천천히 열렸다.

"사실 너에게는 항상 미안한 감정을 지니고 있었단다. 또래 아이들과 달리 항상 창밖 너머로 세상을 봐야 하는 너를 볼 때면 얼마나 목이 메던지……. 그래서일까. 너와 마주할 때면 무너지지 않을 각오와 용기를 동반해야만 했단다."

한번 숨을 몰아쉰 코랄 부인이 올곧은 눈으로 메리를 응시했다. 멍하니 그녀의 말을 경청하는 아이의 동공은 믿을 수 없다는 듯이 잘게 떨리고 있었다.

"침대에서 벗어날 수 없는 너를 볼 때면 나는 언제나 후회를 하고 있었던 것 같아. 내가 좀 더 똑바로 된 사람이었더라면 우리 메리가 평범한 아이들과 같이 태어날 수 있지 않았을까? 그런 헛된 생각을 하며 말이야."

"……."

루미아의 말이 맞았다. 사람의 마음은 표현하거나 알리지 않고서는 알 수가 없다고. 자신의 상상과는 전혀 다른 그녀의 고충에 겨우 진정됐던 마음이 술렁이기 시작했다.

"하지만 더는 후회하고 싶지 않았어. 우리 메리를 위해서라면 뭐든지 해야 한다고 생각했지. 솜씨 좋은 목수를 알게 된 것은 우연이었지만, 침대를 고른 이유는 우리 메리가 인생의 대부분을 함께 보내는 곳을 보다 완벽하게 만들고 싶어서 그랬던 거야."

루미아를 잠시 바라본 코랄 부인이 고맙다는 듯 고개를 끄덕였다. 그에 얼떨결에 마주 인사한 루미아는 갑자기 들려오는 훌쩍이는 소리에 고개를 휙 돌렸다.

"있지. 나 혼자서 책 읽으려고 했던 거. 내가 너무 쓸모없는 사람인 것 같아서 뭐라도 혼자 하고 싶어서 한 거야. 지금까지 엄마는 메리를 싫어하는 줄로만 알았거든. 내가 귀찮거나 부끄럽다고 생각하는 줄 알았거든."

"메리……?"

생각지도 못한 말에 코랄 부인의 눈에 경악이 스쳤다. 세상에! 이토록 작은 아이가 그런 생각을 하고 있었다니!

그녀는 순간 너무 놀라 입을 떡 벌린 채 침대보를 쥐고 있는 여린 손을 꾹 쥐었다. 그리고 다급하게 말을 이었다.

"오해야. 엄마는 그 누구보다도 우리 메리를 사랑하는 걸!"

"응. 이젠 알아."

메리는 많은 의미가 담긴 눈으로 그녀를 바라보았다. 그리고는 해사하게 미소 짓는 모습에 코랄 부인은 또다시 다리에 힘이 풀리고 말았다.

"이런. 갑작스러운 화해 타임인가."

"왜요. 모녀간의 사랑이라. 보기 좋잖아요."

극적인 모녀 화해를 멀거니 지켜보던 카르반이 힐끔 그녀를 바라보았다. 살짝 미소 지은 그녀의 얼굴에는 약간의 부러움이 스쳐 지나갔다.

"……사랑이라."

"네? 방금 뭐라 했었어요?"

"아니. 아무것도."

크게 한숨을 쉬느라 제대로 듣지 못한 루미아는 고개를 갸웃거렸다.

'분명 뭐라고 한 것 같았는데…….'

혹시나 한 마음에 카르반의 얼굴을 한 번 더 살핀 루미아는 평소와 같은 그의 표정을 확인하고는 곧바로 시선을 뗐다.

"저기, 루미아 언니."

"으, 응?"

그때 조금 낭랑한 목소리가 들려왔다. 근원지를 보니 코랄 부인과 함께 토끼처럼 새빨간 눈을 한 메리가 부끄럽다는 듯이 몸을 비비 꼬고 있었다.

이 세계에 와서 단 한 번도 '언니'와 같은 친근한 호칭으로 불린 적이 없는 루미아는 내심 당황했다. 하지만 그녀가 당황하든 말든 메리의 말은 계속해서 이어졌다.

"전부 언니 덕분이에요. 정말 고마워요."

수줍은 꽃처럼 사랑스러운 모습에 어느새 침대맡으로 다가온 루미아는 메리의 머리를 쓱쓱 쓰다듬었다.

"잘 풀려서 다행이에요."

메리의 얼굴이 바로 환해졌다. 기분이 좋아진 아이는 어깨를 들썩이며 루미아의 거친 손을 맞잡았다.

그 모습을 흐뭇하게 바라보던 코랄 부인 역시 루미아의 다른 한쪽 손을 감싸 쥐었다.

"루미아 영애. 당신만 허락한다면 이 가구를 만든 목수에 대해 주변인들에게 알리고 싶은데, 괜찮을까요?"

올 것이 왔다. 카르반과 한번 눈을 마주친 루미아는 코랄 부인을 향해 고개를 끄덕였다.

"물론이에요. 마음껏 말하고 다니셔도 됩니다."

"어머나! 정말 감사합니다!"

고생 끝에 복이 온다고 했던가? 루미아는 행복하게 웃고 있는 두 모녀를 바라보며 입꼬리를 말아 올렸다.

'자진해서 홍보해주신다고 하시니. 저야말로 감사하지요.'

다사다난했던 일정 끝에 맺어진 과실은 무척이나 달콤한 것이었다.

5. 황궁 초대

한 사교 파티의 장.

매일 지루하고 똑같은 이야기로 들끓었던 공간에 새로운 화젯거리가 떠올랐다.

"그 이야기 들었나요? 인테리어의 여신, 코랄 에이트릴 후작 부인께서 이번에 새로운 가구를 수집했다는 것 말이에요."

"물론, 저도 그 이야기를 들었답니다. 요즘 그 소문 때문에 떠들썩하잖아요? 이번에는 사랑하는 딸의 몸을 생각해서 침대를 특수 제작을 했다던데, 그것이 그냥 평범한 침대가 아니라고 하더군요."

"어머! 평범하지 않다고요? 혹시 어마어마한 값어치의 보석이라도 박은 건가요?"

부채를 살랑이던 귀족이 두 눈을 동그랗게 떴다. 귀족 사회에서 평범하지 않다는 표현은 그만큼 비싸다는 것을 뜻하니, 자연스럽게 그쪽 생각으로 흘러가는 것은 당연한 일이었다.

　"글쎄요……. 듣기로는 엄청난 혁명이라고 하던데……."

　엄청난 혁명! 이 흥미로운 소문에 끌리지 않는 사람은 과연 몇이나 될까?

　소문은 퍼지고 또 퍼져 황궁 내에도 모르는 사람이 없을 정도가 되었다. 그리고 이 이야기는 황궁에서 가장 높은 사람, 황제의 귀에도 들어오는 것은 당연한 일.

　"호오. 가구에 대해서 무척 깐깐한 그녀가 그렇게나 칭찬하는 가구라니. 그 가구를 만든 목수는 필시 실력자렷다."

　더불어, 그 가구로 인해 코랄 부인과 그녀의 딸, 두 사람 간의 사이가 더욱 돈독해졌다는 소문은 황제의 호기심을 더욱더 부추겼다.

　"듣자 하니 자네가 거두어들인 목수라고 하던데……. 그 자에 대해 아는 것을 전부 말해주게."

　황제, 바르콘 팔데윈 엘리아스는 어릴 때와 달리 웃음기라곤 전혀 없는 카르반을 바라보며 눈매를 접었다. 그에 뜨거운 차를 한 모금 넘긴 카르반은 언제나처럼 너구리같이 능글맞게 웃어대는 바르콘을 무미건조하게 응시했다.

　"궁금하십니까?"

"그럼! 물론이지!"

꼬리만 있다면 떨어질 듯 흔들 것 같은 기세다.

한 마디로 개 같다는 말이다.

"다른 건 몰라도 폐하의 마음에 쏙 드실 겁니다."

"호오오! 그 말은 내 수집 욕구를 충족한다는 뜻이렷다!"

그 좁은 콧구멍이 벌어지며 뜨거운 콧김이 숭숭 뿜어져 나왔다. 카르반은 체통은커녕 주위 사람 시선 따윈 신경도 쓰지 않는 황제를 짜게 식은 눈으로 바라봤다.

'또 시작이군.'

코랄 에이트릴이 가구 수집광이라면 엘리아스 제국의 황제는 희귀한 것을 수집하는, 희귀품 수집광이었다. 따뜻한 차를 한 모금 마신 카르반은 몇 년 전, 그가 보여줬던 비밀 방을 떠올렸다.

그곳에는 무지갯빛 나비의 날개와 붉은 돼지의 가죽, 그리고 황금 공작의 꽁지깃 등. 무척 희귀한 것들이 즐비해 있었지만, 매우 정감 가지 않는 방이었다.

'그래도 그녀가 만든 물건이 그 꽉 막힌 방으로 갈 일은 없겠군.'

지금 당장은 희귀하더라도 계속해서 주문이 들어오면서 가구들은 널리 보편화할 것이다. 즉, 황제가 원하는 희소가치의 수치는 제대로 충족시키지 못한다는 것이다.

카르반은 그 이상한 방에 루미아의 가구가 들어가지 않으리라고 애써 단정 지었다. 황제의 이상한 취미에 그녀의 물건이 어울려지는 것은 조금 불쾌했기 때문이다.

"어서 그자를 황궁에 초대해야겠네. 아, 아니지. 먼저 초대장을 써야 하나?"

잔뜩 상기된 얼굴을 한 바르콘은 잠시만 기다리라고 하더니 서둘러 펜을 놀렸다. 느긋하게 차를 마시며 그가 하는 양을 가만히 바라보던 카르반은 앞으로 바빠질 일정에 대해 깊게 생각했다.

'일단 황제의 마음에 드는 데에는 반 정도 성공한 셈이군.'

카르반은 루미아를 세계 최고의 가구 디자이너로 만든다는 계획을 정말 실행하려 하고 있었다. 만약 루미아가 알게 된다면 거품을 물고 넘어갈 일이지만, 그는 지극히 무표정한 낯을 띈 채 앞으로 황제를 어떻게 구워삶을지를 진지하게 고민했다.

"자! 다 되었네. 이참에 선물도 같이 보낼 테니 꼭 그 목수에게 가져다주게나!"

"······알겠습니다."

그런데 이미 거의 넘어온 것 같다는, 이 이상한 느낌은 뭘까.

초대장을 건네받은 카르반은 떨떠름한 표정을 애써 감췄다.

한편. 베르사모 공작 저택에서는…….

"세상에! 이게 뭔가요?"

"허허허. 보시다시피 코랄 에이트릴 후작 부인께서 보내신 돈입니다. 아직 가구의 가격을 정하지 않은 탓에 코판손 상단주와 함께 의논한 뒤 결정한 금액이라고 하더군요."

"하, 하지만!"

'200골드라면 내가 생각한 가격에서 세 배나 넘는 금액이잖아!? 전생의 시세로 따지면 웬만한 자동차 한 대 가격이라고?'

루미아는 주머니 가득 들어찬 황금 덩어리들을 보며 입을 떡 벌렸다.

보통 귀족들이 사용하는 침대들은 고급스러운 소재들을 사용하기 때문에 일반인들이 사용하는 침대에 비해 값이 비쌌다. 하지만 그 귀족들이 사용하는 침대의 평균적인 값이 60골드인 것을 고려하면 200골드는 엄청난 바가지였다.

"저도 200골드라면 나름 합리적인 가격이라 생각합니다. 게다가 코랄 부인과 코판손 상단주가 내린 결론 아닙니까? 제 부족한 눈으로 봤을 때, 루미아 양이 만든 침대는 그 정도 돈을 받아도 됩니다."

"네에?"

정말 그렇게 생각하는지 상당히 의문스러웠다. 하지만 그의 말마따나 가구를 보는 눈이 높은 코랄 부인과 제국에서 가장 큰 상단을 운영하는 상인이 결정한 금액이니 뭐라 딴지를 걸 수가 없었다.

게다가 돈을 더 주겠다는데 이를 마다할 사람이 과연 몇이나 될까.

"주머니 속에는 2할을 제외한 160골드가 들어 있습니다. 그나저나 정말 축하합니다. 단번에 코랄 부인의 마음을 사로잡았으니 앞으로의 길도 평탄하겠군요."

"아. 그, 그렇겠죠. 감사합니다."

주머니를 받아든 루미아는 어색하게 입꼬리를 말아 올렸다. 작정하고 만들기는 했지만 그렇게나 좋아할 줄은 몰랐다. 루미아는 얼마든지 찾아오라며 올망한 눈을 들어 바라보던 소녀를 떠올리고는 한쪽 뺨을 긁적였다.

'그런데 가구 하나로 160골드라니. 이거 1년 이내에 빚을 다 갚을 수 있을지도…….'

얼마 전 루미아가 갚아야 할 금액이 정확히 고지됐었다. 그리고 그 금액은 자그마치 9600골드……!

'같은 것을 60개 정도 만든다면 갚을 수 있는 금액이야.'

원래는 3만 골드였지만 저택을 판 덕분에 많은 금액이 탕감되었다. 루미아는 거기서 희망을 느끼고는 두 뺨을 발갛게 물들였다. 그리고 굳게 다짐했다. 만약 정말로 1년 이내에 모든 빚을 갚게 된다면, 후에는 오직 자기 자신만을 위해 돈을 쓸 것이라고.

'잠깐. 이왕 이렇게 된 거 나만의 공방을 지어볼까?'

스쳐 지나가듯 떠올린 것 치곤 꽤 좋은 생각이었다. 전생에서도 그녀는 자신만의 공방을 직접 운영하고 싶어 했었다. 조금 늦었지만 제 욕심을 채울 수 있을 수단도 나타났으니 이젠 바라만 보고 있을 필요가 없었다.

어차피 카르반과의 계약이 무한한 것도 아니었고 평생 신세 질 생각도 없었다. 불확실한 미래에 기대하는 것은 매우 어리석은 짓이다. 제 살길은 자기가 도모해야 한다는 것은 최근에 뼈저리게 깨달은 것이었다.

'작더라도 번화가에 공방 하나를 차리면 평생 먹고 살 수 있지는 않을까?'

가볍게 턱 밑을 쓴 루미아는 흥분으로 나대는 심장을 느끼며 히죽히죽 웃었다. 마크가 곁에서 멀뚱멀뚱 바라봤지만 흐물흐물한 웃음은 그로부터 한참 후에 사라졌다.

"아 참! 혹시 벼락 맞은 나무를 구할 수 있을까요? 이왕이면 대추나무로 구해줬으면 좋겠는데."

"흠. 아마 도르텡 후작이라면 알고 있지 않을까요? 그런데 갑자기 그건 왜……?"

벼락 맞은 나무라니. 듣기만 해도 불길하다. 하지만 루미아의 입에서 나온 말은 조금 이해하기 어려운 부분이 있었다.

"부적을 한번 만들어 보려고요."

"예? 그런 것으로 부적을 만든다고요?"

마크는 드물게 경악에 가득 찬 얼굴을 했다. 그런 불길한 것을 대체 왜 부적으로 만든다는 것일까? 설마 누군가에게 저주라도 내리려는 것일까?

그의 혼란스러운 눈빛에 루미아는 고개를 갸웃거렸다.

전생에서 벼락 맞은 대추나무는 벽조목이라고도 불리는데 그것은 돌보다 단단해서 도끼나 톱으로도 쉽게 자를 수 없다

그 때문에 옛날 사람들은 벽조목으로 만든 부적을 지니고 있으면 악귀를 쫓아내 준다는 전통적인 믿음을 지니고 있었다.

그리고 루미아는 그것을 재료로 부적을 만든 뒤 카르반에게 선물할 계획이었다. 물론 앞서 말한 내용대로 좋은 의미로 말이다.

'이상하다. 이 세계의 사람들에게 벼락 맞은 나무는 그리 좋게 보이지 않는 모양이네. 다른 선물은 딱히 생각나는 것이 없는데.'

이렇게 성공한 것은 전적으로 그가 루미아의 실력을 알아봐 줬기 때문이다. 그뿐만 아니라 홍보를 성공한 경로 역시 그의 노력과 인맥으로 만들어진 결과였다.

즉, 이렇게 돈을 벌 수 있었던 것은 모두 카르반의 덕. 그

에 감사한 마음을 지닌 루미아는 처음으로 가구를 판 기념으로 그에게 선물을 주고 싶었다.

'이렇게 되면 이 방법밖에 없나?'

어쨌든 이해시키면 될 일이었다. 거기까지 생각이 미친 루미아는 다시 한번 동방을 팔아먹기로 했다.

"하지만 동방에서는 벼락 맞은 나무를 무척 귀하게 여긴답니다. 그것을 부적으로 만들어 선물하면 만수무강하라는 뜻이 담겨 있어요."

물론 이곳 동방에도 벽조목을 그런 식으로 여기고 있을 가능성은 미지수다.

"예? 동방 사람들은 정말 특이하군요. 하지만 나라마다 그 특색이 다르듯 사람들이 가진 생각도 다르니……. 타박할 수는 없겠군요."

"바로 그 자세랍니다!"

루미아는 별로 어렵지 않게 벼락 맞은 나무에 대한 마크의 고정관념을 깨버렸다.

"그럼 부탁할게요!"

"예에……. 알겠습니다."

솔직히 아직 뭔가 찜찜함이 느껴지는 그였다. 마크는 부적을 선물 받을 사람에게 약간의 애도를 표하며 마지못해 고개를 끄덕였다.

"으음? 마크. 표정이 좋지 않군. 혹시 내가 없는 동안 무슨 특별한 일이라도 있었나?"

"아, 아닙니다. 그나저나 이것들은 대체 뭔가요?"

"뭐, 보이는 대로……."

카르반은 현관 앞에 수북이 쌓여 있는 물건들을 보며 인상을 찌푸렸다. 황제가 꼭 전해주라며 신신당부하긴 했으나 이렇게 많은 양의 물건을 보낼 줄은 몰랐다.

"황제 폐하께서 루미아를 위해 보낸 선물이다. 그래봤자 쓸데없는 것들뿐이겠지만."

"확인해볼까요?"

마크의 물음에 카르반은 잠시 고민했다. 몇 년 전, 그의 성인식을 축하한다며 황제가 보낸 선물들을 떠올렸기 때문이다.

"흠. 그때 그것만 생각하면 아직도 욕지기가 치밀어 오르는군."

"황제 폐하께서 손수 만드셨다는 그 약재 말입니까? 확실히 외형상 조금 그렇긴 했지요."

"외형뿐만이 아니다. 그건 사람이 먹을 것이 못 돼."

그것 외에도 차마 입에 담지 못할 이상한 것들이 아주 많았다. 잊고 싶은 기억이 떠오르자 미간을 좁힌 카르반은 마크를 향해 명령했다.

"아무래도 불안하군. 어쨌든 내용물만 제대로 전하면 되니 것이니 전부 뜯어봐."

그대로 루미아에게 건네기에는 매우 미심쩍은 것이 없지 않아 있었던 카르반은 내용물을 확인하기로 했다. 원래 남에게 보낸 선물을 함부로 뜯어보는 것은 예의에 어긋난 일이지만 혹시 모른다. 저 수많은 선물 더미 속에 혹시 루미아를 위협할만한 물건이 섞여 있을지 말이다.

"저……. 도련님? 이런 게 있었는데요."

"……."

가장 작아 보이는 포장지를 뜯은 마크가 난감한 얼굴로 식은땀을 뻘뻘 흘렸다. 그게 무엇이기에 항상 웃는 일굴을 유지하는 마크가 저런 표정을 짓는가 싶었던 카르반은 한쪽 눈썹을 들어 올렸다. 그리고.

"힘이 불끈, 말린 장어 가루?"

카르반의 얼굴이 대번에 찌푸려졌다. 그는 더 볼 것도 없다는 듯이 곱게 갈린 가루를 벽난로에 쏟아 부어버렸다.

화르륵——!

"저……. 도련님. 여기, 편지도 함께 동봉되어 있습니다."

그러고 보니 선물을 건네기 전, 황제가 열심히 무언가를 썼었다. 카르반은 한쪽 눈썹을 들어 올린 뒤, 마크의 손에 들린 편지를 빠르게 낚아챘다.

그리고.

화르륵――!

"도, 도련님?"

"여자에게 이런 것이 무슨 도움이 된단 말인가."

마크의 걱정 어린 말에 카르반은 활활 타오르는 불꽃을 보며 작게 중얼거렸다. 그는 잠시 참담한 심정으로 두 눈을 손으로 가렸다.

'남자란 자고로 힘이 최고이지 않은가? 그래서 준비했네! 제국 미래의 유망주의 몸이 쇠약해져서는 안 되지! 암! 그렇고말고! 뜨거운 물에 잘 풀어서 먹으면 다음 날 효과를 아주 톡톡히 볼 수 있을 걸세! 하하하!'

는 개뿔. 그녀의 성별을 정확히 알려 주지 않은 것이 이런 식으로 다가올 줄은 누가 알았겠는가. 카르반은 이내 어이가 없다는 듯이 헛웃음을 내뱉기 시작했다.

"도련님. 남은 선물들은 어떻게 할까요?"

"전부 태워버려."

"예?! 아무리 그래도 황제 폐하께서 선물하신 것들인데……."

깜짝 놀란 마크가 안절부절못하며 말을 꺼낸다. 그에 마치 불경스러운 것을 보기라도 하듯, 산더미 같은 선물들을 찌릿 노려본 카르반은 단호하게 명령했다.

"편지를 보아하니 다른 것들도 별다를 게 없을 거다. 저택 뒤쪽 공간을 허락할 테니 그곳을 소각장으로 사용하도록."

"예!"

요즘 군기를 바싹 잡았더니 대기하고 있던 사용인들이 누가 질세라 크게 대답했다. 이내 빠르게 사라지는 선물들을 보며 안절부절못하고 있던 마크는 아쉬운 듯 낮은 한숨을 내쉬었다.

"저 주셔도 되는데……."

조심스럽게 꺼낸 속마음은 바쁘게 움직이는 사용인들의 발소리에 묻혀버렸다.

쾅——!

"네? 황제 폐하의 초대라고요?"

루미아는 방금 제가 들은 것이 혹시 환청은 아닌지, 목소리를 높여 물었다. 그에 카르반은 바로 코앞까지 다가온 얼굴을 피해 부담스럽다는 듯 눈살을 찌푸렸다.

"맞으니까 뒤로 좀 물러나라."

"헛! 죄송합니다."

내려쳤던 곳이 집무실 책상임은 물론이고, 하필 그 장소가 막 작성하고 있던 서류였다는 것을 뒤늦게 깨달은 루미 아는 후다닥! 뒤로 물러났다. 아주 제대로 내리쳤는지 양 손 바닥에는 유려한 글씨체와 진한 잉크 냄새가 뒤섞여 있었 다.

"아무래도 이건 버려야겠군."

"정말 죄송합니다아……."

루미아는 사정없이 구겨진 뒤 쓰레기통으로 향하는 종이 를 보며 면구스럽다는 듯이 울상을 지었다. 분명 유려한 글 씨체가 제 손에 의해 지저분하게 번져 있을 테지…….

하지만 그런 루미아의 마음과 다르게 어차피 종이를 버리 려 했던 카르반은 별로 아쉽지 않다는 듯이 고개를 저었다. 그보다 자꾸만 얼굴에 열이 오르는 것이 더욱 신경 쓰였기 때문이다.

"괜찮다. 어차피 직접 두 눈으로 확인하고 고르려 했으니 까."

그가 작성하고 있던 것은 서류가 아닌 편지였다. 그리고 그곳에 적힌 것은 다름 아닌, 이번에 루미아가 황궁에 입궁 할 때 입을 옷 몇 벌을 보내라는 내용이었다. 치수는 시녀의 옷을 입었을 때 딱 맞았던 모습을 알고 있으므로 별문제가 되지 않았다.

하지만 차라리 그것보다는 직접 찾아가서 고르는 것이 낫 다고 판단한 그는 미련 없다는 듯이 외투를 걸쳤다.

"어디 나가세요?"

"시간이 촉박하니 지금 당장 나가야겠지. 너는 내일을 위해 편히 쉬고 있어라."

카르반은 지난 일주일 동안 루미아가 얼마나 열심히 가구를 만들었는지 잘 알고 있었다. 그리고 '루미아를 빨리 보고 싶다'라는 이유로 무리하게 일정을 당긴 황제를 떠올리며 미간을 좁혔다.

"으음. 뭔지 모르겠지만 다녀오세요."

"그러지."

루미아는 뭐가 또 마음에 들지 않는지 인상을 찌푸리는 그를 배웅하며 뺨을 긁적였다.

"말은 그렇게 해도 진짜 화난 거 같은데……."

아무리 첫인상이 또라이 같았긴 해도 최근 그가 보이는 행동은 꽤 정상적이었다. 특히 벌목장에서 자신을 구해준 카르반의 단단한 품을 떠올린 루미아는 절로 얼굴을 붉혔다.

요 며칠 애써 잊고 있었던 것이 무색하게도, 세차게 뛰던 그의 심장 소리가 지척에 울리듯 생생하게 들려왔다. 아니, 아무도 없는 집무실에 심장 소리라면 자신의 것밖에 없었다.

"하……. 이건 또 뭐람."

루미아는 헤리온과 사귈 때도 느끼지 못한 두근거림을 느끼며 고개를 휘휘 저었다.

설마, 아니겠지. 와 같은 안일한 생각과 함께.

카르반이 베르사모 공작저를 비우고 몇 시간 뒤, 공작저에서는 작은 소란이 일었다.

"알렌 도련님. 오늘도 연락 없이 이렇게……."

"원래 깜짝 등장이 더 재미있는 법이잖아? 근데 나도 도련님이야? 이거 영광인데!"

난처한 얼굴의 마크를 능숙하게 지나친 알렌은 자연스럽게 집무실의 문을 열었다.

그런데.

"뭐야! 카르반은 어디에 있어?"

"잠시 외출하셨습니다."

"그으래?"

퇴짜 맞은 주제에 뭐가 그렇게 좋은지 싱글벙글 미소를 잃지 않는 모습에 마크는 문득 불길한 예감이 들었다. 그리고 그 예감은 불행하게도 아주 제대로 적중했다.

벌컥——

"누구 없어요?"

벌컥——

"여기도 없나?"

마크는 갑자기 모든 문을 열어 보고 다니는 알렌을 보며 경악했다. 서둘러 그 뒤를 따라 어깨를 잡으려 했지만, 요리 조리 잘도 피하면서 제 할 일은 또 다 한다.

"아, 알렌 도련님!"

"으하하핫! 그 녀석이 없는 지금이 최고의 기회라고? 아 무도 날 막을 수 없다!"

시끄럽게 웃으며 여기저기 쏘다니는 것이 참으로 얄밉다. 덕분에 청소하던 사용인들은 벌컥벌컥 문을 열어대는 알렌 때문에 심장이 남아나질 않았다.

"히야아. 아주 꼭꼭 숨겨놨네. 대체 어디에 있는 거야?"

"허억, 허어억. 대체 누굴 찾는 겁니까?"

"응? 당연한 거 아니야? 당연히 이번 의뢰를 맡으신 천재 디자이너님이지."

"그분이라면……."

순간 마크의 머릿속에는 루미아 양이 들어온 뒤로 묘하 게 부드러워진 도련님이 떠올랐다. 그녀를 볼 때마다 평소 와 달리 살짝 풀어지는 입매. 또 가장 결정적인 것 중 하나 로 꼽을 수 있는 게 바로, 최근 들어 그녀만 보면 봄날에 녹 는 눈처럼 부드럽게 풀어지는 도련님의 눈빛!

본능적으로 어떤 기류를 읽어낸 마크는 주먹을 불끈 쥐었 다.

'도련님은 아직 눈치채지 못하신 것 같지만 제 눈은 못 속입니다!'

그날. 두 사람의 관계 회복을 위해 응접실에 버려졌던 그날 이후 그들 사이에는 미묘한 공기가 흘렀다. 물론 그때까지만 해도 마크는 그 분위기를 딱 꼬집어내, 어떠어떠한 것이라고 정확히 정의를 내리지 못했다. 하지만 두 사람이 도르텡 후작가를 다녀온 이후 모호했던 분위기는 좀 더 확실하게 제 존재를 알렸다.

마치 아무런 향기도 없는 봄바람에서 꽃 내음이 물씬 풍기는 봄바람으로 진화한 격이랄까.

'아아! 드디어 우리 공작가에도 봄바람이 부는데, 꽃가루가 모든 것을 망치려 드는군요!'

알렌의 성격을 잘 아는 마크는 루미아와 친해진 그가 어떤 식으로 나올지 예상했다. 다른 건 몰라도 알렌은 카르반 앞에서 그녀에 대해 이것저것 떠들 것이 분명했다. 그것도 카르반이 모르고 있던 사실들을 골라서 말이다!

'안 돼! 아직 시도조차 하지 못했는데 실연이라니! 있을 수 없는 일입니다!'

거기까지 생각이 미친 마크는 의미 모를 사명감에 불타오르며 재빠르게 알렌 앞을 막아섰다. 베르사모 공작가의 집사로서 마크는 도련님의 첫 연애를 성공시켜줄 의무가 있었다.

"뭐야, 집사님. 언제 이런 힘을 숨기고 있었어? 깜짝 놀랐잖아!"

다음은 어디로 갈지 고민하던 알렌은 아까와 판이한 마크의 몸놀림에 잠시 입을 벌렸다. 하지만 여느 때와 달리 활력이 충만한 마크는 긴장한 얼굴로 몸에 힘을 주었다.

"후후후. 죄송하지만, 이런 식의 폐는 끼치지 말아 주셨으면 합니다. 보십시오. 사용인들이 겁에 질려 있지 않습니까?"

"뭐? 지금 보니 그런 것 같기도 하고……. 어엇! 잠깐! 지, 집사님 갑자기 왜 이래? 뭐 잘못 먹었어? 우리, 말로 해결하자고!"

알렌은 음흉한 표정을 한 채 천천히 다가오는 마크를 보며 비명을 질렀다. 그런데 그때!

벌컥――!

"무슨 일……! 어? 집사님?"

"헉! 루, 루미아 양?"

시끄러운 소리에 개입할 필요성을 느낀 루미아가 벌컥! 문을 열었다. 하지만 예상과 달리 문밖에 있는 것은 항상 인자한 미소를 짓는 마크와 어딘가 익숙한, 대단한 미모의 남성이었다.

"지금 거기서 뭐 하시는 거예요?"

"아무것도 아닙니다. 그냥 잡상인을 처리하고 있었을 뿐입니다."

"잡상인?"

마크의 변명을 들은 알렌이 순간 발끈했다. 명색에 제국 최고의 상단을 이끄는 상인을 일개 잡상인으로 치부하다니. 아무리 집사님이라고 하지만 해도 해도 너무한 대우였다.

그러하지만, 항상 정도를 걷는 집사가 어째서 거짓말을 했는지 조금 의아했다. 그것도 저렇게 당황해하면서 쩔쩔매는 것이 뭔가 숨기는 게 있는 것 같았다.

'흐음. 시녀복을 입고 있지 않은 걸 보면 시녀는 아닌 것 같은데. 꽤 독특한 복장인걸?'

게다가 자세히 기억은 나지 않지만 어디서 본 것 같기도 했다. 물론 한번 본 얼굴은 거의 까먹지 않는 그로서는 안개가 낀 듯 떠오르지 않는 기억이 너무도 답답했다.

알렌이 루미아를 훑어보는 동안 그녀 역시 팔짱을 끼고 그의 외모를 감상했다.

'카르반급 외모가 또 있었다니……. 근데 왜 이렇게 익숙하지? 어디서 본 적 있나?'

카르반이 차가운 냉기를 풀풀 풍기는 차도남 같은 외모라면 저 남자는 따뜻한 햇살 위로 떨어지는 아름다운 꽃비와도 같았다. 하지만 루미아는 화사한 분위기고 뭐고, 남자의 품평하는 듯한 눈빛이 별로 마음에 들지 않았다.

'뭘 저렇게 꼬나보는 거야? 확! 그냥. 어떻게 할 수도 없고.'

루미아는 잡상인이라기에 너무도 톡 튀는 외모의 남자를 흘겨보다 무언가 생각이 난 듯 감탄사를 터트렸다.

"아! 집사님! 혹시 바늘과 실 좀 빌릴 수 있을까요?"

"예? 갑자기 그것들은 왜……."

"잠시만 기다려 주세요."

마크는 지금, 이 상황이 매우 불편했다. 그뿐만 아니라 간 만에 필사적으로 힘을 쓰려고 했지만, 간단히 들켜버린 것에 힘이 쭉 빠진 것은 당연한 일.

"이것 좀 보세요. 어떻게 됐는지 옷에 구멍이 나 버렸지 뭐예요? 꿰매서 입어야 할 것 같은데 아무리 찾아봐도 바늘 집이 안 보이더라고요."

"으음. 그렇군요. 하지만 루미아 양께서 굳이 바느질할 필요는 없습니다. 지나가는 시녀에게 부탁해도 되니까요."

"아. 그게 막상 찾으려고 하면 보이질 않아서……. 하하 하."

루미아의 어색한 웃음에 마크의 고개가 절로 기울어졌다. 불미스러운 일을 겪은 뒤로 사용인들의 교육을 철저히 했다 고 생각했는데 그렇지 않은 모양이다.

"죄송합니다. 사용인들의 교육을 좀 더 강화해야겠군 요."

"네? 아, 아니요. 그런 뜻이 아닌데."

알렌은 루미아라고 불린 여자와 그런 그녀를 향해 깍듯이 대하는 마크를 보며 두 눈을 크게 떴다. 혹시나 했는데 정말 카르반이 저택에 손님을 들인 것이다. 그것도 여자를!

"우와, 우와아! 집사님. 저 사람 혹시 카르반이 데려온 손님이에요?"

"예? 아니, 그게……."

"무슨 소리에요? 전 이제 손님이 아니라고요."

왠지 기분이 나빠진 루미아가 소리쳤다. 그 당당한 모습에 알렌은 설명해 보라는 듯 마크를 쳐다봤다.

"하……. 어쩔 수 없군요."

그에게 두 사람의 대화를 막을 권리 따윈 없었다. 서로 계약 관계이기도 하니 어차피 이른 시일 안에 서로 통성명을 할 터. 아쉽지만 도련님의 연적을 쳐내야 한다는 마음을 잠시 밀어둔 마크는 예의 그 인자한 미소를 장착했다.

"알렌 도련님. 이쪽은 카르반 님 밑에서 일하시는 가구 디자이너. 루미아 양이십니다."

"뭐? 가구 디자이너라니?"

"루미아 양? 이쪽은 카르반 님의 오랜 친우이자 코판손 상단의 상단주. 알렌 코코아 백작님이십니다."

"네? 소꿉친구. 아니, 이 사람이 코판손 상단의 상단주라고요?"

경악 어린 시선이 서로 맞부딪쳤다. 루미아와 알렌은 그렇게 서로를 한참이나 쳐다보았다.

"잠깐! 어디서 봤나 했더니, 당신! 그때 코랄 부인의 저택에서 잠시 마주쳤었죠? 그때 가구 옮겨 주는 사람이잖아요!"

"응?"

그제야 안개가 걷힌 듯 머릿속이 맑아졌다. 너무 급해서 스치듯 봤지만, 분명 카르반 옆에 시커먼 로브를 입은 여자가 한 명 있었다.

호기심 어린 눈으로 저를 바라보던 여인. 그녀와 현재 눈앞에 있는 루미아의 얼굴이 일치하는 것을 깨달은 그는 손뼉을 짝! 마주쳤다.

"생각났다! 그때 카르반 옆에 있었던 사람이 그쪽이었지? 그런데 방금 한 말에는 이해할 수 없는 게 하나 있어."

알렌이 턱 밑을 쓸며 고개를 갸웃거리는 루미아를 바라봤다. 그러고는 아무리 생각해도 억울하다는 듯 빽! 소리를 지르는 것이었다.

"물론 그때는 도르텡 후작가에 있긴 했지만, 나를 고작 가구를 옮겨 주는 사람으로 착각하다니! 난 일꾼이 아니라 그 이름도 유명한 코판손 상단의 상단주라고!"

"네? 하지만 카르반이 그렇게 말했었는데."

"뭐어? 그 녀석이 나를 그런 식으로밖에 언급하지 않았단 말이야?"

잠시 당혹스러운 침묵이 찾아왔다. 왠지 해서는 안 될 말을 한 것 같은 이 기분은 뭘까.

루미아는 이 뒤죽박죽된 상황을 정리할 필요성을 느꼈다.

"어, 음. 이럴 게 아니라 일단 들어가서 이야기할까요?"

"……바라던 바야."

알렌은 쭈뼛쭈뼛 공방 안으로 들어왔다. 그리고 기다렸다는 듯 풍겨오는 향긋한 나무 냄새와 산뜻한 향기. 매일 질리도록 맡아온 화장품 냄새와 독하디독한 향수 냄새만 맡아온 콧속이 대번에 정화되는 느낌이었다.

"흠~ 좋은 향기. 그러니까 루미아라고 했던가? 딱 봐도 내가 더 나이가 많은 것 같은데 바로 말 놓을게."

"네……?"

테이블의 의자를 꺼내 앉던 루미아는 잠시 어처구니가 없다는 듯이 알렌을 바라보았다. 아무리 봐도 저쪽이 더 동안인 데다가 현재 그녀의 얼굴은 지난 피로가 누적돼, 평소보다 더 칙칙해 보일 것이다. 그런데 어째서 저렇게 확신을 할 수 있을까?

'게다가 이미 말 놓았거든?'

어이가 없었던 루미아는 두 눈을 쭉 찢었다. 그런데 그 모습을 어떻게 해석했는지 알렌이 자랑스레 충격적인 사실을 떠들어댔다.

"나는 사람의 피부 상태를 보면 대충 나이를 짐작할 수 있거든."

'뭐야, 그거. 징그러워!'

루미아는 처음 보는 사람의 피부를 관찰했다고 떠들어대는 알렌을 향해 혐오의 눈길을 보냈다. 굳이 눈빛을 보지 않아도 표정에서 드러나는 감정에 알렌은 내심 당황했다.

"아, 아니! 난 상인이잖아? 이건 귀족들이 쓰는 화장품도 다루기 때문에 생긴 습관 중 하나라고! 그러니까 그 이상한 사람 보는 듯한 표정은 그만 지어줄래?"

불만스럽게 팔짱을 낀 그가 불퉁한 표정을 지었다.

직업병이라니……. 꽤 그럴듯한 이유에 혐오스럽다는 눈빛을 거둔 루미아는 어깨를 으쓱였다.

"그나저나 그쪽이 코판손 상단의 상단주라니. 몰라 봬서 죄송해요."

"아니야. 전부 잡상인이라고 나를 소개한 집사님 잘못이지."

차를 가지러 간 마크가 재채기했다.

"우리 어디부터 이야기할까? 사실 너에 대해 궁금한 게 많았거든!"

"이야기요?"

루미아가 되묻자 알렌은 아주 억울하다는 듯 눈썹을 휘었다.

"그래. 카르반 그 친구가 말을 얼마나 아끼는지. 너는 나에 대해 궁금하지 않았어?"

루미아는 턱 밑으로 꽃받침을 하며 들이대는 알렌을 무미 건조하게 바라봤다. 왜 카르반이 말을 아꼈는지 충분히 이해가 가는 사람이었다.

'상단주는 정상인인 줄 알았더니.'

또라이보다 더 피곤한 하이텐션 인간이 나타났다.

"솔직히 만나보고는 싶었어요."

이런 사람인 줄은 몰랐지만.

루미아는 감동이라도 받은 듯, 온몸을 비비 꼬기 시작하는 그를 짜게 식은 눈으로 바라봤다.

"정말? 하긴 내가 매력이 좀 넘쳐야지! 이런 걸 보고 주머니 속의 송곳이라고 하는 건가?"

'낭중지추는 그럴 때 쓰는 말이 아닐 텐데.'

게다가 오늘 처음 만나는 사람에게 매력은 무슨. 그냥 순수하게 도움을 준다던 상단주를 만나고 싶었을 뿐이다.

"응? 왜?"

"아니요. 됐어요."

딴지를 걸려던 루미아는 지적할 게 너무 많아 차라리 입을 다무는 쪽을 선택했다. 하지만 알렌은 그럴 생각이 전혀 없는지 열심히 조잘대기 시작했다.

"그럼 우리 무슨 이야기부터 해 볼까? 그 기상천외한 기술은 어디서 배웠는지? 카르반이랑은 어떻게 아는 사이인지? 아니면 이번에 만든 침대에 관해서 물어볼까? 으아! 궁금한 게 너무 많아!"

첫 번째, 세 번째는 이해가 간다만, 두 번째는 왜 궁금한 건지……. 루미아는 혼자 흥분해서 이리저리 날뛰는 알렌을 진정시키려 두 손바닥을 내보였다.

"저기요. 시끄러우니까 제발 좀 닥쳐줄래요?"

"헛! 너 성깔 장난 아니구나?"

말은 그렇게 하면서도 그런 루미아의 성격이 싫지만은 않은지 붉은 입술이 슬쩍 올라갔다. 그리고 그녀의 요청대로 자리에 앉으려던 찰나.

"어? 잠깐만!"

"어어어?"

꾸엑——!

알렌은 갑자기 몸을 기울이더니 루미아의 손바닥을 낚아챘다. 덕분에 체중이 앞으로 실려버린 루미아는 테이블 위로 철퍼덕! 엎어졌다.

"꿍. 이게 무슨……."

"혹시 집사님이랑 너! 둘이 합심해서 날 놀리려고 한 거야? 너무해!"

"그게 무슨 말이에요?"

그건 또 무슨 개소리란 말인가. 루미아는 어처구니없는 심정으로 그를 노려봤다. 하지만 알렌은 그녀가 노려보든 말든 배신감에 가득 찬 얼굴로 소리쳤다.

"이것 좀 봐. 목수라는 사람의 손이 왜 이렇게 보들보들해? 굳은살이 하나도 없잖아!"

무슨 말을 하는가 했더니 정말 어이가 없다.

이 세계에 태어난 뒤 루미아는 꾸준히 편백에서 추출한 오일을 애용해왔다. 비누에 이어 보습제로도 사용된 그 오일은 귀족답지 않았던 그녀의 손을 귀족답게 만들어줬다.

하지만 이 모든 것을 구구절절 설명하고 싶지 않았던 루미아는 두 눈에 힘을 빡! 주었다.

"아니, 그럴 수도 있는 거죠! 아니면 제가 사칭이라도 하고 있다는 거예요? 그것도 아니라면, 혹시 세상에 있는 모든 목수가 거친 손을 가지고 있다고 생각하는 거예요?"

"아, 아니. 그런 건 아닌데……."

루미아의 기세에 눌린 알렌은 버벅거리며 눈알을 굴렸다. 그녀의 말대로 모든 목수가 그런 것은 아니므로 더욱 말이 안 나왔다.

하지만.

"상식적으로 이해가 가지 않는다고! 그렇게 멋있는 가구를 만드는 사람 손이 귀족 영애처럼 보들보들하니까! 내가 외모로는 판단하지 않지만, 피부를 보면 대충 감이 온다니까?"

"당신이야말로 그게 뭐야! 그거 진짜 변태 같다고. 그리고 나 귀족 영애 맞거든?"

신경질적으로 잡힌 손을 빼낸 루미아는 눈살을 팍 찌푸렸다. 그 노골적인 반응에 알렌은 돌처럼 굳어 버렸다.

"변태라니! 나처럼 신사적인 사람이 또 어디에 있다고 그런 말을……!"

"하……. 미치겠네."

이마를 탁 짚은 루미아는 될 대로 되라는 식으로 팔짱을 끼었다. 덕분에 정신적인 충격에서 한동안 허우적거릴 수 있었던 알렌은 뒤늦게 루미아가 한 말을 떠올리고는 입을 벌렸다.

"잠깐. 귀족 영애라고? 조금 전에는 그냥 루미아라고 소개했잖아."

"그건 집사님이 하신 거지, 제가 한 소개는 아니잖아요. 뭐, 이것도 예의는 아니니 다시 인사드릴게요."

루미아는 마지못해서 한다는 듯이 뾰로통한 얼굴로 한쪽 손을 내밀었다.

"반가워요, 알렌 코코아 백작님. 루미아 애클렌입니다."

"엥?"

하지만 돌아오는 것은 따뜻하게 마주 잡아주는 손이 아닌, 경악에 찬 비명이었다.

"에에엑!? 네, 네가 그 애클렌 남작가의 영애라고!?"

갑자기 웬 삿대질이람. 루미아는 커다란 떡이 목에 걸리기라도 한 듯 새파래지는 얼굴을 보며 고개를 갸웃거렸다.

"세상에! 애클렌 남작가의 영애를 두 눈으로 직접 보게 될 날이 오게 되다니!"

"제가 귀신이라도 돼요? 왜 그렇게 놀라요?"

"당연히 놀라지!"

알렌이 황당한 얼굴로 외쳤다. 급작스럽게 귀족이 된 신비주의자 졸부, 델몬트 애클렌. 그리고 그보다 더하면 더했지 덜하지 않은, 생사마저도 불분명한 졸부의 딸. 루미아 애클렌!

애클렌 남작 저택이 처분됐다는 소문이 돌면서 가장 관심사에 오르게 된 것은 다름 아닌 그녀의 행방인데, 어찌 놀라지 않을 수가 있나? 물론 지금은 코랄 부인의 마음을 훔쳐간 목수. 아니, 천재 가구 디자이너에 관한 이야기도 함께 화두에 오르내리고 있지만, 여전히 귀족들 사이에서는 뜨거운 감자였다.

"이거 정말 놀라운걸? 이런 유명인이 베르사모 공작가에 숨겨져 있었다니. 그것도 동일 인물이라니!"

"아까부터 대체 뭐라고 하시는 거예요? 혹시 뭐 잘못 먹었어요?"

"루미아!"

"왜, 왜요?"

알렌은 멍청한 표정을 지우고 진지한 눈빛을 보냈다. 그리고 호구 조사가 시작됐다.

"그래서 몇 살부터 시작했는데?"

"이, 일곱 살이요."

당혹스러운 대답에 알렌은 턱 밑을 짚고 눈을 감았다. 그리고 얼마 지나지 않아 눈을 뜬 그는.

"역시, 엄청 대단하잖아!?"

"에엥?"

얼빠진 대답에 알렌의 고개가 휘휘 저어졌다.

"에엥? 이 아니야! 일곱 살 때 처음 만든 게 뭔데?"

"식탁이요."

"뭐? 설마 이 저택 식당에 있는 그 식탁은 아니지?"

"맞는데요?"

세상에. 어떻게 그런 대단한 사실을 저렇게 아무렇지 않게 말할 수 있지? 역시 천재는 사고방식부터 다른 건가!

알렌은 어이가 없다는 듯 헛웃음을 내뱉더니 이내 시원하게 웃어댔다. 기껏해야 그 식탁과 똑같이 만들 수 있는 사람을 데려온 줄 알았더니, 본인이 만든 거란다.

"으하하핫! 너 정말 재미있구나? 어디서 이런 보석이 튀어나왔나 모르겠네. 카르반, 이 자식. 엄청 복 받은 녀석 같으니라고."

재미? 보석? 갑자기 왜 그런 소리가 튀어나오는지 모르겠다. 루미아는 혼자 북 치고 장구 치는 알렌을 신기한 생물체를 보듯 바라봤다.

"왜 그런 눈으로 보는 거야? 어쨌든 오랜만에 엄청 유쾌해졌어. 그런 너에게 재미있는 선물을 하나 해 주지!"

"재미있는 선물이요?"

"그래! 엄청 재미있는 선물이지! 베일에 가려진 카르반의 과거. 궁금하지 않아?"

귓가로 악마의 속삭임이 들려온다. 상사의 과거 따위 알아서 무엇할까 싶지만, 이내 약점을 잡고 흔드는 추가적인 속삭임에 마음이 동한다.

"음……. 그래도 그건 좀 아닌 것 같네요."

아무리 그래도 당사자가 없는 곳에서 뒷담이라니. 그런 건 루미아의 사전에 없는 행동이었다.

하지만 그녀의 의지와는 상관없이 알렌의 이야기는 시작되었다.

"에이. 그렇게 마음이 착해서 어떻게 세상을 살아가려고 그래? 말 그대로 재미있는 선물이니까 그냥 받아만 둬. 그러니까 그 녀석이 5살 때였나? 그때가 나랑 처음 만났을 때인데, 그 녀석 나를 보자마자 꽁지가 빠져라, 도망을 가더라고?"

"네? 그 카르반이 도망을요?"

"그래! 얼마나 겁이 많던지! 같이 놀자고 다가가도 계속

도망을 쳐서, 친해지자는 의미로 지렁이를 잡아다 줬거든? 그런데 갑자기 거품을 물고 기절해 버리지 뭐야! 으하하핫!"

당연한 이야기겠지만 카르반의 어린 시절은 지금처럼 딱딱하거나 차가운 어른의 느낌이 아니었다. 루미아는 지금으로서 절대 상상이 안 가는 카르반의 과거 이야기를 들으며 점점 흥미진진해지는 것을 느꼈다.

"아니 글쎄, 그 녀석 연못에 빠져서 허겁지겁 기어 나오는데 바지가 막 움직이는 거야! 애가 기겁을 하면서 폴짝폴짝 뛰어 대는데 얼마나 웃기던지. 알고 보니 바지 속에 물고기가 팔딱거리는 거였어."

"지금이랑 완전 딴판이네요."

"그렇지? 아저씨랑 아주머니만 안 돌아가셨더라면 계속 그렇게 지낼 수 있었을 텐데……."

"네? 아저씨와 아주머니라면……."

갑자기 침울해진 분위기에 루미아가 슬쩍 눈치를 봤다. 그에 눈꼬리를 축 늘어트린 알렌이 묻지도 않은 카르반의 암울한 과거를 술술 불어내기 시작했다. 이미 웬만한 귀족들은 다 알고 있는 사건이라 딱히 숨길 것도 없었다.

"카르반의 아버지와 어머니 말이야. 그분들도 나를 엄청나게 챙겨 주셨는데. 불의의 사고로 목숨을 잃으셨거든. 그 뒤로 저 녀석의 성격이 확 변해 버렸어."

"그런……."

'성격이 이상했던 건 다 이유가 있었구나.'

루미아는 살짝 하자가 있어 보이는 그의 성격을 생각하며 두 눈을 내리깔았다.

"그런데 불의의 사고라면……. 어떤 일이 있었던 건가요?"

"응? 아아. 너는 잘 모르겠구나. 팬텀 백작가가 소문을 막아 버렸으니 당연한 일이겠지."

"팬텀 백작가요?"

처음 듣는 이름에 루미아의 눈가가 절로 찌푸려졌다.

"그래. 거기 가주가 카르반 아버지의 친동생이거든. 아무리 그래도 예전에 몸담고 있던 가문인데 귀족들 입에서 옛 가문 이야기가 오르내리는 걸 원치 않았대."

"네에? 그게 무슨 말이죠?"

루미아가 놀라 물었다. 공작 가문의 사람이 백작가의 가주가 되어 있다니. 상식적으로 이해가 되질 않았다.

"이런. 모르는 게 많구나? 현재 팬텀 백작가의 가주, 그러니까 그란톤 펜텀은 예전에 아주 사고뭉치였대. 덕분에 베르사모 공작가는 그 사람 뒤치다꺼리하느라 정신이 없었는데 그러던 와중 아주 큰 사건이 터졌어. 듣기론 가주의 자리가 형님 것으로 확정되자 곧바로 형의 목숨을 노렸다고 하던데 정확한 내용은 나도 몰라."

그의 입에서 나온 것은 결코 가벼운 것이 아니었다. 생각지도 못한 놀라운 악행에 깜짝 놀란 루미아는 잠시 숨을 멈추었다.

"어떻게 그런 일을……."

"권력 욕심이 컸던 거겠지. 그때 일로 호적에서 파 버렸는데 팬텀 백작가에서 날름 주워 먹어 버리더라."

"그런 사람을 왜요?"

"그 사람. 검술 실력은 정말 좋았거든."

"아무리 그래도……."

알렌은 심란한 루미아의 심정을 아주 잘 안다는 듯 고개를 끄덕였다.

"무슨 말을 하고 싶은 건지 잘 알아. 팬텀 가문도 제정신은 아니다 이거지? 그러니까 웬만하면 그놈들 눈에 띄지 않는 게 좋을 거야."

루미아는 커다란 눈을 연신 깜빡였다. 아무래도 그의 충고를 진지하게 받아들여야 할 것 같은 느낌이다.

"그런데 증오해야 할 가문을 왜 감싸고 돈 걸까요?"

"으음. 다른 사람들 눈에는 그렇게 보일지도 모르겠네."

알렌은 벽색 머리카락을 귀 뒤로 넘기며 깊게 고심했다. 이 이야기를 과연 루미아에게 해야 할지 말아야 할지 고민하는 것이다.

'뭐, 카르반이 곁에 둘 사람이라면 괜찮지 않겠어? 게

다가 그 녀석 곁에 있으면 언제가 됐든 말려들게 될 테니까……. 미리 알고 있는 편이 좋을지도.'

카르반이 곁에 있기를 허락한 사람. 그 말이 의미하는 것은 그만큼 그녀가 믿을 만한 사람이라는 뜻이다. 물론, 아무리 카르반이 인정한 사람이라 한들 그의 허락 없이 이런 이야기를 꺼내는 것은 좋지 못한 행동이었다. 하지만 그 부끄럼쟁이 친구가 이런 이야기를 꺼낼 확률이 거의 없다는 점을 고려한다면 최소한의 고민을 할 필요가 있었다.

아마 주변에 있는 사람을 말려들게 하고 싶지 않아서 그런 거겠지. 하지만 이렇게 마냥 숨기기만 하다가 결국 일이 벌어진다면……. 그때는 너무 늦었다.

순간 진지한 눈빛을 띤 알렌은 한숨을 푹 내쉬며 뒤통수를 벅벅 긁었다.

이러니저러니 해도 그가 인정한 사람이다. 즉, 이미 그녀는 카르반과 한배에 탄 것과 같은 셈이다. 혹, 두 사람이 그렇게 생각하지 않아도 주변 사람들은 그렇게 볼 것이 뻔했다.

그렇다면 그가 취할 행동은 하나.

나중에 카르반에게 원망을 사더라도 그가 소중하게 생각하는 사람에게 최소한의 경각심을 심어주는 것. 그것이 오랫동안 그의 친우로 살아왔던 알렌이 해줄 수 있는……. 그만이 할 수 있는 역할이었다.

"내 생각에는 그란톤 그 사람이 카르반의 부모님을 죽인 것 같아. 그러니까 감싼 게 아니라 숨기려고 한 거지."

"아. 그렇구…… 네에!?"

순간 멍하게 고개를 끄덕이던 루미아가 펄쩍 뛰었다. 그에 침울한 낯을 띤 알렌이 천천히 고개를 끄덕였다.

"그란톤 팬텀, 그 백작 놈은 베르사모 가문을 엄~청 증오하거든. 솔직히 말이 돼? 아무리 건조한 겨울 날씨라고는 하지만 멀쩡한 별장에 불이 붙는 게? 분명 그 녀석들이 함정을 판 게 틀림없어."

"어, 어째서 그렇게 확신하나요?"

떨리는 물음에 알렌은 더 생각할 것도 없다는 듯이 빠르게 말을 내뱉었다.

"그날 카르반은 두 눈으로 똑똑히 목격했어. 팬텀 백작가의 문양이 그려진 검집을. 그리고 그 검집을 두른 어떤 남자가 황급히 자리를 뜨는 모습을! 솔직히 말도 안 되지 않아? 갑자기 팬텀가 사람이 거기서 왜 나와? 팬텀 백작가 부지와 베르사모 공작가의 별장은 완전히 반대편인데! 그리고 정말 그놈들이 벌인 짓인 것이 확실한 게, 이후 주야장천 암살자들이 찾아왔대. 만약 눈치 빠르신 황제 폐하께서 미리 손을 쓰지 않더라면 진즉에 큰일을 당했을지도 몰라!"

엄청난 것을 들어 버렸다. 팬텀 백작가. 그렇게 잔인한 족속들이 존재하고 있었다니. 심장이 다 떨렸다.

'그러고 보니 매번 검을 들고 다녔었지.'

이제야 눈치챈 것도 이상하지만 카르반은 항상 허리에 검집을 두르고 다녔다. 어쩌면 첫 만남 당시, 마차가 뒤집힌 일 또한 팬텀 백작가와 관련이 있을지도 몰랐다.

"우리 카르반만 불쌍하게 됐어. 다행히 밖에서 공놀이하던 중이어서 목숨을 건졌지만, 그 녀석은 불에 타 죽는 부모님을 두 눈으로 똑똑히 지켜보게 됐거든. 게다가 그게 또 트라우마로 남았는지 불만 보면 패닉에 빠져 버리지 뭐야. 뭐, 지금은 많이 나아진 것 같지만."

"……!"

그거였구나? 카르반이 불을 무서워하는 이유!

'나는 그것도 모르고!'

루미아는 손끝이 덜덜 떨리는 것을 느끼며 지난날의 잘못을 질책했다. 생각 없이 일을 벌였던 자기 자신에 대한 분노와 당시 카르반이 느꼈을 심정. 그리고 그에게 엄청난 트라우마를 안겨준 팬텀 백작가에 대한 어마어마한 혐오.

루미아는 정신이 아득해짐을 느끼며 잠시 감았던 눈을 떴다.

"그렇게 확신하면서 왜 잡아들이지 않나요?"

"이런 이런! 우리 목수 천재님께서는 이런 쪽으로 머리가 잘 돌아가지 않나 보다. 당연히 심증만 있을 뿐, 아무런 증거도 잡지 못해서 그러는 거지. 아무리 카르반이 두 눈으로 똑똑히 봤다고는 하지만, 당시에 그 녀석은 나이도 어렸고 완전히 넋을 잃은 상태였다고. 과연 그런 사람의 진술을 누가 믿어 주기나 할까? 게다가 얼마나 독한 놈들인지, 어찌어찌 암살자를 포박하면 혀를 깨물고 자살해 버려서 여간 골치 아픈 게 아니야. 안 그래도 요즘 암살 시도조차 뜸해서 발만 동동 구르고 있는 실정이지."

방금 엄청 한심하다는 듯 바라본 것 같은데. 내심 기분이 나빠진 루미아는 입을 쭉 내밀었다. 그러니까 놈들이 만만치 않은 녀석들이라는 말이지?

"아! 맞다. 그래도 혹시 모르니까 카르반한테는 비밀이다? 그 녀석, 자기 이야기를 남에게 떠벌리고 다니는 거 되게 싫어하거든."

그래도 카르반의 원망을 사기는 무서웠는지 눈알을 굴리던 알렌이 불안한 듯 말을 건네 왔다.

"안 그래도 괜히 들었나 싶네요."

어차피 아무에게나 떠들고 다닐 정도로 가벼운 이야기는 아니었다. 루미아는 꺼림칙한 표정을 지우지 못한 채 턱을 괴었다.

"그나저나 이제 사업 쪽으로 이야기를 나누고 싶은데 말이야……."

"사업이요?"

루미아가 고개를 갸웃거리자 두 눈을 빛낸 알렌이 그녀의 손을 덥석! 붙잡았다. 암울했던 분위기가 날아가고 순식간에 당혹감이 찾아왔다.

"그래, 사업! 아까부터 계속 궁금했는데, 여기 있는 가구에 대체 뭘 바른 거야? 도대체 무슨 오일을 썼기에 이렇게나 아름다운 광채를 띨 수가 있지!? 그것뿐만이 아니야! 그 스프링이란 것과 베드 테이블이라는 발상은 대체 어디서 나온 거야? 응? 어서 말을 해 봐!"

"아, 아니 이것부터 좀 놓고 말을……!"

'으악! 집사님! 집사님은 대체 언제 오시는 거야!'

벌컥——!

호랑이도 제 말 하면 온다고 했던가. 당황한 루미아가 기겁하며 양손을 털어내는 순간 활짝! 문이 열리며 카르반이 모습을 드러냈다. 그 뒤로 찻잔이 담긴 쟁반을 덜덜덜 흔들어대는 마크가 보였다.

"오! 내 오랜 친구! 어디 갔다가 이제 와?"

"알 필요 없다. 그런데 오늘은 또 무슨 일이지? 이렇게 연락도 없이."

루미아는 어딘가 화가 나 보이는 카르반을 보며 두 눈을 끔뻑였다.

'뭐지? 뭔 일 있었나?'

정말 무슨 일이라도 있었는지 그는 사나운 얼굴로 알렌의 목덜미를 덥석 붙잡더니 질질 끌고 가기 시작했다. 평소와 달리 쿵쾅거리는 발걸음에 냉기가 풀풀 날렸다.

"캑캑! 사, 살려줘! 나의 미아!"

"미아? 이건 또 무슨 소리지?"

"우리 루미아 양을 위해 만든 나만의 애칭? 어때? 엄청 귀엽지 않아?"

카르반은 한쪽 눈을 찡긋거리며 밝게 웃는 알렌을 말없이 바라보았다. 그리고 한다는 말이.

"앞으로 10m. 루미아로부터 반경 10m 내 접근 금지다."

"에엑!? 그런 게 어디 있어! 그리고 10m면 눈 코 입도 잘 안 보이는데!?"

"눈이 썩었군. 정 보고 싶다면 오기로라도 봐라. 미아라는 애칭도 금지야."

"뭐!? 너무해에!"

쾅——!

굳게 닫힌 문 너머로 계속해서 옥신각신하는 소리가 들려왔다. 어느새 방 안에 홀로 남겨진 루미아는 이 어처구니없는 상황에 한동안 멍 때려야만 했다.

"무슨 안 좋은 일이라도 있었어요?"

"글쎄."

알렌을 쫓아낸 뒤, 카르반은 계속 저런 식이었다. 무슨 말이라도 해야 기분을 풀어줄 텐데, 물어봐도 돌아오는 대답은 매번 '글쎄'였다.

'뭐야, 저게. 아까 들은 얘기 때문에 뭔 말도 못 하겠고 답답해 죽겠네.'

역시 그의 이야기를 듣는 게 아니었다. 루미아는 뾰로통한 얼굴로 카르반을 한 번 노려본 뒤 고개를 휙! 돌려 버렸다.

똑똑——

"도련님. 마크입니다."

"들어와."

그때 정적을 깨고 마크가 입장했다. 루미아는 이제야 살 것 같다는 얼굴로 마크를 돌아봤으나……. 문을 열고 들어오는 사람은 그 혼자만이 아니었다.

"이, 이것들은 다 뭐예요?"

수많은 사용인이 산처럼 쌓은 상자들을 들고 묘기를 부렸다. 루미아는 휘청휘청하면서도 잘 걷는 사용인들을 보며 두 눈을 동그랗게 떴다.

"사실 내가 직접 고를 수 있을 것으로 생각했지만, 그건 내 오만이었더군."

"네? 그게 무슨 소리예요?"

갑자기 뭘 고르고 뭐가 오만이었다는 건가? 루미아는 전혀 이해할 수 없다는 듯이 그와 상자들을 번갈아 봤다.

형형색색의 아름다운 상자 곁에는 하나같이 '샤봉 봉제'라는 로고가 반짝이는 금박이로 박혀 있었다.

'샤봉 봉제? 뭔가 익숙한 이름인데?'

정확히는 눈에 익숙하다. 루미아는 기억을 되짚어 보다 매일 같이 저택 밖에 쌓여 있는 상자를 떠올렸다. 그리고 그 상자는 그녀의 새어머니가 가장 애용하는 옷가게에서 옷을 포장할 때 쓰는 상자였다.

"설마 이게 다 옷이에요?"

어처구니없다는 물음에 카르반은 순순히 고개를 끄덕였다. 그 태평한 반응에 루미아는 혹시 자신의 눈에 이상이 생긴 것은 아닌지 심각하게 고민했다.

"몇 시간이 지나도 결정을 내리기 힘들더군. 그래서 그냥 치수에 맞는 옷들을 모두 사 왔다. 이 중에 적어도 너에게 어울릴 만한 옷은 있겠지."

"헉?"

루미아의 입이 떡 벌어졌다. 아무리 돈이 많다고는 하지만 정말 또라이 같은 발상이 아닐 수가 없다.

"아니 잠깐만요. 그럼 아까 일이 있다고 나간 이유가 제 옷을 사기 위함이었다고요?"

"그럼 지금 그 옷으로 황제 폐하를 뵈려고 했나? 그렇게 나를 싫어할 줄은 몰랐는데……."

"아, 아니 그런 뜻이 아니잖아요."

루미아는 억울하다는 듯 눈썹을 휘며 고개를 저었다. 알렌이 돌아가고 난 뒤, 이 남자. 자꾸만 그녀를 곤란하게 만든다. 마치 심통이 난 어린아이처럼.

"그래요. 옷을 산 이유는 이제 알겠어요. 그런데 그 양이 너무 많지 않나요?"

"이런 일이 한두 번이 있을 것도 아니고 다음을 대비해 미리 사놓는 것도 좋지. 너도 그런 일은 귀찮아하지 않나."

"그렇긴 하지만……."

루미아는 이미 공방 한쪽을 모두 채운 상자들을 질린 듯이 바라봤다.

'아무리 그래도 족히 100상자는 되어 보이는데, 이건 너무 심하잖아!'

아마 다 입어 보지도 못할 것이다. 루미아는 그렇게 생각하며 어깨를 축 늘어뜨렸다.

그런데.

"저어, 공작님. 이것들은 어디에 놓을까요?"

그것이 끝이 아니었다.

"탁자 위에 올려 두어라."

"알겠습니다."

루미아는 건장한 두 남자가 낑낑대며 들고 오는 상자를 멍하니 바라봤다.

얼마나 양이 많은지, 살짝 열린 상자에서 눈을 멀게 할 정도로 반짝이는 액세서리들이 고개를 빼꼼 내밀었다.

"저, 저것들은 또 뭔데요?"

"최소한의 예의를 지키려면 간단한 액세서리 한두 개쯤은 둘러야 한다고 들었다. 내일 입을 옷에 맞춰 적당히 골라 쓰면 되겠군."

어버버.

대체 언제부터 최소한의 예의가 반짝반짝 보석이 되었을까? 루미아는 떡 벌어진 입을 채 다물지 못하며 두 눈을 비볐다. 하지만 아무리 현실을 부정하려 해도 눈앞의 상황은 달라지지 않았다.

'몇 개 팔아서 빚 갚는 데 써도 되겠네. 응. 티도 안 날 것 같아.'

루미아는 멍하니 보석 상자를 바라봤다. 하지만 마침 카르반이 그녀의 속내를 알아보기라도 한 듯, 이렇게 말하는 것이었다.

"참고로 이것들은 베르사모 공작가의 '자산'이니 함부로 다른 사람들에게 물건을 팔아서는 안 된다. 혹시 딴생각을 품고 있는 것은 아니겠지?"

"무, 물론이죠! 저는 그런 나쁜 생각을 눈곱만큼도 하지 않았어요!"

"……."

카르반의 한쪽 눈썹이 들썩거렸다. 도둑이 제 발 저리다고, 루미아는 급히 눈알을 굴리며 휘파람을 불었다. 그 행동에서 그녀의 속내를 어느 정도 파악한 카르반은 피식. 바람 빠지는 소리를 냈다.

"그럼 시작해 볼까?"

"네? 무얼 말이죠?"

뭔가 불안함을 느낀 루미아가 고개를 갸웃거렸다. 그에 어리둥절한 낯을 띤 카르반이 그녀와 같은 방향으로 고개를 갸웃거리며 입을 열었다.

"파티에 입고 갈 옷을 골라야 할 것 아닌가? 내가 도와줄 테니 일단 마음에 드는 옷을 골라 봐라."

"엥?"

순간 당황한 루미아는 입술만 뻐끔거린 채 그를 바라봤다. 뒤에 있던 마크가 이마를 짚는 것을 보아 그녀가 이상한 것은 아닐 터.

"왜 그러지? 자랑은 아니지만, 황제 폐하께 뛰어난 미적 감각을 지녔다고 칭찬을 받은 실력이다. 옷을 고르는 데에 부족함은 없을 터."

"……."

뛰어난 미적 감각이라니. 설마 그 미적 감각이라는 것이 공방 내에 있는, 각양각색의 가구들을 고른 실력은 아니겠지.

아니, 그보다 지금 루미아가 주목해야 할 점은 그런 것이 아닌, 그가 '직접' 그녀의 옷을 골라준다는 것이다.

"시녀들을 시켜도 될 일인데 왜 굳이……."

그와 그녀의 관계는 단순한 계약 관계일 뿐이다. 즉, 이렇게 직접 나서서 옷을 골라줄 만큼 그리 친밀한 관계는 아니란 뜻이다.

그 사실을 가장 잘 알고 있을 사람이 굳이 시간을 허비해서 여인의 옷을 골라준다? 의문이 드는 것은 당연한 순서다.

"……그렇지. 그런데 왜……."

'아무런 위화감도 느끼지 못했지?'

조용히 뒷말을 삼킨 카르반은 혼란스러운 감정을 느꼈다.

사실 저 많은 옷을 보여주었을 때는 내심 그녀가 기뻐할 것이라 확신했었다. 보통 귀족 여인들은 그런 것들을 좋아한다고 들었으니까.

그래서였을까? 부담스럽다는 듯이, 또 난감하다는 듯이 낯을 굳혔을 때는 저도 모르게 심술이 났다. 공작가의 '자산'이니 뭐니 떠들어댄 것은 그런 이유에서였다.

왜 심술이 났는가? 그 낯설기 짝이 없는 감정을 느낀 이유는 저도 모른다. 또한, 아무런 생각도 거치지 않은 채, 그녀의 옷을 직접 골라주겠다는 말을 입에 담은 이유 역시 알 수가 없었다.

'그냥 그러고 싶었다.'

현재 그가 내릴 수 있는 답에 가장 가까운 말이었다. 그냥 이곳에 좀 더 오래 있고 싶었고 그녀에게 어울리는 옷 또한 직접 고르고 싶었다.

그리고 지금, 이 순간. 어째서인지 난롯불 앞에서 무방비한 모습으로 잠이 든 그녀의 모습이 눈앞에 스치듯 선명하게 떠올랐다.

"이, 이만 가보겠다!"

불에 덴 듯 화들짝 놀란 카르반이 빠르게 문고리를 잡아당겼다. 그에 멍하니 서 있던 마크가 허둥지둥 고개를 숙인 뒤, 주인의 뒤꽁무니를 좇아 사라졌다.

"으, 응?"

정말 순식간이었다. 어느새 깊은 적막 속에 혼자 남겨진 그녀는 어리둥절한 얼굴로 두 눈을 끔뻑였다.

언뜻 본 그의 귓불은 붉게 달아올라 있었던 것 같았다.

"으, 추워."

날씨는 아직 추웠다. 두꺼운 숄을 두르고는 있어도 닭살이 돋았으며 내뱉는 숨에서는 하얀 입김이 만들어졌다.

'그래도 이제 곧 봄이니까.'

머지않은 미래를 그리던 루미아는 서둘러 눈에 보이는 마차에 들어섰다. 곧 봄이 올 것으로 생각하니 오들오들 떨리는 살갗이 조금은 차분해졌다.

"……."

"……."

마차 문을 벌컥 연 루미아는 순간 움찔했다. 따뜻한 마차 안에는 이미 멋지게 차려입은 선객이 자리를 차지하고 있었기 때문이다.

카르반 베르사모 공작.

안 그래도 침을 뚝뚝 흘리게 만드는 그의 외모는 새까만 제복을 입어서 그런지 금욕적인 분위기가 플러스가 되어 더욱 위험하게 변해 있었다.

루미아는 그런 그를 보며 마차에 오르려던 동작 그대로 멈춰버렸다. 그렇게 의도치 않은 얼음땡 놀이를 하는 동안 카르반 역시 아름답게 치장한 루미아를 바라보았다.

뭐, 두 사람의 차이점이 있다면 루미아는 그 뒤로도 한참이나 그의 얼굴을 바라보았다는 점과 카르반은 그 반대로 그녀의 얼굴을 제대로 마주하지 못한 채 재빨리 고개를 돌렸다는 점이랄까.

'앗. 내 정신 좀 봐. 하마터면 추태를 보일 뻔했네.'

뒤늦게 정신을 차린 루미아가 크흠! 헛기침을 뱉으며 마차에 탔다. 평소와 달리 날이 서 있지 않는 모습에 더욱 긴장을 풀어버리고 말았다.

"급한 일은 잘 마무리되셨나요?"

"……그래."

무언가 찔리는 듯. 미미하게 어깨를 떤 카르반이 천천히 고개를 끄덕였다. 그에 루미아는 환하게 웃으며 자리에 앉았다.

"다행이네요!"

"?"

'화를 내지 않는 건가?'

제가 생각해도 그때의 그는 참 뜬금없었다. 그런데도 저런 해사한 반응이라니…….

카르반은 괜히 착잡해지는 것을 느끼며 앞을 바라보았다. 그리고 싱긋 올라간 입꼬리에 시선을 뺏긴 그는 잠시 넋을 놓은 얼굴로 루미아를 응시했다.

평소에는 대충 묶었던 포니테일을 지금은 예쁘게 말아서 올려 두었다. 그녀의 동그랗게 말려 올라간 머리에는 전날 그가 주었던 보석 중 하나가 다소곳하게 장식되어 있었다.

덕분에 훨씬 빛나는 그녀의 외양과 아름다운 미소는 카르반에게 매우 충격적으로 다가왔다.

그뿐만 아니라 그녀가 입고 온 옷 역시 무척 잘 어울렸다. 새하얀 숄로 어깨를 가리고 있었지만, 살짝 드러난 목선은 난롯불에 비친 그때와 같이 고왔다. 쇄골 아래로 떨어지는 순백의 천은 또 어떻고? 새하얀 옷감은 그녀의 흰 피부를 더욱 도드라지게 했으며, 옅게 화장을 했는지 아니면 추위 때문에 그런지 그녀의 볼은 복숭앗빛으로 예쁘게 물들어 있었다.

온통 새까만 복장의 그와 지극히 상반되는 복장. 하지만 그래서인지 더더욱, 자신과 그녀의 옷을 일부러 맞춘 것 같다는 생각이 들었다.

그래. 마치 연인 사이처럼.

'잠깐. 내가 지금 무슨 생각을……!'

순간 움찔한 카르반은 황급히 고개를 저었다. 당혹스러우리만치 황당한 망상에 요즘 들어 자꾸만 이상 증세를 보이던 온몸에 열이 오르기 시작했다. 그리고 그 열은 안 그래도 따뜻한 마차 내부를 더욱 후끈하게 달아오르게 했다.

"어? 카르반. 호흡이 가빠요. 혹시 어디 아픈 거예요?"

나무를 만지고 있다고는 절대로 생각이 들지 않은 가녀린 손이 불쑥 다가왔다. 정신이 없는 틈을 타 어느새 그의 어깨를 톡 건드린 루미아는 탁! 소리가 나게 내쳐진 제 손을 보고는 두 눈을 끔뻑였다.

"미안하군. 누군가 내 몸에 손을 대는 걸 좋아하지 않아."

"아…….."

저도 모르게 손을 내친 카르반은 새빨갛게 열이 오른 얼굴을 감추며 입술을 꾹 깨물었다. 그리고. 당장 날아올 원망스러운 시선을 견디기 위해 마음을 굳게 먹었다.

하지만 그의 생각과 다르게 그녀는 다 이해한다는 듯 고개를 끄덕이는 것이 아닌가?

"사람마다 다 싫어하는 것이 있기 마련이죠. 다음부터는 조심할게요."

그러면서 옆에 세워둔 검집을 힐끔 쳐다보는 것이다. 카르반은 이 기묘하게 흘러가는 상황에 고개를 갸웃거리며 루미아를 살폈다. 하지만 그녀는 이미 창밖을 향해 고개를 돌려버린 후였다.

"……."

더는 그녀의 표정을 살필 수 없었던 카르반은 혼란스러운 마음을 다스리기 위해 두 눈을 감아버렸다. 그리고 얼마나 지났을까.

'자나? 자는 건가?'

창밖을 열심히 쳐다보는 척을 하던 루미아는 잠잠해진 그를 힐끔힐끔 쳐다봤다. 다행히 두 눈을 감고 있는 그는 조금 전에 있었던 일에 대해 크게 신경 쓰지 않는 기색이다.

그리고 루미아의 절규가 시작됐다.

'멍청이! 어릴 적부터 수많은 암살을 겪은 사람을 놀라게 하다니. 대체 왜 그런 거야! 당연히 누가 몸에 손대는 것을 싫어하겠지!'

루미아는 속으로 자기 자신을 꾸짖으며 울상을 지었다.

어째 황궁으로 가는 길이 길게만 느껴지더니. 돌아오는 길도 꽤 고단할 것 같다.

6. 당신을 위해서

히히힝——

"도착했습니다요!"

마차가 멈추고 문이 열렸다. 가장 먼저 내린 사람은 위에서부터 아래까지 새까맣게 도배를 한 카르반이었다. 평소 분위기를 되찾은 그는 마부에게 고개를 한 차례 까딱이더니 다음 내려올 사람을 기다렸다. 하지만 그의 몸은 그렇지 않은지 오른손이 자꾸만 움찔거렸다.

실제로 신체 접촉을 극도로 꺼리는 그다. 그런데 당장이라도 여인을 에스코트할 것처럼 어중간하게 올라간 손이라니…….

순간 그는 적잖은 충격을 받았다.

나빅——

"후. 드디어 도착했네요."

그리고 그런 그의 모습을 뼛속 깊이 착각한 루미아는 매우 씩씩하게도, 혼자 마차에서 내려왔다. 아직 마부가 계단을 준비하지 못한, 아주 짧은 시간 사이에 벌어진 일이었다.

카르반과 마부는 깜짝 놀란 듯, 태평하게 치맛자락을 터는 루미아를 바라봤다. 마차 문턱과 바닥과의 높이가 꽤 큰데도 그녀는 아무렇지 않은 모습이다. 구두를 신고 있어서 발바닥이 무척 아플 텐데도 말이다.

이동식 계단을 들고 있던 마부는 머쓱했는지 뒤통수를 벅벅 긁었다. 그리고는 작게 감탄사를 연발하며 카르반 가까이 다가갔다.

"역시 보통 아가씨가 아닌 것 같습니다요. 우리 공작님 홀랑 잡아먹을 상이라니까요?"

"그게 무슨 소리인가?"

"헤헤~ 그만큼 당차다는 소리라요."

그렇게 말한 마부는 아무것도 아니라는 듯 고개를 설레설레 젓고는 마차를 출발시켰다. 꽁지가 빠져라 도망가는 마차를 뚫어져라 쳐다보던 카르반은 이내 한숨을 푹 내쉬며 고개를 돌렸다.

"우와아. 역시 황궁이라서 그런가? 바닥이 전부 대리석이에요!"

촌티를 팍팍 내는 여인을 보자 다시금 한숨이 새어 나올 것 같은 기분이다.

"길 잃는다. 내 뒤만 따라와."

"제가 무슨 애도 아니고."

루미아는 툴툴거리면서도 카르반의 뒤를 졸졸졸 잘만 따라다녔다. 그 모습이 조금 어이가 없었던 카르반은 왠지 모르게 샛노란 병아리가 떠올랐다.

'뭔가 닮은 것 같기도.'

쓸데없는 생각을 하니 어느새 응접실에 도착했다. 카르반은 루미아를 힐끔 쳐다보고는 천천히 닫힌 문을 열었다.

그리고.

"오오! 드디어 도착했군!"

화려한 중년 미남이 버선발로 뛰어나왔다. 마치 기다렸다는 듯이 뛰어오는 것에 당황하기도 잠시. 루미아는 크게 뜬 눈으로 저를 빤히 쳐다보는 미중년의 시선에 진짜 부담스러움이라는 것은 바로 이런 것이라는 걸 몸소 깨달았다.

"아니, 자넨 누군가?"

화려한 미중년이자 이 나라의 황제, 바르콘 팔데윈 엘리아스가 루미아 못지않게 당황한 낯을 띄웠다.

그도 그럴 게 무려 카르반 옆자리에 아주 당연하다는 듯이 서 있는 여인이다. 낯가림이 심하다 못해 낯선 사람을 극도로 경계하는 사람이 자기 옆에 딱 달라붙어 걷는 존재를 모를 리가 없고. 그렇다면 남는 것은 그가 직접 데려온 사람이라는 건데, 오늘 약속에 카르반이 데려올 사람은 현재 제국 귀족들 사이에서 뜨거운 감자로 떠오르는 '천재 목수' 밖에 없었다.

하지만 아무리 봐도 그녀는…….

'목수……. 일 리가 없지 않은가!'

어느 귀족 영애로 보이는 그녀는 동그란 눈과 가녀린 몸 때문에 무거운 망치는 고사하고 손에 물 한 방울 묻히지 않을 것 같았다. 게다가 척 보기에도 값비싼 원단으로 보이는 드레스를 걸치고 있는 것을 보아, 절대 일반 귀족은 아닌 듯한데 도대체 어느 집 귀족의 자제인지 알 수가 없었다.

즉, 얼굴만 보고선 그녀가 어떤 가문의 귀족인지 전혀 알아차릴 수 없다는 뜻이다.

이것은 제국 귀족들은 물론이고 방계 귀족의 신상 정보까지 꿰고 있는 바르콘에게 매우 불명예스러운 일로 다가왔다. 그런데 그 찡그려진 얼굴을 어떻게 해석한 건지 루미아가 황급히 예를 갖췄다.

"제국의 태양을 뵙습니다. 황제 폐하의 초대를 받고 이렇게 찾아왔습니다."

"으응?"

순간 이해할 수 없는 말에 황제, 바르콘은 미간을 좁혔다.

지금 내가 무슨 말을 들은 걸까. 내 초대를 받았다니. 나는 저 여인을 초대한 적이 없는데?

갖가지 상념이 머릿속을 어지럽혔다. 저 귀엽게 생긴 여인의 말에 따르면 자기 자신이 바로 소문의 천재 목수라는 것인데…….

'아니, 아무리 생각해도 이건 무리수이지 않은가?!'

가녀린 몸은 둘째 치고 힘든 일이라곤 절대 하지 않았을 법한 귀족 영애. 망치보다 아름다운 드레스가 더욱 어울리는 저 여인이 제국에서 가장 힘든 직업 베스트 5위 안에 속한 목수라고?

말도 안 되지!

"혹, 내게 장난을 거는 건가? 나이가 들수록 점점 숫기가 없어져 걱정했는데 드디어……."

"폐하. 현실을 부정하지 마십시오."

"으음."

보다 못한 카르반이 인상을 굳혔다. 그 단호해도 너무 단호한 말에, 바르콘은 더는 반박을 하지도 못했다.

사실 그가 제 앞에서 거짓말을 하지 않으리란 것은 그 누구보다 잘 알고 있는 사항이었다.

부모를 잃고 태풍 속의 낙엽처럼 이리저리 흔들릴 때. 그 대역을 해 준 사람이 다름 아닌 그였으니까.

카르반이 끔찍한 현실에 못 이겨 가라앉으려 할 때. 지체

없이 손을 내밀어준 사람이 바로 바르콘, 그였으니까.

카르반에게 바르콘은 또 하나의 가족이었다. 그저 친척 관계라는 이유에서가 아닌, 좀 더 끈끈한 유대감이 존재하는 사람이었다. 그런 그에게 카르반이 거짓을 고할 리가 없었다. 그리고 그것은 바르콘 또한 포함되는 말이었다.

"하지만 아무리 생각해도 여인의 몸으로 그 힘든 일을 한다는 것이⋯⋯."

"호두나무."

그때 바르콘의 말을 자르고 누군가의 목소리가 끼어들었다. 슬쩍 옆을 보니 문제의 여인이 응접실 한가운데에 자리한 테이블을 가리키며 의외라는 듯이 고개를 갸웃거리고 있었다.

"저 테이블. 호두나무로 만든 것 맞지 않나요?"

"아니, 어떻게 그걸?"

바르콘은 이 테이블을 구매하기 전, 이미 어떤 재료로 만들어졌는지 확인한 바가 있었다. 때문에 더욱 믿을 수가 없었다.

이미 가공한 나무를 알아보는 것은 그리 쉬운 일이 아니니까.

"검붉은 색을 띠는 나무는 한둘이 아닐 텐데?"

자세히 살펴보지 않으면 아무리 실력이 뛰어난 목수라고 해도 쉽게 판별할 수 없다. 하지만 그건 어디까지나 일반적으로 뛰어난 목수에게 포함되는 이야기. 그 일반적인 범주에 포함되지 않는 루미아는 싱긋 웃으며 반가운 기색을 띠었다.

앞서 이야기한 것도 이유가 되지만, 무엇보다도 저 테이블은 그녀가 '직접' 만든 작품이었다. 즉, 모르려야 모를 수가 없는 것이다.

"3년 전, 8월 여름에 출시된 L 시리즈 중 하나죠. 제작 기간은 1개월. 간만에 제작자가 심혈을 기울여 탄생한, 최상 등품에 속하는 가구이죠. 금액은 27골드. 지금껏 시중에 나왔던 L 시리즈 중 가장 비쌌지만, 가장 최단시간에 팔렸던 것으로 기억해요."

순간 정적이 흘렀다. 멀리 떨어진 가구의 원목 종류를 알아낸 것도 놀라운데 제작자, 가구의 가격. 그리고 당시 테이블이 팔렸을 때의 상황까지 줄줄이 꿰고 있다니?

"허허. 코랄 부인에 버금가는 가구 매니아가 여기에 또한 명 있었구먼. 이렇게나 자세하게 읊어댈 줄은……."

"죄송하지만 단순한 가구 매니아가 아니랍니다. 저 가구는 제가 직접 만든 거거든요."

"……."

헛웃음을 뱉던 바르콘은 곧바로 입을 다물었다. 그도 그럴 게 소문의 그 천재 목수가 10년 전 돌연 제국 내를 발칵 뒤집었던 'L' 제작자란다.

그렇다. 무려 10년 전. 지금 그녀가 갓 성인식을 치른 나이라 치면 도저히 상상할 수 없는 나이부터 가구를 만들어 왔다는 것이 된다!

"어떻게 그런!"

"그 심정 이해합니다만, 이미 확인된 사실입니다."

"크헉!?"

2차 충격을 받은 미중년이 한 차례 비틀거렸다. 순간 안타까운 마음이 들었지만, 여기서 무얼, 어떻게 하랴. 한쪽 뺨을 긁적인 루미아는 그저 머쓱한 표정을 지을 뿐이다.

"아, 아니! 이럴 게 아니라 어서 앉으시게! 내, 자네를 오해하려고 한 것은 아니고 그저!"

"괜찮습니다. 그보다 소개가 늦었죠?"

끙끙거리며 무슨 말이라도 하려던 그의 얼굴이 확 밝아졌다. 다행히 'L' 제작자는 뛰어난 실력만큼 마음씨도 고운 듯했다.

하지만 작은 안도도 잠시.

"루미아 애클렌입니다. 잘 부탁드려요."

"!!!"

애클렌 가문이라면 설마 그?

3차 충격을 받은 바르콘은 결국 체통을 지키지 못한 채, 입을 떡 벌리고 말았다.

"이런 이런. 내, 실례가 많았네. 'L' 제작……. 아니, 천재 목……. 아, 아니. 루미아 애클렌 양."

"아하하."

소파에 기대어 찻잔을 손에 쥔 루미아는 어색한 웃음을 흘렸다. 무려 황제 폐하라는 자가 이리도 말조심하는 것에 의아함을 품었지만, 그 의문은 그리 오래 지나지 않아 깔끔하게 풀렸다.

"사인 좀 해 주겠나?"

"물론이죠."

순순히 고개를 끄덕이자 바르콘의 두 눈에 행복함이 떠올랐다. 이윽고 건네준 양피지에 지구에서 사용하던 사인을 휘갈긴 루미아는 한숨을 푹 내쉬었다.

'지고하시고 고귀하신 폐하께서 내 팬이었다니.'

사실 놀라지 않았다고 하면 그건 거짓말이었다. 그저 가구를 만들어 팔았을 뿐인데 이리도 깊은 층의 팬이 존재하고 있었을 줄은……. 게다가 그 존재가 바로 다른 누구도 아니고 제국의 최강 보스라니!

당시 평민층과 낮은 계급의 귀족들을 노렸던 루미아에게 이 부분은 꽤 의외로 다가올 수밖에 없었다.

'아무리 그래도 황족의 눈에 들어찰 줄은 몰랐는걸. 대리

석이나 황금으로 만든 것을 좋아할 줄 알았는데.'

그는 황궁 내에 'L' 시리즈 가구를 무려 13점이나 보유하고 있다고 했다. 지금껏 만들었던 가구가 100점이 채 되지 않았다는 점과 가구를 내놓는 시기가 불규칙하다는 점을 고려하면 상당히 많은 것을 소유하고 있는 셈이었다.

그리고 굳이 표현하지는 않았으나, 제국의 최상층에 있는 사람에게 인정받았다는 사실은 무척 기쁜 일이었다.

"여기, 사인이요."

"흠흠, 고맙네."

그녀가 준 양피지를 곱게 접은 바르콘은 품에 잘 갈무리하며 인상을 바꿨다. 아무리 헤픈 모습을 보였다고 하지만 엄연히 그는 제국의 황제. 본론으로 들어설 때가 되자 그는 진지한 낯으로 두 사람을 응시했다.

"그러니까 얼굴을 알리고 싶다 했던가?"

"그렇습니다."

사실 황제의 초대를 받았을 때 카르반은 지금이 '천재 목수를 귀족들에게 널리 알릴 기회'임을 알고 있었다. 처음부터 그것을 노린 것이기도 했고 말이다. 물론 바르콘이 루미아를 마음에 들어 하지 않으면 거래의 조건을 충족할 다른 대가를 주어야만 했겠지만, 예상했던 대로 그런 일은 벌어지지 않았다.

"좋네. 마침 이틀 뒤에 우리 아들 생일이기도 하거니와

나 또한 자네의 일이 잘 풀렸으면 하니."

"황태자님의 생신이요?"

루미아의 입이 살짝 벌어졌다. 황가의 단 하나의 핏줄, 황태자의 탄신일이 이제 곧이라니! 어쩜 시기를 잘 맞춰도 이리 잘 맞출 수 있을까 싶다. 하지만.

"그렇지만 황태자님의 생신이지 않나요? 주인공보다 다른 이가 더 눈에 띄는 건……."

"괜찮네! 어차피 그 녀석은 그런 것을 별로 신경 쓰지 않거든. 껄껄껄!"

껄껄 웃으며 대수롭지 않다는 듯 말하는 모습에 루미아는 내심 당황했다. 아무리 그래도 아들의 생일인데. 폐를 끼치는 건 아닐까 걱정이다.

'그나저나 황태자의 생일이 이번 파티의 주체라면 생일 선물을 준비해야겠네.'

루미아는 잠시 고민을 하며 턱 밑을 짚었다. 걱정되긴 하지만 이왕 황제가 이번 기회를 마음껏 이용해라 했으니 황태자의 생일 선물 또한 기회로 만드는 것이 좋았다.

'역시 가구이려나?'

이틀. 단 이틀 만에 황태자와 귀족들의 눈을 사로잡는 가구를 만들어야 했다. 그러기 위해서는 그냥저냥 평범한 것으로는 씨알도 먹히지 않을 터. 그렇다면…….

"자자~ 생각은 나중에 하는 것으로 하고 지금은 먼저 해야 하는 것이 있지 않은가?"

"???"

자리에서 벌떡 일어난 바르콘이 예의 화려한 미소를 띠우며 다가왔다. 카르반은 그 모습을 보며 불쾌한 듯 낯을 굳혔지만, 이내 어쩔 수 없다는 듯 한숨을 내쉬었다. 그리고는 이렇게 말하는 것이었다.

"뭐, 나쁘지는 않을 거다."

"네? 그게 무슨……."

짝짝! 상황을 이해하기도 전에 들려오는 박수 소리에 굳게 닫혀 있던 문이 열리며 시녀들이 들이닥쳤다.

그리고.

"귀한 손님이다. 최고의 대접을 해 주어라!"

루미아는 당황한 얼굴 그대로 시녀들의 손에 의해 끌려 나갔다.

"하……. 피곤해."

드넓은 방 안에 홀로 남겨진 루미아는 고개를 푹 숙였다. 그동안 제게 일어났던 일들을 생각하니 한숨이 절로 나올 것 같았기 때문이다.

그날, 갑작스레 들이닥친 시녀들에게 속절없이 끌려간

루미아는 영문도 모른 채 수증기가 가득한 공간에 떨궈졌다. 딱히 해가 되는 일을 당한 것은 아니지만, 당황스러웠던 루미아는 털이 바짝 선 고양이처럼 주변을 획획 둘러보았다.

발바닥에 착 감기는 축축한 타일에 중력을 따라 떨어지는 거대한 물줄기. 그녀가 끌려온 곳은 다름 아닌 화려함의 극치를 달리는 개인용 목욕탕이었다.

"으앗! 이게 무슨!"

감상에 젖을 시간도 없이 옷을 벗기는 손에 기겁했다. 소리를 질러도 소용이 없었다. 찰박거리며 물이 튀는 것을 느끼며 짧게나마 반항했지만, 기어코 그녀의 몸에 둘린 드레스는 시녀들의 손에 벗겨졌다.

그들의 손은 정말 빨랐다. 아무리 귀족이라고 해도 지금까지 타인의 손을 빌려서 씻은 적은 단 한 번도 없었던 그녀였다. 때문에 수치심을 느낄 법도 하건만, 그럴 새도 없이 이리저리 바쁘게 굴려졌다.

즉, 황제 폐하가 말씀하신 '최고의 대접'을 온몸으로 느끼게 된 것이다.

반강제적이긴 했지만 말이다.

하지만 일은 거기서 끝이 아니었다. 몸은 노곤하지만, 피로해진 정신으로 조금 늦잠을 자버린 루미아는 다음날에도 눈코 뜰 새도 없이 바쁜 하루를 보내야 했다. 파티 때 입을 드레스 선정과 보석. 그리고 전날 다 하지 못한 피부 관리 및 마사지를 마저 해야 한다는 이유로 말이다.

결국, 그녀는 황태자에게 줄 선물을 생각할 시간도 없이 이틀이란 시간을 허무하게 날려버렸다.

"큰일이네. 이러면 황제 폐하가 주신 기회를 날려 버린 거나 마찬가지잖아!"

소리를 빽! 지르며 아름답게 세팅된 머리를 부여잡으려던 루미아는 혹, 무시무시한 시녀 군단들이 다시 들이닥칠까 봐 얌전히 손을 내려놓았다. 덕분에 어디에도 해소되지 못한 스트레스는 점점 Max를 향해 달려가고 있었다.

똑똑――

"앗."

결국, 옆에 있던 베개를 향해 주먹을 내지르던 루미아는 흠칫! 어깨를 떨었다. 혹시 황제 폐하를 원망하는 마음의 소리가 입 밖으로 나간 건 아닌지 노심초사하며 말이다.

"누구세요?"

흐트러진 옷매무새를 단장하며 슬쩍 문을 연 루미아는 두 눈을 크게 떴다. 장장 이틀 동안이나 자신을 내팽개친 배신자. 카르반이 당당히 모습을 드러냈기 때문이다.

"어딜 그렇게 있다가 이제 오셨나요?"

"……."

루미아는 붉게 물든 입술을 삐죽이며 멋들어지게 옷을 차려입은 카르반을 바라봤다. 물론 그를 바라보는 데에는 꽤 많은 심력이 요구되었다.

'아이고! 눈부셔라!'

안 그래도 빛이 나는 사람한테 깔끔한 정장룩까지 입히니 실명될 것 같았다. 살짝 뒷걸음질 친 그녀는 툭 튀어나온 입을 슬며시 집어넣었다. 시녀 군단에 둘러싸여 마사지 고문을 받을 동안 코빼기도 보이지 않은 점은 괘씸했지만, 생각해 보니 연인도 아니고 담백한 계약 관계인 사이에 너무 건방졌던 것 같다.

절대 그의 빛나는 외모에 화가 풀려서가 아니다. 루미아는 그렇게 고개를 주억거리며 한 걸음 뒤로 물러났다. 방금 내가 한 말은 잊고 어서 들어오라는 뜻이었다.

"카르반?"

하지만 그런 그녀의 배려에도 불구하고 그는 마치 돌덩이가 된 것처럼 딱딱하게 굳은 채 움직일 생각을 않았다.

"뭘 그렇게 멍하니 생각하고 계세요? 어서 들어오세요."

"아."

보다 못한 루미아가 부르자 몽롱하게 풀어진 두 눈에 초점이 돌아왔다. 뒤늦게 정신을 차린 카르반은 공작저에 있을 때와 달리 더욱 빛이 나는 그녀의 피부를 보며 입매를 굳혔다.

공작저에 있을 때의 모습과 황궁에 있는 그녀의 모습이

차이가 난다. 이 사실은 그만큼 공작저에서의 대우가 황궁보다 한참 떨어진다는 것을 의미했다.

여기서 카르반은 왠지 모를 패배감에 눈가를 찌푸리며 그녀에 대한 대우를 다시 고지해야할 필요성을 느꼈다.

"이제 곧 입장할 시간이죠?"

"그래. 준비가 다 됐다면 우리도 이만 출발하도록 하지."

"아! 잠시만요!"

저를 제대로 바라보지 않는 시선에 고개를 갸웃거린 루미아는 다급히 그의 발길을 저지했다.

"황태자님께 드릴 선물을 아직 준비하지 못했어요!"

"그건 걱정하지 않아도 된다. 선물은 이쪽에서 준비해놨으니까."

뭘 그런 걸 가지고 걱정하느냐는 듯 팔짱을 낀 그가 한 차례 어깨를 들썩였다. 그에 왠지 그의 등 뒤로 돈다발을 펄럭이며 거만한 자세를 취한 금수저의 환영이 보이는 듯했다.

"그러네요. 제가 괜한 걱정을 한 것 같네요."

확실히 황제 다음으로 엄청난 재력가인 공작에게 그런 걱정은 코미디적인 느낌이 다분했다. 뭐, 직접 만든 가구로 사람들의 시선을 끌 수는 없게 된 점은 아쉬웠지만, 그래도 이번 기회를 잘만 이용한다면 꽤 많은 고객을 자신의 휘하에 끌어들일 수 있을 것이다.

그 점을 위안 삼은 루미아는 기분 좋은 미소를 걸쳤다.

전투복도 잘 차려입었겠다. 이제 전장에 돌입해야 할 시간이다.

눈이 아플 정도로 반짝이는 샹들리에. 귀가 아플 정도로 시끄러운 귀족들의 웃음소리. 고상한 전쟁을 방불케 하는 잘 꾸며진 공간 앞에 두 개의 인영이 들어섰다.

그리고.

웅성웅성——

얼마 지나지 않아 입구에 자리한 무리를 시작으로 파도처럼 소란스러움이 퍼져나갔다. 그들은 하나같이 모두 방금 들어선 한 커플에 시선을 집중시켰는데, 마치 천생연분처럼 잘 어울리는 선남선녀의 등장에 눈이 호강하는 기분이었다.

"어머. 저분은 베르사모 공작님이 아닌가요? 파티라면 질색하던 분이 이곳엔 왜……."

"다른 것도 아니고 황태자님의 탄생일이잖아요. 그것보다 저기 좀 보세요! 공작님 옆에 딱 달라붙어 있는 저 영애 말이에요!"

"호오. 대단히 아름다운 여인이로군. 저렇게 눈에 띄는 외모라면 내, 모를 턱이 없는데 대체 누구지?"

한 귀족이 홀린 듯 중얼거리자 다른 사람들 또한 마른침을 꿀꺽 삼켰다.

새하얀 목선을 드러내고 커다란 눈을 접어 미소 짓는 여인은 마치 천상에서 내려온 천사 같았다. 흔하기로 유명한 갈색 머리카락은 풍요로움과 따뜻한 포용을 대표하는 대지의 여신을 연상케 했고 영롱하게 반짝이는 눈동자는 바다. 그러니까 물빛에 더욱 가까운 에메랄드빛 바다를 담고 있었다.

게다가 화려함과 거리가 멀어 대부분 귀족이 피하는 색 중 하나인 크림색 드레스를 완벽하게 소화하는 모습이라니. 은연중에 풍기는 고아한 분위기와 어우러져 보호 본능을 절로 일으키는 모습에 수많은 남정네. 특히 젊은 영식들의 가슴에 불이 지펴졌다.

꿀꺽——

하지만 그들은 섣불리 다가갈 수 없었다. 그도 그럴 게 혜성처럼 등장한 천사의 옆에는 싸늘한 냉기를 풀풀 풍기는 카르반 베르사모 공작이 있었다. 마치 그들을 경계하듯 날카롭게 쏘아보는 모습에 가까이 다가가려던 영식들은 조용히 눈을 내리깔 수밖에 없었다.

저토록 아름다운 여인 옆에 냉혈한으로 유명한 카르반 베르사모 공작이라니?

꼭 마왕에게 붙잡힌 가녀린 천사 같지 않은가!?

이렇듯 마왕에게 패배한 용사의 심정을 느끼는 자들이 있

지만 시뻘건 눈을 번뜩이는 자들도 있었으니…….

"저 여자는 대체 누구죠? 처음 보는 걸 보아, 갓 데뷔한 영애이거나 처음 수도로 상경한 방계의 귀족처럼 보이는데. 그런데 그런 자가 어떻게 공작님의 옆에서 파트너 노릇을……!"

바로 몇 번이나 카르반에게 퇴짜를 맞고 멀리서 맴돌기만 하던 가련한 여귀족들이었다.

"카, 카르반 공작님께 파트너라뇨!?"

"이럴 수가. 말도 안 돼……."

"아앗! 현기증이!"

그렇다. 냉혹하기로는 한 겨울의 칼바람보다 더한 그가. 목석인가 의심이 될 정도로 다가오는 여자는 모두 환멸스러운 얼굴로 내쫓은 그가! 무려! 어디서 굴러먹다 왔는지도 모를 여인을 옆에 끼고 나타났다!

순간 많은 여인이 몸을 휘청거렸다. 개중에는 손수건을 꺼내 있는 힘껏 물어뜯는 여인도 있었다.

"으으. 엄청난 눈빛."

루미아는 그 수많은 여인의 시선을 한 몸에 받으며 등골이 오싹해지는 것을 느꼈다. 그리고는 현재 그녀의 팔을 다정하게 감싸고 있는 단단한 팔뚝을 게슴츠레한 눈으로 노려보았다.

원래 루미아는 그와 다정하게 팔짱을 낄 생각이 없었다.

아니, 아예 그런 생각을 하지 못했다는 것이 더 알맞았다.

마차에서 그녀의 손을 내쳤던 것처럼 카르반은 누군가와 몸이 닿는 것을 끔찍이도 싫어했다. 물론 당시에는 너무 놀란 나머지 저도 모르게 내쳤던 것이었지만, 이를 알 리가 없는 루미아는 오히려 그의 안타까운 과거를 이해하며 최대한 아무렇지 않은 티를 냈다.

그런데 그랬던 그가 방에서 나오자마자 그녀에게 이상한 요청을 해왔다.

'오늘 파티에서 나의 파트너가 되어주겠나?'

물론 그 말을 들었을 때는 너무 놀라 펄쩍 뛰고 말았다. 파트너라니? 파파파파트너라니! 순간 이 남자가 혹시 장난을 치는 건가 싶어서 찌릿 노려보았지만, 너무도 진지한 얼굴에 더욱더 그의 의중을 알 수가 없었다.

루미아는 미심쩍은 기분을 최대한 숨기며 질문했다. 어째서?

하지만 돌아온 대답은 너무도 일리가 있어 결국 수락할 수밖에 없었다.

'내 파트너가 되면 귀족들의 무분별한 질문을 받지 않아도 된다…… 라.'

그런데 카르반. 귀족들의 질문 응답기가 되지 않는 대신 어마어마한 연적들을 얻은 것 같은데요. 루미아는 한숨이 나오려는 입을 꾹 다물며 눈썹을 늘어트렸다.

아무래도 당분간은 몸을 사려야 할 것 같았다.

"어! 루미아잖아?"

한참 한숨을 삼키고 있을 때 멀리서 알렌이 반갑게 웃으며 다가왔다. 파티장 안에서 아는 사람 한 명 만났다고 숨통이 트인 루미아는 닿아 있던 팔을 풀고는 그를 향해 흔들었다.

마치 십년지기 친구와 같은 모습에 카르반의 인상이 찌푸려졌다.

"크~! 우리, 미아. 출세했네? 온통 네 이야기로 떠들썩하다고!"

"그 호칭. 쓰지 말라고 했을 텐데."

"앗! 그랬지 참? ……응?"

깜찍하게 혀를 베어 문 행동에 카르반의 미간이 눈에 띄게 좁혀졌다. 뭐, 여기까지는 평소 그가 도를 넘은 행동을 할 때 내보이는 모습과 같았다. 다만 그 표정이 언제나 속을 내보이지 않기 위해 부단히 애를 쓰던 귀족들 사이에서 드러났다는 것이 문제라면 문제랄까.

평소 그라면 절대 하지 않을 행동에 알렌의 두 눈이 화등잔 만하게 커졌다.

"뭐야. 갑자기 왜 그러는 거야? 잠깐. 너 설마……."

"어머. 다들 여기에 계셨군요. 모두 오랜만이에요."

"아. 코랄 부인."

미심쩍은 눈으로 무언가를 캐물으려던 알렌은 한숨을 쉬

며 뒤통수를 긁적였다. 한 곳으로 집중된 이목도 그렇고 아무래도 지금 할 이야기는 아닌 듯했다.

"호호호. 그리 오래된 것도 아닌데 오래간만에 만난 것 같네요. 그동안 잘 지내셨나요?"

"물론이에요."

저택에서 만났을 때와 달리 그녀는 범접할 수 없는 분위기를 뿜내었다. 그래서일까? 주변에는 아름다운 옷을 입은 여인들과 멋들어지게 차려입은 남자들이 기회를 엿보려 열심히 기웃거리고 있었다. 카르반이 곁에 있어서 그런지 3m 내에는 다가오지 못했지만 말이다.

"메리는 잘 지내고 있나요?"

"온종일 루미아 양을 찾는 것 빼고는 괜찮답니다."

"아하하……."

헤어지기 전, 말을 편하게 놓기로 했지만, 그 정도나 잘 따를 줄은. 루미아는 괜스레 멋쩍어지는 기분을 느끼며 고개를 끄덕였다. 그리고 그런 두 사람의 화기애애한 대화에 주변에 몰려든 귀족들이 의아함을 느꼈다.

'도대체 저 영애가 누구기에 사교계의 여왕이 저리도 친밀함을 표시하는 거지?'

물론 3m 내에 들어설 수 없었던 그들은 속으로 질문을 삼킬 뿐이었다.

"바르콘 팔데윈 엘리아스 황제 폐하와 오르칸 팔데윈 엘
리아스 황태자님께서 입장하십니다!"

집중되어 있던 시선이 다른 한곳으로 쏠렸다. 코랄 부인
과 잡담을 나누던 루미아는 수많은 시선이 제게서 거둬지는
것을 느끼며 입구 쪽으로 고개를 돌렸다.

그러자 기다렸다는 듯이 터져 나오는 웃음소리.

"허허허. 다들 즐겁게 보내고 있는 듯하군."

화려한 샹들리에 아래에 번쩍이는 아름다운 금발. 도저히
성인 아들 하나 두고 있다는 것이 믿어지지 않을 정도로 젊
은 그는 위엄 있는 모습으로 천천히 걸었다. 그리고 그런 그
의 뒤로 누가 봐도 황제의 핏줄이라고 생각될 만큼 아름다
운 외모를 지닌 남녀가 발걸음을 맞췄다.

'저 사람들이 황태자와 황녀?'

황제는 봤지만, 그 외의 황족을 처음 본 루미아가 두 눈을
빛냈다.

우선 황태자. 과연 그 유전자는 어디 가질 않는다고, 황
제의 머리카락 색을 그대로 물려받은 황태자는 순수한 금색
실을 그대로 늘어트려 놓은 듯한 머리카락을 지니고 있었
다.

어디 그뿐이랴. 미중년. 아니, 20대라 속여도 깜빡 속아

넘어갈 것 같은 제 아비의 외모와 별반 다를 바 없는 그의 얼굴은 황제와 달리 좀 더 유순해 보였다.

그리고 그런 그의 곁에서 걷고 있는 아름다운 여인, 황녀는 마치 오늘의 주인공이 자신인양 화려했다.

보석이 주렁주렁 달려 있는 것도 모자라 금실로 황금 장미를 수놓은 새빨간 드레스. 심지어 황태자의 유순한 눈매와 달리 새초롬하게 치켜 올라간 눈꼬리는 쉽사리 건드릴 수 없는 어떠한 포스가 느껴졌다.

'엄청 세 보인다.'

첫인상의 강렬함이 떠나가지 않는다. 루미아는 '역시 세상은 넓고 넓으며 각양각색의 미남이 있구나.' 와 같은 큰 깨달음을 얻으며 순수하게 감탄했다.

그런데 그때.

"!"

'누, 눈이 마주쳤어!?'

언제부터 이쪽을 보고 있었는지 모를 새파란 눈동자가 루미아를 뚫어져라 쳐다보고 있었다. 그에 지레 놀란 루미아는 황급히 고개를 돌리며 마른 입술을 축였다. 입안이 바짝바짝 말라오는 것이 온몸이 절로 경직됐다.

저를 바라보는 황녀의 날카로운 시선이 계속해서 느껴졌기 때문이다.

"뭐야. 황녀가 너를 보고 있는 것 같은데? 혹시 예전부터 알던 사이야?"

"에이. 그럴 리가요. 황녀님의 용안은 저도 오늘 처음 보는걸요."

"그래? 근데 저쪽은 아닌 것 같은데?"

"……."

확실히 저 이글거리는 눈빛은 정확히 루미아를 향해 있었다.

혹시 저도 모르는 사이 그녀의 심기를 건드린 것일까? 그 짧은 시간에? 식은땀을 삐질 흘린 루미아는 이내 생각을 멈출 수밖에 없었다. 곧 그들의 앞을 지나간 황족들이 단상에 올랐기 때문이다.

"오늘 이렇게 참석해주어 정말 고맙소. 다들 만족스러운 시간을 보내길 바라. ……오르칸?"

쓸데없는 서론을 생략한 바르콘이 옆에 있던 황태자를 불렀다. 그에 오르칸은 살짝 예를 갖추며 부드러운 카리스마를 내보였다.

"이 나이 먹고 생일 파티를 여는 것. 그저 부끄러울 따름입니다."

'우와. 어, 우와.'

역시 황제 폐하의 아들이라서 그런 걸까? 저렇게 태연하게 자신의 속내를 내보일 줄은 상상도 못 했다. 물론 귀족들은 그저 재밌으라고 하는 소리로 착각한 듯, 도리어 기쁜 표정을 지었다. 만약 황태자가 이런 파티를 싫어한다는 소리를 듣지 못했더라면 루미아 역시 깜빡 속아 넘어갔을 정도로 태연자약한 모습이었다.

그리고.

"이봐, 이봐. 아무리 봐도 널 보고 있는 것 같은데?"

"……저한테 묻지 말아 줄래요?"

여전히 거둬지지 않고 있는 황녀의 뜨거운 시선에 반듯한 이마 위로 식은땀이 맺혔다. 대체 무슨 이유로 저리 뚫어져라 쳐다보는지 오히려 이쪽이 더 궁금해서 미칠 지경이다.

"루미아 양."

그때 코랄 부인이 작게 속삭이며 옆구리를 살짝 찔렀다. 그에 의아함을 담아 바라보니 티가 나지 않게 한쪽을 가리킨 그녀가 다시금 작게 속삭였다.

"그쪽만 보지 말고 이쪽도 좀 신경 써줘요."

"네?"

이해할 수 없는 말에 그녀의 손짓을 따라 고개를 돌린 루미아는 순간, 숨을 멈추고 말았다. 다른 이의 존재에 너무 정신이 팔린 나머지 저를 바라보고 있는 또 하나의 시선을 발견하지 못한 것이다.

"카르반?"

"……"

무언가 할 말이 많은 듯한 우물거리던 입술은 어느새 굳게 다물렸다. 그는 무언가 혼란스러운 듯 황태자와 루미아를 한 번씩 번갈아 보더니 이내 고개를 돌려 버렸다. 그 이상 행동에 루미아의 머리 위로 물음표가 떠다니는 것은 당연지사.

"후후. 좋을 때네요."

그 모습을 바라본 코랄 부인은 의뭉스러운 미소를 지을 뿐이었다.

"그럼 대충 허례허식도 끝났으니 오늘 이 자리를 영광스럽게 빛내줄 사람을 한 명 소개해주겠네!"

'아니, 그렇게 대놓고 허례허식이라 말해도 괜찮아!?'

깜짝 놀란 루미아가 두 눈을 끔뻑였다. 하지만 다른 귀족들의 반발이 일어나지 않는 것을 보아 이런 적이 한두 번은 아닌 듯했다.

그나저나 이 자리를 빛내줄 사람이라니. 대체 누굴까? 잠시 생각에 잠긴 루미아는 힐끔 카르반을 바라보았다. 파티에 모습을 잘 드러내지 않는다고 했으니 황제 폐하가 말한 주인공은 그일 가능성이 컸다.

이윽고 그의 입이 재차 열리면서.

"바로 저기에 있는 루미아 애클렌 남작일세!"

"예……?"

모든 사람의 이목이 쏠렸다.

'이, 이런 건 미리 귀띔이라도 해 주고 하란 말이야!'

뒤늦게 상황을 파악한 루미아가 소리 없는 절규를 내질렀다. 겉은 최대한 아무렇지 않게 웃으면서 속은 뒤집힐 지경이니 그 곤혹스러움은 말로 다 표현할 수 없는 지경이었다.

물론 일일이 발로 뛰며 자신을 알리는 것보다는 훨씬 간단하고 쉬운 방법이었다. 하지만 이 방법은 너무 과했다. 그러니까 루미아의 심력이 버티질 못한다는 말이다.

"애클렌 남작이라면 최근에 명을 달리했다던 자가 아니오? 그 가문은 빚더미에 앉아 풍비박산 난 거로 알고 있는데?"

"잠깐. 그런데 애클렌 남작가에 딸은 한 명밖에 없지 않나요?"

"어머. 설마 그 죽었는지 살았는지도 모른다던 유령 영애를 말씀하시는 건가요?"

"저는 엄청난 추녀라서 온종일 저택 내에 칩거한다고 들었는데요."

유령? 추녀? 수군수군. 저들끼리 떠들던 귀족들이 힐끔 루미아를 바라보았다. 그리고 여전히 고귀한 외모를 뽐내는 여인이 눈동자에 박혀 들자, 다들 똑같은 말을 속으로 내뱉었다.

'대체 저 모습의 어디를 봐서!?'

"그런데 몰락 가문의 귀족이 이 자리를 빛낸다니. 황제 폐하께선 대체 무슨 생각을 하고 계신 건지 모르겠군."

"글쎄요. 하지만 베르사모 공작님을 파트너로 왔다는 것을 보아 무언가 있는 게 아닐까요?"

"잠깐. 그건 좀 거슬리는 말인데요. 지금 저 영애가 공작님의 약혼녀라도 된다는 건가요?"

"어머. 왜 그렇게 예민하게 구시나요? 말이 그렇다는 거지."

속닥속닥. 귀족들의 속닥거림이 루미아의 귓가를 간지럽혔다. 대체 무슨 말을 하고 있는지 모르겠지만, 일단 좋지 않은 일임은 분명했다. 연적으로 몰아내리던 여인들의 눈빛이 더욱 따갑게 느껴지는 것은 착각이 아니었기에.

"어허. 다들 집중해주게. 고귀한 자들이 이렇게 추태를 보여서는 되겠는가."

바르콘이 표정을 굳히자 거짓말 같이 모든 소음이 싹 수그러들었다. 어느새 그의 몸 주변에서 범접할 수 없는 지배자의 기운이 퍼져 나왔기 때문이다.

"자네들도 알다시피 요즘 제국에는 천재 목수 이야기로 떠들썩하지. 그리고 그보다 더 오래전, 그러니까 10년 전 제국을 발칵 뒤집은 'L' 제작자에 대해서도 잘 알걸세."

뜬금없는 그의 말에 사람들의 고개가 한쪽으로 기울어졌다. 그 두 존재의 이야기를 갑자기 왜 꺼내느냐에 대한 의문이었다.

하지만 그것도 잠시. 이어서 나온 황제의 말은 귀족들을 기절초풍하게 만들기에 충분했다.

"음? 내가 왜 이런 이야기를 꺼내느냐고? 그야 루미아 애클렌 영애가 바로 그 주인공이기 때문이지!"

"예에에!?"

유령 혹은 추녀이기 때문에 모습을 드러내지 않는다, 여겨졌던 루미아 애클렌. 10년 전, 돌연 제국을 뒤집어 엎은 뛰어난 실력의 목수 'L' 제작자. 가구 매니아로 유명한 코랄 부인의 마음을 단번에 사로잡은, 혜성처럼 나타난 천재 목수.

전혀 이어질 수 없는 세 점이 이어지자 믿을 수 없는 구도가 만들어졌다. 뭐, 몰락 귀족이 베르사모 공작의 파트너로 이번 파티에 참석했다는 것 자체가 있을 수 없는 일이긴 하지만 그것이 완충 역할을 하진 못했다.

황제 폐하가 직접 언급한 것이므로 방금 들은 내용에는 조금의 거짓도 섞여 있지 않을 터.

내심 호기심을 표하던 귀족과 그녀를 적으로 돌리려던 여귀족들. 또한 그 어떤 것에도 관심도 가지지 않던 소수의 귀족은 너나 할 것 없이 모두 충격 받은 얼굴을 했다. 바르콘도 이번만큼은 그들이 얼마나 시끄럽게 떠들든 간에 만족스러운 얼굴로 말했다.

"그럼 파티를 시작하지."

바르콘이 한쪽 손을 들자 멈췄던 악단의 손이 움직이기

시작했다. 진정한 파티의 시작을 알리는 음악이 파티장 내부를 채웠지만, 그곳에 있는 사람들은 단 한 걸음도 움직이지 않았다. 아니, 아직 충격에 벗어나지 못한 듯하니 움직이지 못했다는 표현이 더 알맞았다.

그렇게 얼마나 시간이 지났을까. 조금씩 패닉에서 벗어나는 사람이 늘어날 무렵. 이제는 이상한 조합이 아닌, 이보다 더 어울릴 수 없는 구성원이 된 그들 앞에 누군가가 천천히 다가왔다.

"이거 정말 오랜만이구나."

카르반의 미간이 와그작 구겨지고 알렌이 한 발짝 앞서 불청객을 경계했다. 긴장을 풀어주려 장난스럽게 등을 쓰다듬던 코랄 부인과 그녀의 곁에서 서서히 안정을 찾아가던 루미아는 갑자기 바뀌어버린 공기에 고개를 기울였다. 그리고.

"그란톤 팬텀 백작."

짓씹듯 내뱉는 목소리에 그녀의 어깨가 흠칫! 떨리고 말았다.

"핫! 오래간만에 봐서 기쁜 나와 달리, 우리 조카는 별로 반갑지 않은 모양이군그래."

잘 벼려진 칼날. 인정하고 싶지 않지만 처음 카르반을 봤을 때와 비슷한 느낌에 루미아의 입가가 점점 굳어져 갔다. 그때 루미아와 눈을 마주친 그란톤의 눈매가 뱀처럼 휘었다.

"루미아 애클렌 남작? 황제 폐하께서 말씀하신 것은 잘 들었네. 당신처럼 유능한 목수를 이제야 알게 되다니. 참으로 아쉬운 일이지."

"아. 그런가요."

떨떠름한 반응에 그란톤의 입꼬리가 곡선을 그렸다. 마치 이 상황이 미치게 즐겁다는 듯. 대놓고 드러나는 살기에도 아랑곳하지 않는 그의 모습은 보는 사람마저 질리게 하는 무언가가 있었다.

"혹시 소속된 곳이 없다면 팬텀 백작령으로 오는 게 어떤가? 내 지금껏 한 번도 받아본 적 없는 대우를 해 주리라 약속하네. 그리고 보니 만 골드 상당의 빚을 지고 있다 했나? 그런 것쯤은 내가 전부 갚아주지. 그리고 또……."

"이봐, 팬텀 백작. 지금 뭐하자는 거지? 그녀는 우리 공작령에 속한 자다. 그 이상은 나를 도발하려는 것으로 치부해도 좋은가?"

듣다 못한 카르반이 진심으로 화가 난 듯한 목소리로 일갈했다. 하지만 그의 경고가 부족했던 것일까? 팬텀 백작은 여전히 싱글벙글한 얼굴로 말했다.

"음? 아, 이런이런! 그런 오해는 하지 않았으면 좋겠군. 난 그저 순수한 의도로 말한 것이니 말이야. 공작저에 이미 속해 있음을 알고 있었더라면 이런 말을 하지 않았을 테지. 암. 그렇고말고."

"……."

저거 절대로 알고 그런 거다! 별로 미안한 것 같지도 않은 얼굴을 주억거리며 내뱉는 말이 아주 가식적이다. 루미아는 절로 핼쑥해지는 얼굴을 쓸어내리며 짜증을 삼켰다.

'이제 더 할 말은 없겠지. 제발 저리 꺼져줬으면.'

자기 자신도 이리 불쾌할진대 정작 카르반의 심정은 어떨까 싶다. 하지만 그런 그녀의 걱정을 비웃듯 그란톤의 입매가 한 차례 비틀렸다.

"그런데 참 이상하단 말이지."

"뭐가 말이지?"

"아무리 그렇다 해도 몰락한 가문의 귀족. 아무리 재능이 뛰어난다고 한들, 어찌 단 한 번도 허락하지 않은 파트너 자리에 앉힐 수 있는지 참 궁금하단 말이네. 혹, 아주 특별한 사이인 게냐?"

기분 나쁜 눈으로 루미아를 한 차례 훑어본 그가 비열하게 웃었다. 마치 아주 좋은 사실을 알았다는 듯 히죽대는 모습에 꽉 쥔 주먹이 희게 질렸다.

'도대체 무슨 속셈이야?'

이해할 수 없는 행동에 눈살을 찌푸릴 때. 다른 사람들과 달리 그의 속셈을 어느 정도 간파한 카르반이 낮게 으르렁거렸다.

"그란톤 팬텀……!"

"허허! 왜 그렇게 노려보는 게냐? 섭섭하게. 뭐, 오늘 이 자리에 참석한 목적은 달성했으니 이만 여기서 물러가도록 하지."

재미있다는 듯이 웃어대던 그란톤은 대뜸 정색하며 입꼬리를 말아 올렸다. 그 소름 끼치는 변화에 미간이 찌푸려질 무렵.

"그럼 다음에 다시 볼 때까지 건강히 지내시게."

진부한 악당처럼 '다음'을 기약한 그가 몸을 돌려 떠났다. 그리고 다시 찾은 평화. 하지만 남겨진 이들은 그 누구도 웃을 수 없었다.

"나 참……. 저 아저씨는 왜 또 신경을 박박 긁고 그런대. 다들 괜찮아?"

가장 먼저 정신을 차린 알렌이 가만히 서 있는 세 사람을 일깨웠다. 아직 외부인과 다름없는 코랄 부인은 지금 이게 무슨 상황인지 고심하는 눈치였고 루미아는 그나마 감정 수습이 빨랐다. 물론 이렇게 심각한 소모전이 있을 줄은 전혀 예상하지 못했지만 말이다.

"하아. 어쨌든 나는 저쪽에 기다리는 사람이 있어서 이만 가 볼게. 중요한 고객님이거든."

"저도 기다리는 분들이 있어서 잠시 이야기 좀 나누고 올게요. 조금 있다가 다시 이야기를 나눠요. 알겠죠? 루미아양."

"물론이에요."

두 사람이 떠나고 카르반과 둘만 남았다. 아니, 혼자라는 말이 더 잘 어울릴지도 몰랐다.

'분위기가 참⋯⋯.'

루미아는 심상치 않은 표정으로 제 세상에 빠져 버린 그를 힐끔 바라보았다. 이렇게 트인 곳에 팬텀 백작이 갑자기 접근해오는 것은 상상도 못 한 일이었지만, 이미 일은 벌어지고 난 후였다.

아주 심란하기 그지없을 그의 마음을 달랠 방법은 아무리 그녀라 해도 몰랐기에 그저 숨죽여 마음이 정리되기를 기다렸다.

그렇게 억겁과도 같은 시간이 지나고⋯⋯.

어느새 평소의 얼굴을 되찾은 그가 미안하다는 듯이 작게 읊조렸다.

"미안하군. 그리고 기다려줘서 고맙다."

그 역시 루미아가 배려하고 있었음을 눈치챘다. 분노로 혼란스러운 마음을 추스를 때까지 조용히 기다려준 그녀가 고마울 따름이었다.

그리고 그란톤 팬텀 백작이 했던 말의 의미⋯⋯.

'감히 그녀를 건드리겠다는 건가?'

더 큰 분노에 휩싸일 수밖에 없었던 내용을 상기한 카르반이 주먹을 세게 쥐었다. 손등 위로 돋아난 핏줄이 현재 그가 얼마나 감정을 제어하고 있는지를 알려 주었다.

'또다시 내게서 무언가를 빼앗아갈 수 있다는 생각은 하지 마라.'

감히 그럴 수는 없을 것이다. 카르반은 맹세와 같은 마음을 굳게 다지며 걱정스럽게 고개를 기울이는 루미아를 바라보았다. 그리고 선전포고와 같은 말을 짓씹듯 내뱉었다.

"절대로 빼앗기지 않을 것이다."

# Interlude

검게 물든 바다와
회색빛 구름들과
영원히 물든
깊은 밤 아래.

살을 에는 추위와

보이지 않는 칼날이

차갑게 식은 온기를

파고들 때.

먹구름 사이로
젖은 햇살이 비치던 그날.
발끝이 촉촉하게 젖어가던 그날에.

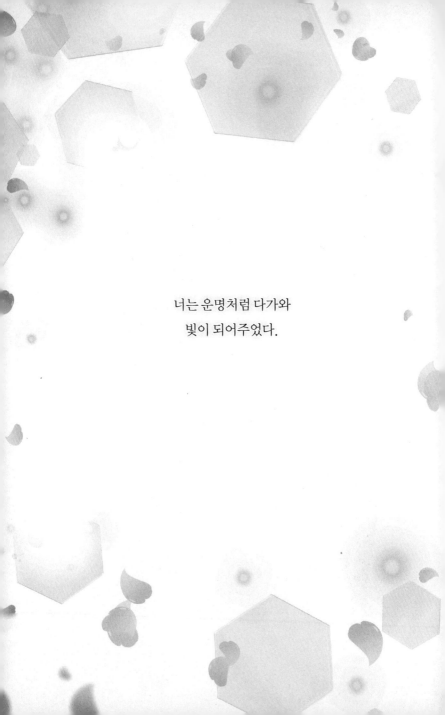

너는 운명처럼 다가와

빛이 되어주었다.

# 작가 후기

안녕하세요. 다롱꽃입니다.

처음 쓰는 작가 후기라서 많이 떨리네요. 솔직히 어떻게 써야 하는지 잘 모르겠어서 많은 고민을 하게 되는 것 같아요.

우선, 음……. 그러니까 〈톱밥탱이 영애님〉을 쓰게 된 계기가 무엇인지 알려드릴까 합니다.

뭐. 딱히 궁금하지 않으실 지도 모르겠지만, 그렇게 길지 않으니 지루하지는 않을 거예요.

아, 아닌가?(동공 지진)

어쨌든 처음 이 글을 쓰기 전, 저는 한 가지 의문을 가지고 있었답니다.

'어째서 특직물은 크게 보이지 않는 걸까.'

네. 이 글을 쓰게 된 계기는 그게 끝입니다. 신선한 소재를 찾고 있던 저로써는 목수를 직업으로 하는 여주인공이 꽤나 매력적일 것이라 생각했거든요.

계기는 단순했습니다. 하지만 걷는 길 자체는 꽤나 험난했습니다.

하고자 하는 장르 자체가 로판이니만큼 '특직'을 주요 주제로 다루는 것은 꽤나 어려운 일이었기 때문이지요.

어쩌면 '로맨스 판타지'가 아니라 '판타지 소설'로 성향이 뒤바뀌어버릴 수도 있기 때문에 밸런스가 중요했답니다.

'어? 나는 로맨스를 기대하고 왔는데 로맨스는 대체 언제 나오는 거지?'라고 생각하시는 독자분들이 많이 나오지 않기 위해 주의를 기울여야 했습니다.

그 때문일까요. 사실 〈톱밥탱이 영애님〉은 꽤 많은 리메이크를 거쳤다는 비화가 있답니다.

처음 글을 쓰는 것이기도 하고 이쪽으로 발을 들이는 것 자체도 아예 처음이기에 많은 시행착오가 있었습니다. 또한 로맨스와 판타지의 균형을 맞추는 것이 가장 어려웠습니다.

하지만 결론적으로 이 소설은 판타지 성향이 좀 더 강한 양상을 띠게 되었습니다.

아무리 고치고 또 고쳐봤으나 완벽한 밸런스를 맞추는 것은 매우 힘든 일이더군요.

그러나 저는 이 소설에 남다른 애정을 갖고 있답니다.

첫 작품이기도 하고 많은 성장을 거치고 거쳐 만든 노력의 결실이기 때문이죠.

그래서인지 더욱 애틋하고 또 정이 가는 것 같습니다.


마지막으로 저와 함께 고생해주신 편집자님과 아름다운 삽화를 그려주신 쵸쵸님께 감사의 인사를 드립니다.

모든 게 처음이라서 그런지 삽화 하나하나를 받을 때마다 주먹을 물고 감동에 빠져들었던 나날이 새록새록 떠오르는군요.(코쓱)


자식을 떠나보내는 엄마의 마음이 바로 이런 것일까요.

책으로 만들어져 널리널리 퍼질 첫 소설을 생각하니 마음이 다 벅차네요.

괜히 감성적으로 물드는 밤인 것 같습니다. 아무래도 오늘은 가족들과 함께 자축 파티를 해야 할 것 같아요.

(소소하게 소시민 갬성으로…….)


다들 몸 건강히 하시고 행복하길 바라며 이만 말을 줄이겠습니다.

감사합니다!

# 톱밥탱이 영애님 1

2019년 05월 15일 제1판 인쇄
2019년 05월 27일 제1판 발행

**지음** 다롱꽃 | **일러스트** 쵸쵸

**펴낸이** 임광순 | **제작 디자인팀장** 오태철
**편집부** 이경근 · 정현웅
**디자인팀** 한혜빈 · 김태원

**펴낸곳** 영상출판미디어(주)
**등록번호** 제 2002-000003호
**주소** 21311 인천광역시 부평구 평천로 132 (청천동)
**전화** 032-505-2973(代) | **FAX** 032-505-2982

**ISBN** 979-11-319-9727-7
**ISBN** 979-11-319-9692-8 (세트)